N. Warn

Fassadentänzer

Kriminalroman

Bibliografische Information der Deutschen Nationalbibliothek: Die Deutsche Nationalbibliothek verzeichnet diese Publikation in der Deutschen Nationalbibliografie; detaillierte bibliografische Daten sind im Internet über http://dnb.dnb.de abrufbar.

Umschlaggestaltung: Silas Rutt

Herstellung und Verlag: BoD – Books on Demand, Norderstedt

ISBN: 978-3-756208586

Für meine Schwester

Personen

Tess´ Familie:

Ihre Großeltern: Luise und Franz Wagner

Ihre Mutter und ihr Stiefvater: Vera und Clemens Matern

Ihr Halbbruder: Alex Matern

Ihr Onkel mit Ehefrau: Hannes und Conni Wagner

Ihr Cousin: Sebastian Wagner

Ihr Onkel mit Ehefrau: Richard und Eva Wagner

Ihre Cousine: Tina Wagner

Ihre Tante mit Ehemann: Renate und Lasith Nekpu

PROLOG

Ich muss es ihr endlich sagen. Und nicht nur sie soll endlich die Wahrheit erfahren, sondern auch alle anderen. Ich habe es endgültig satt, mit einer Lüge zu leben und allen etwas vorzumachen. Jemand zu sein, der ich in Wirklichkeit gar nicht bin. Es wird mich allerdings Überwindung kosten. Das ist mir bewusst. Zu lange schon halte ich es verborgen. Es ist schon normal, nicht ich zu sein. Besonders es ihr zu sagen, wird nicht einfach werden. Überhaupt nicht einfach. Ich kann nur hoffen, dass sie es akzeptiert. Das würde mir zumindest viel bedeuten. Warum?, wirst du fragen. Bei allem, was sie dir angetan hat. Und da hast du vollkommen recht. Dennoch ... Richards Geburtstag liefert mir die perfekte Gelegenheit, endlich reinen Tisch zu machen. Noch nie habe ich einem Familientreffen so euphorisch entgegengesehen.

1.Kapitel

2016

Tess hatte gerade einen tiefen Zug von ihrem Joint genommen und genoss den wohligen Schauer, der einem zu langen Entzug folgte, als ein gellender Schrei durch die Spiegelburg hallte. Sie schrak auf, wobei ihr der brennende Joint aus der Hand und auf den weichen grauen Badezimmerteppich fiel. Hastig hob sie ihn auf, bevor er ein Loch in das offensichtlich teure Stück hineinbrennen konnte, löschte die Glut, indem sie den Joint ein paar Mal gegen den Waschbeckenrand klopfte und ließ ihn in ihre braune Kunstledertasche gleiten. Dann ging sie eilig zur Tür. Sie öffnete sie einen Spaltbreit und spähte hinaus. Woher war der Schrei gekommen? In diesem Moment waren hektische Schritte auf der Marmortreppe zu hören und eines der Hausmädchen stieß die schwere braune Flügeltür zur Bibliothek auf, die gegenüber dem Badezimmer lag. Im Türrahmen blieb sie nach Atem ringend stehen und zeigte wild gestikulierend nach oben. Tess sah, wie ihr Onkel Richard zur Tür eilte und fürsorglich einen Arm auf die Schulter der kleinen rundlichen Frau legte. Was er dann von ihr erfuhr, ließ ihn erst ungläubig den Kopf schütteln, dann erbleichen. Das pummelige Hausmädchen hatte wohl nichts Positives zu berichten. Richard ließ die sehr durcheinander wirkende Frau einfach stehen und jagte die Treppe hinauf, die diese zuvor hinuntergeeilt war.

Was ging da vor? Eilig trat Tess von der Badezimmertür zurück und schloss sie, bevor der Geruch den ganzen Flur erfüllte, wedelte den Rauch weg und hielt dann ihre Nase prüfend in die Luft. In dem kleinen Raum roch es durchdringend nach Cannabis. Zu dumm, dass es hier kein Fenster gab. Sie hoffte, dass der Geruch sich verzogen hätte, bis jemand nach ihr das Badezimmer benutzen würde. Und wenn nicht, war das auch egal, dachte sie. Alle wussten, dass sie kiffte. Sie trat auf den Flur, schloss die Tür hinter sich und ging rasch auf die Bibliothek zu. Leises Stimmengewirr drang durch die geöffnete Tür. Das Hausmädchen war wohl wieder seiner Arbeit nachgegangen. Zumindest stand es nicht mehr im Türrahmen. Tess sah zur Treppe, die ihr Onkel hinaufgeeilt war. Alles ruhig. Dann ließ sie ihren Blick durch die Bibliothek schweifen, einen gemütlichen komplett mit cognacfarbenen Ledermöbeln eingerichteten Raum. Blickfang waren zweifelsohne die zwei deckenhohen Bücherregale rechts und links des mächtigen Kamins, in dem ein Feuer knisterte und eine behagliche Atmosphäre verbreitete. Tess sah ihre Großmutter Luise vor der gegenüber dem Eingang liegenden Fensterfront stehen und sich mit ihrer Mutter Vera und ihrem Bruder Alex unterhalten. Ihr Stiefvater Clemens stand auf seinen Stock gestützt alleine vor einem der Bücherregale und schien aufmerksam die große Auswahl an Büchern zu bewundern. Nur wer ihn kannte, wusste, dass er ein Buch auch dann nicht anrühren würde, wenn er dafür Geld bekäme. Leyla, die Freundin ihres Bruders, unterhielt sich mit einer der Kellnerinnen, die Onkel Richard eigens für seinen 60. Geburtstag eingestellt hatte. Sie blickte dabei immer wieder neugierig Richtung Tür, wohl in der Hoffnung, endlich zu erfahren, was das Hausmädchen so in Aufregung versetzt hatte. Kein Wunder, dass Leyla nicht entgangen war, dass etwas passiert sein musste, so widerlich sensationslüstern wie sie war. Eine Bewegung zog Tess` Aufmerksamkeit auf sich. Ihre Cousine Tina, Richards Tochter, saß auf der Ledercouch neben dem Bücherregal und winkte hektisch.

„Weißt du, was hier los ist? Amira, das Hausmädchen, hat so schnell und leise gesprochen, dass ich kein Wort verstehen konnte. Bei dem Akzent muss man ohnehin genau hinhören. Wahrscheinlich hat sie Papa gesagt, dass sie Bettwanzen gefunden hat oder so. Die ist so pingelig", plapperte sie und lachte über ihren lahmen Scherz. Tess lauschte der seltsam geschlechtslosen Stimme ihrer Cousine. Offenbar hatten die Hormone die einst männliche Stimme noch nicht zu einer weiblichen verändern können. Ob das überhaupt noch geschah? Sie setzte zu einer Erwiderung an, als jemand ihr auf die Schulter klopfte. Leyla stand schüchtern lächelnd hinter ihr und trat von einem Fuß auf den anderen.

„Hast du eine Zigarette für mich?"

„Hatte die nette Kellnerin etwa keine? Es wird Zeit, dass du dir mal ein Päckchen kaufst." Genervt zerrte Tess ein verknautschtes Päckchen Luckys aus ihrer Hosentasche und hielt sie der Freundin ihres Bruders hin. Leyla nahm sich eine, murmelte einen leisen Dank und strebte zur Terrassentür, wo sie einen missbilligenden Blick von Luise erntete. Tess Großmutter war der Meinung, dass nur schwache Menschen rauchten, die sich nicht im Griff hatten. Selbstverständlich war die alte Dame diesem Laster nie verfallen.

Tess wandte sich wieder Tina zu.

„Nach Bettwanzen hat dein Vater aber nicht ausgesehen."

In diesem Moment wurde die Tür zur Bibliothek aufgestoßen und Richard erschien bleich und zitternd im Türrahmen, die obersten Knöpfe seines Hemdes geöffnet. Das volle immer noch blonde Haar stand in alle Richtungen ab. Er nahm seine Brille ab und drehte sie in seiner Hand. „Hannes ist tot", sagte er dann unumwunden. „Sieht nach Selbstmord aus." Kurzes Zögern. „Die Polizei ist alarmiert und müsste in Kürze eintreffen. Ich halte mich mal im Eingangsbereich bereit." Ohne weitere Worte eilte er davon.

Es war, als hätte jemand einen Stecker gezogen. Plötzlich herrschte Totenstille, einzig das Knistern des Feuers war noch zu hören. Dann schwoll ungläubiges Gemurmel an. Luise war die Erste, die sich fasste und schritt ihrem ältesten Sohn auf ihren Stock gestützt entschieden nach, so schnell ihr stattliches Alter von 89 Jahren das noch zuließ. Tess war wie vor den Kopf gestoßen. Hannes tot? Gestern noch hatte er beim Abendessen sehr lebendig neben ihr gesessen. Geredet hatten sie aber kaum miteinander. Der jüngste Bruder ihrer Mutter war ihr immer fremd geblieben. Sie war nie so richtig warm mit ihm geworden, hatte ihn im Grunde kaum gekannt, da der Kontakt ihrer Mutter zu ihrer Ursprungsfamilie seit jeher alles andere als innig war. Tess konnte an einer Hand abzählen, wie häufig sie Hannes in ihrem 27-jährigen Leben begegnet war.

Neben ihr hob Tina entsetzt eine Hand zu ihrem in einem grellen Pink geschminkten Mund. „Mein Gott", rief sie fassungslos aus, „Selbstmord?" Das kann ja wohl nur ein geschmackloser Scherz sein!"

Das war es nicht. Kurze Zeit später erschienen zwei Beamte der Kriminalpolizei, ein Spurensicherungsteam und ein Krankenwagen, der unverrichteter Dinge wieder abfuhr, nachdem die Sanitäter bei Hannes nur noch den Tod hatten feststellen können. Richard hatte gebeten, die Familie möge in der Bibliothek bleiben, um die Ermittlungen nicht zu behindern. Das war vor über einer Stunde gewesen. Seitdem saßen sie größtenteils schweigend in dem großen Raum zusammen, das Entsetzen war immer noch greifbar. Tess lehnte an der Terrassentür und rang mit sich, ob sie sich noch einen Joint genehmigen sollte. Dabei beobachtete sie ihre Familie. Ihre Großmutter saß gedankenversunken auf einem Stuhl neben dem Bücherregal und starrte mit unergründlicher Miene ins Leere. Es war unmöglich zu sagen, ob sie nachdenklich, müde oder zutiefst entsetzt war. Ihre Mutter stand mit ihrem Mann nahe der Tür, immer wieder ungläubig den Kopf schüttelnd, wie das ihre Art war, wenn sie etwas nicht fassen konnte. Tina, Alex und Leyla standen auf der Terrasse und rauchten. Ihr Onkel und dessen Frau Eva waren nicht da, kümmerten sich als Hausherren vermutlich um alles in einer solchen Situation Erforderliche. Hannes Frau Conni war nirgends zu sehen. Lasith, der Mann ihrer Tante Renate, lehnte gelangweilt an der Wand, sah unbestimmt umher und drehte unablässig sein Handy in der Hand. Hin und wieder sah er auf den kleinen Bildschirm, als erwartete er eine Nachricht. Seine Frau war nicht da. Es hielten sich wohl nicht alle Familienmitglieder an die Bitte ihres Onkels, sich in der Bibliothek aufzuhalten.

Tess dachte darüber nach, dass sie zuerst nicht zu Richards Geburtstag hatte kommen wollen. Wäre sie doch bloß zu Hause geblieben. Dann wäre ihr das ganze Drama hier erspart geblieben. Im gleichen Moment schüttelte sie über ihre wenig teilnahmsvollen Gedanken den Kopf. Wie konnte sie nur so kalt sein? Da war ihr Onkel tot und sie hatte nichts anderes im Sinn, als ihre Ruhe und einen Joint. Aber sie hatte nun einmal keinen Bezug zu Hannes gehabt, rechtfertigte sie sich vor sich selbst für ihre Emotionen. Das galt auch für den Rest ihrer Familie. Nahe standen sie sich alle nicht. Wie sollte sie also um jemanden trauern, mit dem sie nichts zu tun gehabt hatte?

Interessieren würde es sie aber schon, was Hannes dazu bewogen hatte, seinem Leben ein Ende zu setzen. Ihrem Drang nachgebend trat sie auf die Terrasse, als ihr Bruder gerade den letzten Zug von seiner Zigarette nahm. Er sah auf. „Alles ok bei dir?" Tess nickte. „Wie man es nimmt. Fassungslos, aber ok."

„So geht es mir auch. Ich seh mal nach Mama." Alex verschwand im Inneren und schloss die Terrassentür, damit der Rauch nicht reinzog.

Leyla erkundigte sich gerade bei Tina, was für ein Mensch Hannes gewesen war.

„Also um ehrlich zu sein, kann ich dazu nichts Großartiges sagen", antwortete ihre Cousine. Ich habe ihn kaum gekannt. Ich weiß, dass er verheiratet ist ..." sie stockte, als ihr auffiel, dass sie im Präsens gesprochen hatte ... „war", korrigierte sie sich „und seine Frau Conni ist dir sicher aufgefallen. Die Dunkelhaarige mit einem Faible für die 20er Jahre. Kaum zu übersehen." Sie lachte. „Trägt meistens Charlestonkleider, egal bei welchem Wetter, und raucht ihre Zigaretten grundsätzlich mit einer Verlängerung. Ziemlich schräg, wenn ihr mich fragt, aber auch irgendwie ehrlich. Das ist Connie, wie sie leibt und lebt. Die beiden haben einen Sohn, der den Kontakt zu seinen Eltern vor vielen Jahren abgebrochen hat. Warum, weiß keiner so genau. Hannes arbeitete als Architekt, soviel ich weiß." Sie blickte erwartungsvoll zu Tess, dabei mit ihren stark getuschten Wimpern klimpernd, die mehr Ähnlichkeit mit Fliegenbeinen hatten. Tess war froh, dieses Problem nicht zu haben. Für Schminke hatte sie nie etwas übrig gehabt. Außer Wasser und Creme kam ihr nichts ins Gesicht. Das war gerade morgens und abends äußerst praktisch. Keine langen Schmink- und Abschminkprozesse, wie sie sie von ihren Freundinnen kannte.

„Mehr weiß ich auch nicht über ihn", antwortete sie auf die stumme Bitte ihrer Cousine nach Ergänzungen zu ihrem Bericht. „Meine Mutter hat kaum jemals über ihn gesprochen. Ich hab aber auch nicht gefragt. Die beiden hatten so gut wie keinen Kontakt zueinander, das weiß ich wohl. Auf Familienfesten hab ich ihn ein paar Mal gesehen, aber das war's dann auch. Zu Hause ist Mamas Familie grundsätzlich kein Thema. Es war ihr immer unangenehm, darüber zu reden." Tess schwieg nachdenklich, bevor sie dann fortfuhr. „Er hat meistens viel geredet, wenn man ihn gesehen hat, dabei aber kaum etwas von sich preisgegeben. Wisst ihr, was ich meine? Viel Gefasel ohne Inhalt. Man wusste nie so recht, mit wem man es eigentlich zu tun hatte."

Tina nickte. „Geht mir auch so. Dass er oberflächlich gewesen ist, hat mein Vater auch mal angedeutet. Er kenne den Menschen hinter der Fassade gar nicht, obwohl es sein Bruder ist, hab ich ihn mal sagen hören. Die beiden hatten auch nur selten miteinander zu tun. Ist schon komisch, dass unsere Familie so wenig Kontakt zueinander hat, oder? Andere treffen sich regelmäßig und sind auch richtig … wie soll ich sagen? Herzlich miteinander. Wenn unsere Familie zusammen ist, habe ich meistens das Gefühl, jeder ist nur aus Pflichtgefühl da und alle sind froh, wenn sie wieder nach Hause fahren können. Die Geschwister haben keinen guten Draht zueinander und noch unterkühlter ist das Verhältnis zu Großmutter. Aber diese Farce wird trotzdem aufrechterhalten."

„Komische Familie", ließ sich Leyla vernehmen. Dann schlug sie sich verschämt die Hand vor den Mund. „Entschuldigt, ich wollte nicht …, das war keine Beleidigung. Tessa, du weißt, wie das gemeint war." Tess fixierte sie. „Nein, eigentlich weiß ich das nicht und nenn mich nicht Tessa."

Leyla zuckte nur die Achseln und überging die Zurechtweisung einfach. Als ob ihr die Bemerkung leidtat, dachte Tess ärgerlich. Das war doch pure Absicht. Leylas Neugier war nicht befriedigt. „Gibt es dafür denn einen Grund? Für das schlechte Verhältnis, meine ich?" Sie sah Tina aus großen blauen Augen erwartungsvoll an.

Tina zuckte mit den Schultern. „Keine Ahnung. Ich habe darüber auch nie so wirklich nachgedacht. Ich kenne es nicht anders."

„Ich kann einfach nicht fassen, dass er tot ist", murmelte Tess, mehr zu sich selbst. Das ist so unwirklich, wenn jemand aus dem Umfeld stirbt, auch wenn ich ihn im Grunde nicht gekannt habe." Sie blickte auf den weitläufigen Park, der sich hinter der Villa ihres Onkels erstreckte und genoss für einen Moment die Ruhe, die von der verschneiten Natur ausging. Da die Terrasse auf der Rückseite lag, war der Streifenwagen nicht zu sehen. Tess wandte den Blick wieder ihrer Cousine zu. Erst jetzt fiel ihr auf, dass diese sich schwarze lange Wimpern angeklebt hatte, die sie dann auch noch getuscht hatte. Was für ein Aufwand, dachte sie.

„Vor allem Selbstmord! Wie verzweifelt muss er gewesen sein! Gestern saß er beim Abendessen noch bei uns und heute …." Tina wurde durch ein Klopfen unterbrochen. An der Terrassentür stand Vera und bedeutete ihnen, reinzukommen.

„Vielleicht war es gar kein Selbstmord", ließ sich Leyla vernehmen.

„Wohl zu viele Filme gesehen, Liebchen."

Leyla verzog beleidigt das Gesicht. Tess lachte in sich hinein. Dann wurde ihre Aufmerksamkeit auf die zwei Polizeibeamten gelenkt, die hinter ihrem Onkel und ihrer Tante den Raum betraten. Ein hagerer fast kahlköpfiger Mann und eine kräftige rothaarige Frau. Richard stellte die beiden vor: „Das sind Kommissarin Dreier und Kommissar Am …", er sah den Beamten zögerlich an.

„Amelung", äußerte dieser mit einer überraschend kräftigen Stimme, die nicht so recht zu seinem schmächtigen Äußeren passen wollte. „Die beiden haben nun mit ihren Ermittlungen begonnen", ergänzte Eva überflüssigerweise.

„Wieso denn Ermittlungen? Hannes ist doch nicht ermordet worden!", rief Luise ärgerlich und stand so ruckartig von ihrem Stuhl auf, dass dieser nach hinten umkippte. „Das ist doch alles lächerlich!"

„Mutter, bitte. Es ist üblich, dass die Polizei nach einem Todesfall ermittelt. Auch wenn hier natürlich kein Fremdverschulden vorliegt", fügte Richard mit Blick auf die Beamten hinzu. Er trat zu Luise, hob den Stuhl auf und drückte die 89-jährige Dame darauf nieder. Mit einem Mal schien ihr Ärger verraucht. Sie sank in sich zusammen. „Ich kann das alles nicht verstehen", flüsterte sie, „warum hat er sich das Leben genommen? Was habe ich nur falsch gemacht?" Eva warf Luise einen undefinierbaren Blick zu.

„Das sind ja ganz neue Töne, Mutter", stieß Vera hinter zusammengebissenen Zähnen hervor. Laut äußerte sie: „Du hast natürlich nichts falsch gemacht, Mama, wie kommst du denn auf diese absurde Idee? Anscheinend wollte Hannes nicht mehr leben. So etwas soll vorkommen."

Luise erwiderte den Blick ihrer ältesten Tochter forschend, als überlegte sie, ob sie sich den sarkastischen Unterton vielleicht nur eingebildet hatte. Natürlich nicht. Von Vera hatte sie auch nichts anderes erwartet. Schon als Kind war sie aufmüpfig gewesen.

„Ha, wie einfach du das Thema schon für dich abgeschlossen hast, dabei ist sein Körper wahrscheinlich noch warm! Aber du warst ja schon immer kalt wie ein Fisch. Was ich bei dir falsch gemacht habe, habe ich mich schon lange aufgehört zu fragen."

Vera funkelte ihre Mutter wütend an, ihre Lippen zu einem schmalen Strich zusammengepresst. Gerade, als sich ihr Gesicht – wohl in einer verärgerten Erwiderung – verzog, eilte Tess auf die beiden Frauen zu und zog ihre Mutter an der Hand von ihrer Großmutter weg. Das hatte in der jetzigen Situation gerade noch gefehlt, dass die beiden sich angifteten. Sie warf einen Blick auf die beiden Kommissare und ihr Blick begegnete dem des für einen Mann ausgesprochen kleinen Polizisten, der die Szene aufmerksam verfolgte.

„Wie geht es nun weiter?", ließ sich Conni mit rauer Stimme vernehmen. Alle Blicke richteten sich auf sie und mit einem Mal herrschte beklemmendes Schweigen. Wie musste sie sich fühlen?, fragte Tess sich. Nach außen hin wirkte sie recht gefasst. Frau Dreier räusperte sich verhalten, dann noch einmal lauter, bis sie sicher war, dass ihre Stimme fest und sicher klingen würde. Für eine Frau hatte sie eine überraschend tiefe Stimme, die zu ihrem kurzen, militärisch anmutenden Bürstenhaarschnitt passte. Allerdings täuschte das robuste Äußere über ein Gefühl der Unzulänglichkeit hinweg.

„Ich möchte Ihnen allen zunächst mein Beileid aussprechen. Sie nahm mit jedem Familienmitglied Blickkontakt auf. Die Beileidsbekundung passt zu deinem Haarschnitt, dachte Tess. Kurz, bündig und wenig überzeugend. Andererseits was sollte sie auch sonst sagen? Nach einer kurzen Pause fuhr die Kommissarin fort: „Zum jetzigen Zeitpunkt erscheint es wenig wahrscheinlich, dass Hannes Wagner Selbstmord begangen hat." Das schlug ein wie eine Bombe.

„Was soll das denn heißen?, ließ sich Richard ungläubig vernehmen.

„Das heißt, dass wir davon ausgehen, dass Ihr Bruder ermordet wurde."

2. Kapitel

22 Stunden zuvor

Tess lehnte ihren Kopf an die kalte Scheibe und sah den zarten Schneeflocken dabei zu, wie sie auf das Wagenfenster trafen, schmolzen und in dünnen Wasserrinnsalen das Glas hinunterflossen. Sie waren nun schon seit Stunden unterwegs und so langsam tat ihr vom Sitzen der Hintern weh. Sie rutschte auf der Suche nach einer bequemeren Position auf der Rückbank hin und her und sah erneut aus dem Fenster. Kein Straßenschild, das ihr verriet, wo sie im Augenblick waren und wie lange sie noch brauchten. Nicht zum ersten Mal fragte sie sich, warum sie sich darauf eingelassen hatte, zu diesem Familienfest zu fahren. Viel lieber hätte sie dieses bitterkalte Wochenende gemütlich in ihrer kleinen behaglichen Dachgeschosswohnung in Stuttgart als in der Einöde irgendwo in der Nähe von Hamburg verbracht. Wie der Ort hieß, hatte sie schon wieder vergessen. Ihr Onkel Richard lebte dort zusammen mit seiner Frau und der gemeinsamen Tochter und hatte beschlossen, seinen 60. Geburtstag mit der ganzen Sippschaft zu feiern. Sie war gespannt, wer von der Verwandtschaft tatsächlich auftauchen würde, so kurzfristig, wie Richard die Einladungen verschickt hatte. Das war wahrscheinlich auch der Grund - Neugier - der Tess letztlich dazu bewogen hatte, zuzusagen. Praktisch war auch, dass sie eine kostenlose Mitfahrgelegenheit nutzen konnte. Sie sah ihre Familie mütterlicherseits so selten, dass sie ihr praktisch immer fremd geblieben waren. Dennoch war sie gespannt, sie alle einmal wiederzusehen. Abgesehen von ihrer Neugierde hatte auch ein wenig die Einsamkeit dazu geführt, dass sie nun mit ihrem Bruder und dessen Freundin im Auto saß, wie sie sich eingestehen musste. Sie lebte erst seit ein paar Monaten in Stuttgart und in dieser Zeit hatte sie kaum Kontakte knüpfen können. Ihre Ausbildung als Altenpflegerin war ein Knochenjob und das bisschen Freizeit, das ihr blieb, verbrachte sie lieber gemütlich in ihrer Wohnung vor dem Fernseher als auf der Jagd nach neuen Bekanntschaften.

„Möchtet ihr etwas essen?" Alex riss Tess aus ihren Gedanken. „Ich fahre an der nächsten Raststätte raus, ich hab Hunger. Wie steht's mit euch?"

„Nein, ich möchte nichts. Aber ich werde mir ein wenig die Beine vertreten. Ich kann kaum noch sitzen."

„Gute Idee", stimmte Leyla vom Beifahrersitz aus zu. „Bringst du mir bitte einen Kaffee mit, Schatz?"

Tess musterte die Freundin ihres Bruders von der Seite. Blonde lange Haare umrahmten ein blasses, kindlich anmutendes Gesicht, aus dem einen große blaue Augen über einer kleinen Stupsnase ansahen. Nur wer sie kannte, wusste, dass dieser kindliche Eindruck täuschte. Man hätte Leyla als klassische Schönheit bezeichnen können, wäre da nicht der leicht schiefe Mund mit den zu dünnen Lippen gewesen, dachte Tess gehässig. Sie mochte Leyla nicht sonderlich. Als Alex seine neue Freundin vor ein paar Monaten zu Hause vorgestellt hatte, hatte sie sich zuerst für ihn gefreut. Seine letzte Beziehung war für ihn recht unerfreulich zu Ende gegangen, seine Ex-Freundin hatte ihn mehrmals betrogen und dennoch hatte er sich zunächst nicht getrennt, sondern ausgehalten in der aberwitzigen Hoffnung, dass die Verbindung doch noch zu retten sein könnte. Als er dann Leyla kennengelernt hatte – er hatte ihr im Zuge seines Nebenjobs als Pizzaausfahrer eine Pizza geliefert – stellte sich die Frage, ob die bestehende Partnerschaft noch zu retten war, zum Glück nicht mehr. Hals über Kopf war Leyla zu ihm gezogen. Etwas zu überstürzt, dachte Tess nun. Hinterher war man eben immer schlauer.

Anfangs verhielt sich Leyla schüchtern und zurückhaltend, aber schon bald hatte sie sich in einer Art benommen, die Tess zunehmend aufregte. Sie hatte sich wie selbstverständlich in ihrem Elternhaus einquartiert, ließ sich dort bekochen und ihre Wäsche waschen und bediente sich ungeniert an Tess Kleiderschrank. Auch wenn sie nicht mehr viele Kleidungsstücke in ihrem alten Zimmer hatte, das meiste in Stuttgart war, so wollte sie doch nicht, dass Leyla ihre Sachen trug, vor allem nicht, ohne sie zu fragen. Das hatte sie ihrem Bruder deutlich zu verstehen gegeben, aber sie glaubte nicht, dass er seine Freundin darauf hingewiesen hatte. Die rosarote Brille saß noch zu fest. Wahrscheinlich hätte das ohnehin nicht viel Sinn, weil Leyla die unangenehme Angewohnheit hatte, ihre Interessen ohne Rücksicht auf Verluste durchzusetzen. Das Druckmittel ihrer Wahl war meist ein Streit gefolgt von einem tränenreichen oder wütenden oder beleidigten Abgang, wenn sie nicht bekam, was sie wollte. Sie sah eben nur aus wie ein Engel. Um des lieben Friedens willen gab ihr Bruder dann meist nach. Und aus Angst, sie zu verlieren. Alex konnte nicht alleine sein.

„Kommst du?" Leyla hielt Tess die Wagentür auf und bot ihr eine Zigarette an. Tess stieg aus und nahm die Zigarette verwundert an. „Seit wann hast du denn mal eigene Zigaretten?" Leyla schüttelte den Kopf. „Die gehören Alex."

Natürlich, dachte Tess. Eher geht die Welt unter, als dass du dir mal ein Päckchen kaufst. Schmarotzer. Laut sagte sie: „Schon mal was von Geben und Nehmen gehört?" Leyla sah sie nur an und grinste frech. Wieso? Wenn ich doch sowieso alles bekomme, was ich will?!, schien das Lächeln zu sagen. Tess schluckte die aufsteigende Wut hinunter. So sollte das Familienwochenende nicht beginnen. Schweigend liefen sie ein Stück auf dem Rastplatz.

„Wie läuft es mit deinen Prüfungsvorbereitungen?", erkundigte sich Tess höflich, obwohl sie das im Grunde überhaupt nicht interessierte. Sie wusste aber nicht, was sie sonst mit Leyla reden sollte. Diese zuckte gelangweilt die Achseln. „Wird schon irgendwie gehen. Die wirklich wichtigen Abiturprüfungen sind ja erst in ein paar Monaten. Und bei dir so? Stuttgart ist doch bestimmt aufregend, oder?"

„Schöne Stadt, ja. Aber ich habe ziemlich viel mit meiner Ausbildung zu tun, sodass wenig Zeit fürs Erkunden bleibt."

Leyla nickte nur. Sie interessierte sich ebenso wenig für Tess wie umgekehrt. Der Gesprächsstoff war aus. Zum Glück kam in diesem Moment Alex mit einem Becher Kaffee und einer Bratwurst aus dem Restaurant. Den dampfenden Becher reichte er seiner Freundin und biss dann herzhaft in seine Wurst.

„Du magst wirklich nichts?"

„Nein." Tess schüttelte den Kopf. „Mir ist kalt, ich wünsche mir ein heißes Bad und einen guten Film. Kannst du da was machen?" Sie lächelte ihren Bruder an.

„Es ist nicht mehr weit jetzt. Nach allem, was ich gehört habe, soll Richard recht nobel wohnen. Eine Badewanne wird er, denke ich, auf jeden Fall haben. Wenn wir wirklich jeder ein eigenes Gästezimmer bekommen, kannst du dich anschließend vielleicht auch vor den Fernseher legen. Ich würde mich an deiner Stelle aber erst einmal auf ein Abendessen mit der Familie einstellen."

„Ich kann es kaum erwarten." Tess trat ihre Zigarette aus und stieg ins Auto.

Die Gerüchte um die „Spiegelburg" waren nicht aus der Luft gegriffen. Zwar handelte es sich keineswegs um eine Burg im wörtlichen Sinn, aber um eine ein gutes Stück von der Straße zurückgesetzte altroséfarbene Villa mit weißen Fensterläden, kleinen Erkern und Türmchen. Das gesamte Grundstück wurde von einer schmiedeeisernen Umzäunung eingefasst. Alex musste aussteigen und an dem Tor klingeln, über das man auf das Gelände kam. Tess bemerkte das Kameraauge, das sie ins Visier nahm, bevor sich das Tor mit einem leisen Summen öffnete. Alex parkte auf dem Parkplatz seitlich des Hauses. Tess schnalzte anerkennend mit der Zunge. Ein Herrenhaus hatte sie nicht erwartet.

„Wow, Wahnsinn", rief Leyla, sprang aus dem Auto und lief zum Kofferraum, in dem sie ihren riesigen Koffer verstaut hatte. Wozu brauchte man für zwei Tage so viel Gepäck?, fragte sich Tess.

„Lass, Schatz, ich mach das schon." Alex schob seine Freundin sanft zur Seite und wuchtete den Koffer aus dem Wagen. Tess reichte er eine kleine Reisetasche. „Ich wollte eben schon lästern, dass Frauen immer mit so viel Gepäck reisen müssen, aber in diesem Fall hast du dich ja sehr zurückgehalten, Schwesterherz."

„Kommt auf die Sichtweise an, Bruderherz", gab Tess liebenswürdig zurück. „Ich hab mich nicht zurückgehalten, sondern jemand anders hat einfach übertrieben." Mit einem provokanten Seitenblick auf Leyla ließ Tess die beiden stehen und ging Richtung Eingang. Knirschender Kies ließ sie sich umdrehen. Ein schwarzer Tesla rollte eben durch die Einfahrt und parkte neben dem Wagen ihres Bruders. Die Fahrerseite wurde aufgestoßen und ein blonder schlanker Mann stieg aus, lief auf die Beifahrerseite hinüber und half einer alten Frau, die sich schwer auf ihren Stock stützte, aus dem Auto. Ihre Großmutter war trotz ihrer 89 Jahre noch erstaunlich gut in Form. Sie beklagte zwar oft alle möglichen körperlichen Beschwerden, ihr Verstand aber war immer noch messerscharf und ihre Zunge gefürchtet.

„Tessa", sagte sie, als sie sie erblickte. „Guten Tag". Gut einen Meter vor ihrer Enkelin blieb Luise stehen und musterte sie eingehend. Ihre Großmutter war die Einzige, die sie bei ihrem richtigen Namen nannte. Kosenamen waren ihr zuwider. Eine Umarmung, das wusste Tess, erwartete ihre Oma als Begrüßung nicht; im Gegenteil, war ihr Körperkontakt zutiefst unangenehm. Zärtlichkeiten kenne sie aus ihrem Elternhaus nicht, hatte sie mal erzählt. Tess respektierte das, ihr war es so auch lieber, und legte ihrer Großmutter nur flüchtig eine Hand auf die Schulter.

„Hallo Großmutter". Tess wandte sich an den Mann, der die alte Dame stützte. „Hallo Hannes, ich hätte dich fast nicht erkannt."

Der jüngste Bruder ihrer Mutter schob seine dunkle Sonnenbrille auf den Kopf – wofür brauchte er die im Winter? - und lächelte, wobei er ein strahlend weißes Gebiss entblößte. „Ich hätte dich auch kaum erkannt. Wie lange mag unsere letzte Begegnung wohl her sein? Acht Jahre? Da warst du, glaube ich, noch in der Schule."

„Neun Jahre", korrigierte Luise. Ihr habt euch auf der Feier zu meinem 80.Geburtstag zuletzt gesehen". Die Frau hatte immer schon ein erstaunliches Gedächtnis gehabt.

„Na, dann kommt dieses Fest doch genau richtig. Einmal pro Jahrzehnt sollte sich die Familie schon treffen." Er lachte laut.

„Können wir bitte reingehen? Die Kälte kriecht mir in die Gelenke."

„Natürlich, Mutter. Hannes führte Luise Richtung Eingang und half ihr die Stufen hinauf. Tess folgte den beiden zu einer schweren Holztür. Die moderne Videotürsprechanlage wollte nicht so recht zu dem Türklopfer aus Messing passen. Hannes klingelte. Nach einem Moment ertönte der Türöffner und sie traten ein.

Das Erste, was sie in der Eingangshalle sah, war sich selbst und zwar aus einer Unmenge an unterschiedlichen Perspektiven. Lang und dünn, klein und rundlich, mal mehr, mal weniger verzerrt. Überall waren Spiegel angebracht, schmal, breit, rund, eckig, mit verschiedenen Verzierungen an den Rahmen. Daher also der Name „Spiegelburg", dachte Tess. Sie stellte ihre Reisetasche auf dem Steinboden in Schachbrett-Optik ab und ließ den Blick neugierig schweifen. Ein imposanter Kristalllüster hing von einer stuckverzierten Decke. Eine geschwungene, mit rotem Teppich ausgelegte Treppe führte in den ersten Stock hinauf. Auch der Treppenaufgang war mit unzähligen Spiegeln in unterschiedlichen Größen, Formen und Farben behangen. So wirkte die Halle größer und verwinkelter als sie tatsächlich war. Zwei lange Flure führten von dem Eingangsbereich in das Innere der Villa. Es roch angenehm nach Bienenwachs. Offensichtlich war erst kürzlich gereinigt worden.

„Na, da kann ich doch gleich aus unterschiedlichen Blickwinkeln sehen, ob die Frisur auch wirklich sitzt", versuchte ihr Onkel zu scherzen. Weder sie noch ihre Oma lachten, was Hannes aber nicht zu stören schien.

Sie vernahmen schnelle Schritte, die teilweise von dem dicken Teppich geschluckt wurden und hörten dann die angenehme Stimme ihres Onkels Richard, der lächelnd auf sie zutrat.

„Mutter, Tess, Hannes, wie schön, euch zu sehen!" Er nahm sie alle unbefangen und herzlich in die Arme. Luise erwiderte die Umarmung nicht, was Richard gewohnt zu sein schien. Zumindest reagierte er nicht überrascht.

„Hattet ihr eine gute Anreise?"

„War in Ordnung. Könntest du Mutter bitte ihr Zimmer zeigen? Sie muss sich etwas ausruhen."

„Ich kann durchaus für mich selber sprechen, Hannes", wies Luise ihn zurecht. „Ich würde mich nur gerne etwas frisch machen."

„Aber natürlich, Mutter. Dir habe ich ein Zimmer hier im Erdgeschoss zugedacht. Einen Aufzug haben wir hier nämlich leider nicht." Er wies den rechten Flur hinunter. „Bin gleich wieder da, Tess. Geh doch schon mal nach oben, das zweite Zimmer von rechts ist deines."

„In Ordnung, danke."

Es klingelte. Richard sah durch den Spion und öffnete die Tür. „Ah wie schön, dass ihr hier seid", sagte er zu Alex und Leyla, die es nun endlich ins Haus geschafft hatten. „Schön dich kennenzulernen, …", er verstummte und sah Leyla erwartungsvoll an. „Leyla", sagte diese mit einem Seitenblick auf Alex. „Freut mich, Leyla. Ich bin Richard. Schön, dass ihr so kurzfristig kommen konntet. Ich zeige Luise ihr Zimmer, ihr geht bitte mit Tess rauf. Für euch habe ich das Zimmer gegenüber von Tess herrichten lassen." Als Richard außer Hörweite war, entlud sich Leylas Ärger, darüber, dass Richard ihren Namen nicht gewusst hatte.

„Das war ja unangenehm. Du hättest ihm im Vorfeld ruhig mal meinen Namen sagen können", zischte Leyla vorwurfsvoll. „Oder hast du komplett unerwähnt gelassen, dass du eine Freundin hast?"

„Schatz, bitte", versuchte Alex die Wogen zu glätten. „Ich habe so gut wie keinen Kontakt zu Richard. Du bist jetzt hier an meiner Seite. Das ist das Wichtigste. An diesem Wochenende lernst du den Rest meiner Familie kennen." Alex nahm Leyla liebevoll in die Arme, was diese besänftigte. Tess verdrehte ungläubig die Augen. Woher nahm ihr Bruder nur die Energie, es dieser Person immer recht zu machen? Arm in Arm ging das Paar die Treppe hinauf. Tess folgte ihnen mit einigem Abstand. Einige Stufen knarzten leise. Oben angekommen fand sie sich in einem Flur wieder, von dem fünf braunlackierte Kassettentüren abgingen. Auch dieser Bereich war komplett mit Spiegeln in unterschiedlichen Formen und Größen behangen. Da hatte jemand wohl eine Affinität zu Spiegeln. Sie hoffte nur, dass nicht auch ihr Zimmer so aussah. Sie ging über den weichen tomatenroten Teppich zu ihrem Zimmer und war angenehm überrascht. Es war zwar klein, aber behaglich eingerichtet: Ein Doppelbett aus dunkelbraunem, glänzenden Holz nahm den größten Teil des quadratischen Raumes ein, daneben standen ein kleiner Kleiderschrank sowie ein winziger Tisch mit zwei Stühlen. Eine in die Wand eingelassene Tür führte in ein angrenzendes Badezimmer, das mit Duschbad, Toilette und Waschbecken ausgestattet war. Also kein Schaumbad. Tess seufzte. Die fehlende Badewanne wurde aber durch die Aussicht auf einen märchenhaft verschneiten Park, der sich hinter dem Haus erstreckte, mehr als wettgemacht. Tess ließ ihre Tasche achtlos fallen und warf sich auf das weiche Bett. Der angenehme Duft nach frischgewaschener Bettwäsche stieg ihr in die Nase. Sie liebte diesen Geruch.

Es klopfte leise an die Tür. Tess richtete sich auf. „Ja?"

Richard trat ein. „Störe ich? Du kannst dich vor dem Abendessen gerne noch etwas ausruhen." Tess winkte ab.

„Eine wunderbare Aussicht, nicht wahr", fuhr ihr Onkel fort, als er ihren Blick bemerkte. „Meinst du, du hältst es bis Sonntag hier aus?"

„Was ist das denn für eine Frage! Natürlich, es ist sehr schön." Sie zeigte nach draußen. „Gehört der Park etwa zu dem Haus?"

„Aber nein, das ist ein öffentlicher Park, zumindest seit einigen Jahrzehnten. Früher war er Teil dieses Anwesens." Er wechselte das Thema. „Wo hast du eigentlich mein Schwesterlein gelassen?" Tess wunderte sich über diese vertraute Bezeichnung, da die Geschwister doch kaum Kontakt zueinander hatten.

„Mama müsste bald hier sein, denke ich. Wir haben gestern telefoniert und da sagte sie, sie würden morgens losfahren, sodass sie pünktlich hier sind."

Richard nickte und überlegte, wie er das Gespräch am Laufen halten konnte. „Ich habe gehört, du lebst nun in Stuttgart. Gefällt es dir?" Er lächelte sie interessiert an oder war er nur ein guter Schauspieler? Tess konnte sich kaum vorstellen, dass ihr Leben ihn wirklich kümmerte.

„Ja, ist eine schöne Stadt. Tut gut, endlich mal in einer Großstadt zu leben."

„Glaube ich."

„Was hat es eigentlich mit den vielen Spiegeln auf sich?", wechselte Tess das Thema. Sie mochte nicht von sich sprechen.

„Evas Tante hatte ein Faible dafür und hat ihr halbes Leben Spiegel gesammelt. Als wir eingezogen sind, haben wir sie hängen lassen. Sie verleihen dem Haus etwas Mystisches, finde ich." Tess fand es eher verstörend, sich, egal wo sie hinsah, aus unterschiedlichen Blickwinkeln sehen zu müssen, sagte das aber nicht, sondern nickte nur.

„Es ist ein beeindruckendes Haus."

„Das ist es in der Tat und du hast ja noch nicht einmal alles gesehen."

Ein heller Glockenton ertönte. Richard wandte sich zur Tür. „Die nächsten Gäste sind da. Fühl dich wie zu Hause. Handtücher findest du im Badezimmerschrank. Leider ist das WC seit gestern defekt, so kurzfristig habe ich es nicht mehr reparieren lassen können. Du müsstest das eine Etage tiefer benutzen, tut mir leid. Duschen ist aber kein Problem. Wenn du sonst irgendetwas brauchst, scheue dich nicht zu fragen." Er zwinkerte ihr zu. „Wir sehen uns dann später zur allgemeinen

Begrüßung in der Bibliothek. Abendessen ist gegen 20 Uhr geplant." Damit schloss er die Tür hinter sich.

Tess trat ans Fenster und genoss das friedliche Bild. Hohe alte Bäume, deren Äste über und über mit Schnee bedeckt waren, säumten eine große Rasenfläche, auf der zwei Kinder eifrig an einem Schneemann bauten. Tess musste unweigerlich an ihre Kindheit denken, was sie nicht gerne tat. Sie erinnerte sich, dass Alex und sie eines Winters einmal unerlaubterweise an einen kleinen Teich in der Nähe ihres Hauses gegangen waren. Er war zugefroren gewesen und sie hatten die Gefahr als Kinder nicht einschätzen können. Alex war mit dem Fuß eingebrochen und hatte sich einen komplizierten Bruch am Mittelfuß zugezogen. Die Nachbarn hatten Vera und Clemens alarmiert. Ihr Stiefvater war sofort mit Alex ins Krankenhaus gefahren, Vera hingegen hatte geschimpft. Ein tröstendes Wort war ihr nicht über die Lippen gekommen. Weder in dieser Situation noch in anderen. Ob sie denn nicht besser aufpassen könnten? Eine liebevolle und fürsorgliche Mutter war sie nie gewesen. Tess verscheuchte diese unschönen Gedanken und konzentrierte sich wieder auf den Park, der sich hinter der Villa ihres Onkels erstreckte. In den warmen Monaten musste es hier wunderschön grün sein. Ihr Blick glitt zu dem Himmelbett. Sie hätte sich gerne einen Moment in die weiche Decke gekuschelt und die Augen geschlossen. Dann würde sie aber vermutlich das Abendessen verschlafen. Lieber wollte sie die wundervolle Villa erkunden. Eventuell würde sie nach dem Essen einen Spaziergang durch die verschneite Landschaft machen, wenn sie sich überwinden konnte, bei der Kälte länger als eine Zigarettenlänge nach draußen zu gehen. Sie wusch sich rasch das Gesicht, zog sich einen frischen Pullover über und verließ ihr Zimmer.

In der Eingangshalle traf sie auf ihre Mutter und ihren Stiefvater, die soeben angekommen zu sein schienen und etwas unschlüssig neben ihren Gepäckstücken standen.

„Mama, Clemens, da seid ihr ja." Tess ging auf ihre Mutter zu und nahm sie in die Arme. Ihr Stiefvater schlug ihr zur Begrüßung etwas zu fest auf den Rücken und erkundigte sich mit seiner dröhnenden Stimme: „Na, alles klar?" Emotionen machten ihn stets verlegen, was er durch übertrieben grobes und lässiges Verhalten zu überspielen versuchte.

„Du hättest ruhig mal anrufen können." Ein leiser Vorwurf schwang in der Stimme ihrer Mutter. Tess sah sie leicht verärgert an. „Ihr tut ja gerade so, als hätten wir uns seit Monaten nicht mehr gesehen, dabei war ich vorletztes Wochenende doch bei euch und außerdem schwingt die Tür in beide Richtungen, Mama. Du hättest auch anrufen können", rief Tess verstimmt. Immer die gleichen lästigen Diskussionen. Ihre Mutter war unfähig, Kontakt zu irgendjemandem zu halten. Selbst rief sie nie an, erwartete aber umgekehrt, dass sie angerufen wurde. Deshalb hatte sie auch keine Freunde, nicht einmal entfernte Bekannte. Kurzes gespanntes Schweigen. Kaum traf sie auf ihre Mutter, war ihre Laune gleich dahin.

„Ja, gut, du hast recht", lenkte ihre Mutter sofort ein. Dabei presste sie ihre Lippen aufeinander, was Tess zeigte, dass sie der Meinung war, ihre Tochter hätte sich sehr wohl melden können. Wie immer scheute sie aber die Konfrontation und ging den Weg des geringsten Widerstands. Tess versuchte, ihre Frustration nicht die Oberhand gewinnen zu lassen. Sie war doch nicht hier, um sich über ihre Mutter zu ärgern.

„Du kennst doch deine Mutter, sie hatte bestimmt Angst, es könnte ein Mann an den Apparat gehen", Clemens sah seine Frau herausfordernd an. Tess verdrehte die Augen. „Was für ein Mann denn? Wenn es jemanden in meinem Leben geben sollte, erfahrt ihr es natürlich als Erste."

Vera wechselte das Thema und erkundigte sich, ob Alex und Leyla auch bereits da seien.

„Ich bin doch mit den beiden gefahren. Sie sind wahrscheinlich noch auf ihrem Zimmer." Clemens ließ ein gedehntes „Aha" hören und hob vielsagend die Augenbrauen. „Was die beiden wohl treiben?" Bevor er das Thema allerdings weiter vertiefen konnte, waren eilige Schritte auf dem Steinboden zu hören. „Ah, seht mal, wer da ist", ertönte Richards Stimme, „meine liebe Schwester." Er schüttelte ihr und Clemens die Hand. „Schön, dass ihr kommen konntet. Mein Entschluss zu feiern, war recht spontan, sodass ich nun mit einigen Absagen leben muss. Hattet ihr eine angenehme Fahrt?" Er sah seine Schwester und seinen Schwager abwartend an. Wahrscheinlich hätte er Vera gerne herzlicher begrüßt, aber diese stand steif vor ihm und ging keinen Schritt auf ihren älteren Bruder zu. Es war für Tess offensichtlich, dass ihre Mutter sich unwohl fühlte. Wenn man sie kannte, sah man das an ihrer Körperhaltung, der Art, wie sie ihre Handtasche unter ihren Arm klemmte und ihrem aufgesetzten Lächeln, das ihre Augen nicht erreichte. Auch Richard entging die angespannte Atmosphäre nicht, die dann aber glücklicherweise von Clemens, der mit seinem Gehstock auf die Spiegel zeigte, aufgelockert wurde. „Ja, wir hatten nur wenig Stau. Dir geht es ja offensichtlich nicht schlecht hier. Das ist ein tolles Haus!" Er nickte anerkennend. „Wann wurde es erbaut?"

„1871. Es muss allerdings noch eine ganze Menge Arbeit reingesteckt werden. Die Fassade ist neu gestrichen und auch der Eingangsbereich ist restauriert worden, aber ihr werdet sehen, dass man dem Haus sein Alter hier und da noch deutlich ansieht. Aber jetzt zeige ich euch erst einmal euer Zimmer." Als Clemens sich mit dem wuchtigen Koffer abmühte, nahm Richard ihn ihm ab und trug ihn kurzerhand die Treppe hinauf. Bevor er im oberen Flur verschwand, sah er zu Tess hinunter.

„Du kannst dich gerne umsehen. Fühl dich wie zu Hause. Falls du hungrig oder durstig sein solltest, am Ende des Gangs ist die Küche, bedien dich ruhig."

„Danke, das mache ich." Sie beobachtete, wie ihre Mutter ihrem Bruder rasch die Treppe hinauf folgte und sich dabei kein einziges Mal nach ihrem Mann umdrehte, der aufgrund seines Übergewichts und der Knieverletzung sichtlich Schwierigkeiten hatte, in den ersten Stock zu gelangen. Ihre Mutter kümmerte das nicht. Vielleicht wäre für ihren Stiefvater ein Zimmer im Erdgeschoss sinnvoll gewesen, dachte Tess.

Neugierig lief sie den Flur hinunter, ihre Turnschuhe verursachten dabei ein quietschendes Geräusch auf dem Steinfußboden. Sie kam an mehreren geschlossenen Türen vorbei, wagte aber nicht, einen Blick hinein zu werfen. Wo ihre Großmutter untergebracht war, wusste sie nicht. Die Wände waren hier kahl, was sie wohl nicht immer gewesen waren. Helle rechteckige Absetzungen verrieten, dass hier mal Bilder oder Spiegel gehangen haben mussten. Ein neuer Anstrich war hier dringend notwendig, aber ihr Onkel hatte ja gesagt, dass noch einiges in und am Haus getan werden musste.

Sie vernahm leise Stimmen, die lauter wurden, je weiter sie ging. Am Ende des Flurs sah sie eine angelehnte Tür. Das musste die Küche sein. Sie ging hinein und stieß dabei fast mit einem jungen Mann zusammen, der ein Tablett mit appetitlich angerichteten Häppchen vor sich her trug.

„Oh, Entschuldigung!"

Der Mann lächelte. „Ist ja zum Glück nichts passiert." Er musterte sie neugierig.

„Gehören Sie zur Familie?"

„Ja, Richard ist mein Onkel."

„Ah ja." Er sah umständlich auf seine Armbanduhr.

„Ich bringe das Tablett mal in den Salon." Mit diesen Worten lief er zügig an ihr vorbei.

Tess sah ihm nach. Salon? Sie fühlte sich zurückversetzt in eine vergangene Zeit. Richard hatte eigens für dieses Wochenende Servicekräfte angestellt. Erwartete er so viele Gäste, dass er sie nicht selbst bewirten konnte oder wollte er einfach ein bisschen mit seinem offensichtlichen Reichtum angeben?

„Vorsicht bitte!" Sie drehte sich um. Eine dicke blonde Frau mit einem Tablett in den Händen, ebenso wie der junge Mann mit einer weißen Bluse und einer schwarzen Hose bekleidet, blickte sie ungeduldig an. Tess bemerkte, dass sie mitten im Weg stand und trat hastig zur Seite. Die Blonde eilte an ihr vorbei. Eine weitere Servicekraft stand an dem schlichten hellen Holztisch, der mitten in der Küche stand und arrangierte weitere Häppchen auf Tellern, die eine Köchin ihr reichte. Was für ein Aufwand nur für eine Geburtstagsfeier, dachte Tess, oder waren diese Leute vielleicht sogar dauerhaft hier angestellt? Zu dem Haus würde es jedenfalls passen. Villa, korrigierte sie sich. Wer hier lebte, hatte Personal.

Sie nickte den beiden zur Begrüßung zu, verließ die Küche durch eine zweite Tür gegenüber dem Eingang und fand sich in einem kleinen Raum wieder, in dem ein verschlissenes Sofa vor einem altmodischen Fernsehgerät stand. Die Einrichtung war alt und passte nicht zu dem Eingangsbereich der Villa und den glänzenden Möbeln in ihrem eigenen Zimmer. Das einzig Moderne war die Hifi Anlage auf einem Regal. War das wirklich eine Hifi Anlage?, frage sich Tess, als sie einen kleinen Monitor bemerkte. Was kümmerte es sie. Viel interessanter war es, dieses imposante Haus weiter zu erkunden. Tess öffnete die Tür am Ende des Zimmers und gelangte wieder in den langen Flur, den sie auf der Suche nach der Küche entlanggegangen war. Sie sah die dicke blonde Kellnerin mit zwei Tabletts und folgte ihr in den Salon, wo das Abendessen eingenommen werden wollte. *Salon* war ohne Zweifel der richtige Begriff für den weitläufigen, fast schon hallenartigen Raum, der mit Sicherheit fünf Mal so groß wie ihre Zwei-Zimmer-Wohnung war. Im Türrahmen stehend ließ sie den Blick neugierig umherwandern. Auch hier baumelte ein imposanter Kristalllüster von einer stuckverzierten Decke. In der Mitte des Raums bot ein schwerer Holztisch Platz für mindestens zwanzig Personen. Wahrscheinlich konnte man ihn auch noch ausziehen, dachte Tess. Wer bekam denn so viele Gäste? Sie registrierte die liebevolle Tischdekoration. Weiße Lilien in silbernen bauchigen Vasen und rote Kerzen in silbernen Ständern waren geschmackvoll in der Mitte des Tisches arrangiert. In den Vasen und Kerzenständern spiegelte sich der Schein des Feuers, das im Kamin prasselte, der eigentliche Blickfang in dem Raum. Darüber hatte wohl mal ein Porträt gehangen, was an dem helleren Viereck zu sehen war, das sich von der übrigen Wandfarbe abhob. Sie schlenderte hinüber zur Terrassentür und warf einen Blick in den Park, über den sich langsam die Abenddämmerung wie eine weiche Decke legte. Ihre Hand fuhr in ihre Hosentasche und sie zog das Päckchen Luckys heraus. Enttäuscht stellte sie fest, dass sie keinen Joint mehr hatte. Jetzt war wohl auch keine Zeit mehr, sich noch einen zu drehen.

„Aha, also auch auf Erkundungstour. Wir haben uns schon gewundert, wo du bist."

Tess drehte sich zu ihrem Bruder um, der Hand in Hand mit Leyla den Salon durchquerte. Die beiden hatten sich bereits für den Abend schick gemacht, Alex trug eine Jeans zu einem weißen Hemd, seine Freundin ein paillettenbesetztes silbernes Cocktailkleid mit dazu passenden Highheels, was Tess reichlich übertrieben fand. Leyla musterte Tess abschätzig.

„Du bist recht leger angezogen."

Tess tat ihr nicht den Gefallen, an sich hinunter zu sehen. Ihr Outfit - bestehend aus einer khakifarbenen Jeans, einem blauen Pullover zu schlichten weißen Turnschuhen - war ihrer Ansicht nach für jeden Anlass geeignet. Sie fühlte sich wohl, das war die Hauptsache.

„Findest du deinen Aufzug nicht etwas übertrieben?", gab sie patzig zurück. Mein Gott nervte Leyla sie. Führte sich auf wie die Prinzessin auf der Erbse. Alex zog warnend die Augenbrauen hoch. Klar, er wollte keinen Ärger mit seinem Goldschatz, der ja sofort beleidigt war, wenn man ihm contra bot. Tess öffnete die Terrassentür und trat nach draußen. Ohne Jacke war es zwar ziemlich kalt, aber besser frieren als streiten, dachte sie. Als sie die Tür demonstrativ hinter sich zuzog, hörte sie noch, wie Leyla maulend fragte, ob ihr Kleid wirklich zu übertrieben sei und ihr Bruder sie mit einem „nein, du siehst absolut traumhaft aus, Schatz", zu beschwichtigen versuchte.

Nachdem sich alle Gäste in ihren Zimmern eingerichtet hatten, begrüßte Richard sie zu einem Aperitif in der Bibliothek. Tess hielt sich etwas abseits und ließ ihren Blick über die Anwesenden schweifen. Ihre Mutter hielt wie immer sichtbaren Abstand zu Clemens, der sich schwer auf seinen Stock stützte. Warum er sich nicht in einen der weichen Ledersessel setzte, wusste auch nur er. Vermutlich wollte er, dass alle Anwesenden bemerkten, dass er ohne Stock weder gehen noch stehen konnte. Seit Jahren schon kämpfte er gegen sein Übergewicht und hatte bereits unzählige Diäten ausprobiert, aber keine half - zumindest behauptete er das. Tess wusste, dass er nachts, wenn er sich unbeobachtet wähnte, regelmäßig an den Kühlschrank schlich und sich das gönnte, was er sich tagsüber eisern versagte. So war ein Gewichtsverlust natürlich utopisch. Hinzu kam, dass er sich aufgrund einer Knieverletzung ohnehin nur sehr eingeschränkt bewegen konnte. Dem Arzt zufolge würde der Heilungsprozess beschleunigt, wenn das Knie weniger Last zu tragen hätte. Ein Teufelskreis also. Er tat Tess leid. Ein Leben mit ihrer Mutter, die wenig für ihn übrig hatte und ihn das auch bei jeder Gelegenheit deutlich spüren ließ, war sicher nicht das, was er sich erträumt hatte. Und auch nicht das, was er verdiente. Im Grunde war er nämlich kein schlechter Mensch, auch wenn er ausgesprochen unangenehme Seiten hatte, sich teilweise grob und egoistisch verhielt, was es anderen schwer machte, ihn zu mögen. Umso erstaunlicher ist es, dachte Tess, dass es die beiden nun schon seit über 25 Jahren miteinander aushielten. Oder die Beziehung hielt so lange, weil beide auf ihre Art kompliziert waren und sich dadurch wiederum gut ergänzten.

Tess beobachtete, wie Hannes, in eine schwarze Jeans und ein hellblaues Hemd gekleidet, die unvermeidliche Sonnenbrille im kurzgeschnittenen blonden Haar, lässig auf eine der Servicekräfte zuging und sich zwei Gläser mit Champagner vom Tablett nahm. Das zweite Glas reichte er einer brünetten Frau, die an der Terrassentür lehnte und sich mit Luise unterhielt. Das musste wohl seine Frau sein. Tess hätte nicht sagen können, wann sie Conni das letzte Mal gesehen hatte. Bei der letzten Feierlichkeit, dem 80. Geburtstag ihrer Großmutter, war sie zumindest nicht dabei gewesen. Tess hätte sie auf der Straße nicht wiedererkannt. Hatte sie ihre Haare schon immer so kurz getragen? Und was sollte der 20er Jahre Aufzug? Sie wirkte in dem schwarzen Fransenkleid und mit dem ebenfalls schwarzen Stirnband, in dem auf der rechten Seite eine grüne Feder steckte, reichlich fehl am Platz. Da war Leyla passender angezogen. Aber sie wusste aus Erzählungen, dass Conni immer so rumlief, wofür Tess ihr im Stillen Respekt zollte. Eine Frau, die offenbar ihren Weg ging, egal was man von ihr hielt. Ihr Blick glitt zu Luise, schick wie immer in schwarzer Bluse und grauer Leinenhose mit strenger Bügelfalte. Es ging doch nichts über eine makellose Verpackung, die inneren Werte waren zweitrangig, dachte Tess gehässig.

Als hätte Luise die Blicke ihrer Enkelin bemerkt, wandte sie sich um und kam dann langsam auf sie zu. Sie ließ den Blick provozierend an ihr hinabgleiten und verzog dann missbilligend den Mund.

„Na, Tessa, für den Anlass hättest du dich aber etwas mehr zurecht machen können, findest du nicht? Selbst deine Mutter hat es geschafft, sich mal anständig anzuziehen."

Tess konnte ihren Ärger nur mit Mühe unterdrücken. Sie hatte sich doch fest vorgenommen, sich von diesem Drachen nicht mehr provozieren zu lassen. „Ich finde, ich bin passend angezogen. Wenn du damit ein Problem hast, dann mach das nicht zu meinem."

„Meiner Meinung nach drückt man dem Gastgeber gegenüber seinen Respekt aus, wenn man sich dem Anlass entsprechend kleidet, in dem Fall ist das dein Onkel, der immerhin seinen 60. Geburtstag feiert."

„Soweit ich weiß, hat er aber erst morgen Geburtstag, oder?" Sie sah ihre Großmutter herausfordernd an, die für einen Moment sprachlos war.

„Trotzdem", beharrte Luise. Tess schäumte innerlich vor Wut. Diese Frau war doch nur darauf aus, andere zu treffen. Diese Genugtuung wollte sie ihr aber nicht geben. Am besten ging sie dieser Frau aus dem Weg.

„Lass gut sein, Oma. Ich werde mir jetzt mal etwas zu trinken holen. Entschuldige mich."

„Tessa, ich finde …", begann ihre Großmutter empört, wurde aber von einem herannahenden Clemens unterbrochen.

„Mama, wir haben uns noch gar nicht begrüßt." Er schlug ihr kameradschaftlich auf den Rücken. „Gut hast du dich gehalten, das muss ich schon sagen. Ich bin leider nicht mehr so gut in Form, wie du siehst ...“

Tess lächelte in sich hinein, als sie den irritierten Blick ihrer Großmutter wahrnahm. Sie wusste, dass sie es hasste, von ihrem Schwiegersohn mit *Mama* angeredet zu werden. Außerdem war ihr ein Gespräch mit Clemens, dem aus ihrer Sicht ungehobelten Klotz ohne jegliche Manieren und Geschmack für Kleidung, überhaupt nicht recht. Geschah ihr recht.

Tess lief auf den dunkelhaarigen Kellner zu, mit dem sie vorhin in der Küche fast zusammengestoßen wäre und nahm ein Glas Champagner von dem Tablett, das er trug und den Gästen anbot. Genüsslich trank sie ein paar Schlucke und fühlte, wie die prickelnde Flüssigkeit ihre Wut langsam löschte. Ihre Großmutter war es nicht wert. Sie wollte dieses Wochenende genießen. Sie bemerkte, dass der Kellner sie mit interessiertem Blick bedachte.

„Ist wohl stressig, die ganze Familie um sich zu haben. Ich habe unfreiwillig ein paar Wortfetzen mitbekommen.“ Er sah sie verlegen an und ihr fielen seine großen bernsteinfarbenen Augen auf.

„Das kann man wohl sagen. Es sind aber nicht alle gleichermaßen anstrengend.“ Sie überlegte, wie sie das Gespräch am Laufen halten konnte. „Sagen Sie, arbeiten Sie nur für die Dauer der Festtage hier oder sind Sie immer hier beschäftigt?“, erkundigte sie sich.

Er schüttelte den Kopf. „Nein, Ihre Tante hat mich nur für die Festtage angestellt. Ich verdiene mir hier etwas dazu. Ansonsten arbeite ich als Krankenpfleger.“

„Ah, interessant, ich mache gerade eine Ausbildung als Altenpflegerin. Was für ein Zufall.“

Er lächelte irgendwie wissend. „Ich glaube nicht an Zufälle. Gefällt Ihnen die Ausbildung?“

„Ja, sehr. Ich habe endlich eine Arbeit gefunden, die mich wirklich ausfüllt."

Tess spürte eine Hand auf ihrem Arm und sah in das schöne Gesicht ihrer Tante Eva.

„Wie ich sehe, habt ihr euch bereits miteinander bekannt gemacht. Ohne Justus wäre ich definitiv aufgeschmissen. Ich bin froh, dass ich ihn überreden konnte, übers Wochenende hier auszuhelfen." Eva sah dankbar zu dem jungen Mann, der lächelnd nickte und leicht rot wurde oder bildete Tess sich das nur ein? Dann setzte er seinen Rundgang durch den Salon fort, um auch den anderen Gästen Getränke anzubieten.

Tess lag die Frage auf der Zunge, woher die beiden sich kannten, als Tina zu ihnen trat. „Mama, Renate hat eben angerufen. Sie schafft es heute nicht mehr. Sie kommt aber ganz sicher morgen."

„Mhm, ja, ich dachte mir so etwas bereits. Vor allem weil es jetzt auch schon so spät ist." Eva verzog nachdenklich ihren rot geschminkten Mund, der Lippenstift perfekt auf ihr rotes Kostüm abgestimmt, und wandte sich dann erklärend an Tess, als sie deren fragenden Gesichtsausdruck bemerkte. „Sie und ihr Mann sind die letzten Wochen durch Indien gereist. Ich meine, sie sind erst gestern oder vorgestern zurückgekommen. Da muss man sich erst einmal wieder in seinem Alltag zurecht finden und das ein oder andere erledigen, bevor man wieder aufbricht. Ich hoffe für Richard nur, dass sie überhaupt kommen. Er würde sich sehr freuen."

Renate war die Jüngste der Geschwister. Ihre Mutter sprach nur selten von ihrer zehn Jahre jüngeren Schwester. Wahrscheinlich lag das daran, dass der Altersunterschied zwischen den beiden zu groß war, dachte Tess. Als Renate im Kleinkindalter war, war Vera bereits Jugendliche und mit Sicherheit an allem anderen als an ihrer kleinen Schwester interessiert gewesen.

Eva sah Tess an. „Wie geht es dir? Wir haben uns schon so lange nicht mehr gesehen." Bevor Tess antworten konnte, erklärte Richard an ihrer Stelle: „Da musst du noch fragen? So kann doch nur eine Frau aussehen, die sich rundum wohlfühlt." Er lächelte sie schelmisch an, legte einen Arm um die Taille seiner Frau und nahm sich ein Glas Sekt von dem Tablett, das die blonde Kellnerin soeben an ihnen vorbeitrug. Tess musste lachen. Ihr Onkel gefiel ihr. In seiner herzlichen und unbefangenen Art unterschied er sich deutlich vom Rest der Familie.

„Genieß die Feier!" Eva nickte ihr zu und Arm in Arm gingen die beiden davon. Für einen kurzen Moment fragte sich Tess, ob sie wohl auch jemals einen Partner finden würde, mit dem sie so gut harmonierte.

„Kommst du mit eine rauchen?", riss Tina sie aus ihren Gedanken. Tess nickte. Zusammen traten sie in die schwarze Nacht hinaus und schlossen die Terrassentür hinter sich, damit der Rauch nicht ins Innere zog.

„Stört es dich, wenn ich keine Zigarette rauche? Ich meine, wegen dem Geruch." Tess hielt fragend den Joint hoch, den sie sich vorhin doch noch schnell gedreht hatte.

„Quatsch, mach nur. Ich bin da nicht so pingelig." Tina sah auf die Uhr. „In zehn Minuten gibt es Abendessen. Ich bin am Verhungern." Sie sah Tess an, die an ihrem Joint zog. „Gefällt es dir hier? Du hältst dich sehr zurück. Wie findest du es?"

Tess fand die Bemerkung über ihre angebliche Zurückhaltung ärgerlich. Wie sollte sie denn sein? „Ich muss erst einmal warm werden. Ist nicht meine Art, sofort auf alle zuzugehen, Familie hin oder her." Sie wechselte das Thema, wollte den Fokus von sich ablenken, bevor ihre Cousine noch mehr Fragen stellen konnte, die sie nicht beantworten wollte. Vielleicht war genau das auch das Problem, schoss es ihr durch den Kopf. Jemand, der nicht offen auf andere zuging, konnte auch keine Offenheit erwarten. Sie sollte ihr Verhalten beizeiten versuchen zu ändern, wenn sie neue Kontakte knüpfen wollte. Vor allem für eine Beziehung zu einem Mann war eine offene Kommunikation als Basis unerlässlich. Und sie wünschte sich doch eine ernste Partnerschaft.

„Wohnst du eigentlich auch hier?"

Ihre Cousine schüttelte den Kopf. „Nein, ich habe eine kleine Wohnung in der Stadt. Die Wochenenden verbringe ich ab und zu hier. Aber hier leben? Zu dritt in diesem riesigen Haus? Nein, da fühle ich mich in meiner kleinen Wohnung mit Marlene um einiges wohler."

Tess zog überrascht die Augenbrauen nach oben. „Marlene? Ich dachte, ihr hättet euch getrennt?"

„Das war zunächst auch so, aber wahre Liebe überwindet eben alle Grenzen", erklärte Tina schwülstig und lachte. Tess stimmte ein. Sie spürte zu ihrer Überraschung einen Anflug von Neid. Wie schön musste es sein, zu einem Menschen zu gehören und gemeinsam zu erleben, dass schwierige Umstände einen nur noch fester zusammenschweißten? Selbst die Tatsache, dass Marlene nun keinen Freund mehr hatte, sondern eine Freundin, hatte nicht zur Trennung geführt. Das wollte schon was heißen.

„Und bei dir? Ich habe gehört, dass du jetzt in Stuttgart lebst", riss Tina sie aus ihren Gedanken.

Tess nickte und blies Rauch aus. „Genau. Ist eine tolle Stadt, zumindest danach zu urteilen, was ich bis jetzt davon sehen konnte. Die Ausbildung lässt mir nämlich nicht besonders viel Freizeit."

Tess dachte an die Besichtigung ihrer kleinen, aber gemütlichen Dachgeschosswohnung zurück. Sie hatte sich sofort in die L-förmig geschnittene Wohnung verliebt und die Zimmer gedanklich bereits eingerichtet, bevor sie die Zusage überhaupt erhalten hatte. An dem einen Ende des L hatte sie ihr

Wohnzimmer eingerichtet, am anderen das Schlafzimmer, in der Mitte lagen Küche und Badezimmer. Tolle Wohnung, tolle Stadt, tolle Ausbildung, da kam der Rest von allein, hatte sie gedacht. Sie war eines Besseren belehrt worden. Ein paar Mal hatte sie sich mit Arbeitskollegen getroffen, aber die Chemie hatte nicht gestimmt. Dann lieber alleine zu Hause, als in langweiliger Gesellschaft. Vielleicht lag es aber auch an ihr, dass sie nur schwer Kontakte knüpfen konnte. Vielleicht langweilte sie andere auch, weil sie nur wenig von sich preiszugeben bereit war? Jedenfalls nagte die Einsamkeit sehr an ihr. Die Wochenenden waren besonders schlimm. Immer nach Hause fahren mochte sie nicht. Da hätte ihre Mutter den Braten gerochen und sie wollte lieber den Eindruck erwecken, dass sie sich in Stuttgart gut eingelebt und rasch Freunde gefunden hatte. Einzig Alex ahnte, dass es ihr nicht so gut ging, wie sie tat, aber offen darüber gesprochen hatten sie bisher nicht. Das wollte sie auch nicht, zumindest noch nicht. Sie hatte Angst davor, erneut alles hinzuschmeißen.

„Das glaube ich gerne. Eine Bekannte von mir ist auch Altenpflegerin, sagte Tina gerade.

Tess fiel darauf keine Erwiderung ein. Sie sah auf die Uhr. „Wir gehen besser rein."

„Ja, dann bekommen wir auch noch einen guten Platz", stimmte Tina zu.

Freie Platzwahl war jedoch nicht vorgesehen, es gab eine feste Sitzordnung. Tess fand ihren Namen zwischen dem von Hannes und ihrer Mutter auf der festlich gedeckten Tafel. Links davon war ein üppiges Buffet mit allerlei Köstlichkeiten aufgebaut. Richard wartete, bis alle sich gesetzt und bei dem Personal etwas zu trinken bestellt hatten, bevor er aufstand und um Aufmerksamkeit bemüht mit einem Löffel an sein Champagnerglas schlug. Als die Gespräche daraufhin verstummten und sich alle Augenpaare neugierig auf ihn richteten, bedankte er sich für das Kommen und wünschte einen schönen Abend.

„Bitte, bedient euch reichlich am Buffet, nur keine falsche Zurückhaltung, es ist mehr als genug für alle da."

Wie zu erwarten, war Clemens einer der ersten, der seinen Teller ungeniert volllud. Wie rasch er sich doch bewegen konnte, wenn es ums Essen ging, dachte Tess belustigt. Weg waren die Knieprobleme. Sie fing einen geringschätzigen Blick ihrer Mutter auf, die wohl das Gleiche über ihren Mann dachte. Nach und nach bedienten sich alle an dem Buffet. Das Abendessen wurde überwiegend schweigend eingenommen. Lediglich ein anerkennendes „Mmhh" sowie das Klappern von Besteck auf Porzellan waren zu vernehmen.

„Das Essen ist großartig, Richard!", rief Clemens kauend. Zustimmendes Gemurmel.

„Freut mich, wenn es euch schmeckt. Den Catering Service hat Eva ausgewählt. Im Grunde habe ich die gesamte Organisation meiner wundervollen Frau zu verdanken."

Eva, die sich umgezogen hatte und nun ein geschmackvolles lindgrünes Kleid trug, sah von ihrem Teller auf und lächelte ihrem Mann zu. „Du wirst schließlich nur einmal 60, Schatz. Da wollte ich, dass alles passt."

„Das ist dir auch gelungen." Er beugte sich hinüber und küsste sie.

Nach Beendigung der Mahlzeit, als wahlweise Kaffee und Cognac gereicht wurden, begannen leise Gespräche. Man tauschte sich vor allem über das aus, was seit dem letzten Familienfest geschehen war. Und das war einiges.

„Wir wohnen jetzt seit fünf Jahren hier, es sind doch fünf, oder Schatz?". Richard blickte seine Frau fragend an. Eva nickte. „Ja, es waren im September fünf Jahre."

„Ein wunderschönes Haus." Alex nickte anerkennend.

„Die Bezeichnung Haus scheint mir hier stark untertrieben", fiel Clemens ein.

„Aber auch wunderschön viel Arbeit", gab sein Onkel zurück, ohne den Einwand seines Schwagers zu beachten. „Anfangs waren wir voller Tatendrang und wollten das gesamte Gebäude so rasch wie möglich auf Vordermann bringen, aber wie du siehst ...".

„... haben wir das noch nicht geschafft", beendete seine Frau den Satz für ihn. „Wir sind aber nach wie vor voller Tatendrang, nicht wahr, Richard?" Seine Antwort wartete sie nicht ab, sondern lenkte das Gespräch auf ein anderes Thema, indem sie sich nach Alex Studium erkundigte.

„Das liegt erst einmal auf Eis. Nach dem Physikum habe ich abgebrochen und eine Ausbildung als Maler gemacht. Seit einem Jahr arbeite ich in dem Beruf."

Seine Verwandten starrten ihn überrascht an. „Vom Arzt in spe zum Handwerker. Das ist ja mal interessant. Davon wussten wir gar nichts. Woher der Sinneswandel?"

Alex hob die Schultern und seufzte. Dass er das immer erklären musste, nervte ihn langsam. Ich habe einfach gemerkt, dass das ganze Theoretische nicht meins ist. Ich will meine Zeit nicht in Hörsälen verbringen, sondern etwas mit meinen Händen schaffen, kreativ sein."

„Wenn du das mal nicht bereust irgendwann. Als Arzt kannst du doch auch mit deinen Händen arbeiten, zum Beispiel als Chirurg." Das kam natürlich von Luise, von wem auch sonst. „Als Arzt wärst du um einiges angesehener und hättest später mehr Kleingeld zur Verfügung. Als Maler hingegen ...." Sie ließ den Satz in der Luft hängen und lächelte mitleidig. Er hätte seine Großmutter erwürgen können. Bevor er jedoch etwas erwidern konnte, mischte sich Hannes in das Gespräch ein.

„Also Mutter, ich denke, das ist allein Alex Entscheidung, wie er seinen Lebensunterhalt verdienen möchte und was noch viel wichtiger ist: Es dreht sich nicht alles im Leben um Geld und Ansehen."

„Hört, hört. Und das ausgerechnet aus deinem Mund", rief Luise provokant.

„Hauptsache Alex ist zufrieden, das ist doch das Wichtigste", versuchte Richard die Situation zu entschärfen. Es steht uns doch überhaupt nicht zu, über seine berufliche Zukunft zu urteilen.

„Darauf trinke ich!", rief Hannes und hob sein Sektglas. „Schön, dass du für dich festgestellt hast, was dich im Leben glücklich macht und unbeirrt danach lebst."

„Hat es dir geschmeckt?", wandte sich Vera an Tess.

„Ja, sehr gut. Dir auch?"

„Es geht. Das Fleisch ist etwas trocken und die Nudeln zu fad für meinen Geschmack."

Tess lachte in sich hinein. Ihre Mutter, die selbst alles andere als eine gute Köchin war, hatte immer etwas an Speisen auszusetzen, die sie nicht selbst zubereitet hatte.

„Hast du das Kleid von Leyla gesehen? Unmöglich und vollkommen übertrieben." Tess sah sich hastig um, aber Leyla und Alex waren zum Glück außer Hörweite. Nach einer Unterhaltung mit Richard und Eva, die Leylas Kleid bewundert hatten, standen die beiden rauchend auf der Terrasse.

„Ja, ich finde es auch unpassend, das hab ich ihr vorhin auch gesagt. Da war sie natürlich wieder beleidigt."

„Ich kann nicht verstehen, wie dein Bruder es mit ihr aushält." Sie hat einfach …"

„Wenigstens erscheint sie nicht so salopp gekleidet wie Tess. Luise war hinter sie getreten und blickte ihre Enkelin provozierend an.

„Mein Gott, jetzt fängst du schon wieder damit an! Kümmere dich doch bitte zur Abwechslung mal um deine Angelegenheiten!"

„Tess, bitte, Mama meint das doch nicht so, sie ...", versuchte Vera sie zu beschwichtigen.

Tess fuhr wütend zu ihrer Mutter herum. „Warum ergreifst du eigentlich immer Partei für sie, wenn sie dabei ist? Sag ihr doch mal ins Gesicht, was du wirklich denkst! Steh mal zu mir, zu deiner Tochter!" Für einen Moment war Tess selbst überrascht über ihren Ausbruch. Vera ging es offenbar nicht anders, denn sie sah sie nur mit großen Augen stumm an. Dann presste sie ihre Lippen aufeinander, ein untrügliches Zeichen für aufkeimende Wut, sicher darüber, dass Tess sie in Anwesenheit Luises verraten hatte. Aber Tess kümmerte sich nicht darum. Sie hatte diese Unaufrichtigkeit so satt!

Auch als Luise Vera direkt fragte, was Tess denn damit andeuten wolle, schüttelte Vera nur den Kopf und schwieg. Luise wandte sich angriffslustig an Tess. „Ich werde ja wohl noch meine Meinung sagen dürfen! Bei dir ist nicht nur die Kleidung unpassend, dein ganzer Lebensstil ist fragwürdig. Wer schmeißt schon eine fast abgeschlossene Ausbildung wegen einer ungewollten Schwangerschaft hin? Du hättest es durchziehen müssen und das Kind hättest du auch behalten sollen. Als ich so alt war wie du, hatte ich bereits drei Kinder und einen Beruf!"

Tess erhob sich ruckartig von ihrem Stuhl und sah ihre Großmutter wütend an. „Mein Leben geht dich nichts an. Mich interessiert nicht, was du in meinem Alter schon alles gemacht oder nicht gemacht hast. Erzähl das jemandem, der das hören möchte! Und zu dir, Mutter ..., wenn du Rückgrat hättest, würdest du mich verteidigen, aber ...." Sie ließ den Satz unvollendet und stürmte in Richtung Tür. Als sie sich umwandte, fing sie einen mitleidigen Blick von Hannes auf, der die Auseinandersetzung mitangehört hatte. Sie stieß mit ihrem Stiefvater zusammen, der offensichtlich von der Toilette kam. „Immer langsam, Tess, du weißt doch, dass …". Sie ignorierte ihn. Im Flur lehnte sie sich einen Moment gegen die Wand und holte tief Luft. Ihre Hände zitterten. Die Gedanken an das Baby, das sie damals nicht austragen wollte, drohten sie zu ersticken. Eine Erwähnung reichte, um die Wunde wieder aufzureißen. Sie schob die Erinnerungen in einen imaginären Tresor, wie sie es im Rahmen zahlreicher Therapiesitzungen gelernt hatte, verschloss die Tür und warf den Schlüssel weg. Ihre Atmung verlangsamte sich fast sofort. Hatte also doch etwas gebracht, sich jede Woche bei der komischen Schrulle auf die Couch zu legen.

Es war erst Freitag. Wie sollte sie es hier bis Sonntag aushalten? Sie hätte ihrem ersten Impuls folgen und ihrem Onkel absagen sollen. Sie tastete nach ihrer Zigarettenpackung in ihrer Tasche und ging dann hinauf in ihr Zimmer. Dort öffnete sie das Fenster, zündete sich eine Zigarette an und inhalierte tief. Das und der Blick auf die zarten Schneeflocken, die im orangenen Licht der Straßenlaternen langsam und lautlos zu Boden schwebten, hatten eine beruhigende Wirkung auf sie. Obwohl sie sich nicht weiter ärgern wollte, tat sie es dennoch. Ihre Oma war schon immer so gewesen. Sie war das Maß aller Dinge. Sie verglich grundsätzlich alles und jeden mit sich selbst. Ein Stück weit tat das natürlich jeder, das war menschlich, aber Luise bewertete ausschließlich nach ihrem Maßstab. Empathisch war sie nie gewesen. Feingefühl besaß sie ebenso wenig. Sie sprach aus, was sie dachte, ohne Rücksicht auf Verluste. Schlimmer als den äußerst fragwürdigen Charakter ihrer Großmutter empfand Tess aber das Verhalten ihrer Mutter. Wieder einmal hatte sie nicht zu ihr gestanden. Es verletzte sie, dass ihre Mutter ihrer eigenen Mutter nicht die Stirn bieten konnte. Hinter ihrem Rücken konnte sie dafür aber ganz hervorragend über Luise herziehen.

Tess drückte ihre Zigarette in einem kleinen Taschenaschenbecher aus, den sie mitgebracht hatte und schloss das Fenster, als es leise an der Tür klopfte.

„Ja?"

„Darf ich reinkommen?", fragte ihre Cousine von der anderen Seite der Tür.

„Klar, komm rein."

Tina setzte sich an den kleinen Tisch. „Alles in Ordnung? Du hast vorhin einen ziemlich wütenden Eindruck gemacht und als du nicht wiedergekommen bist, wollte ich mal nach dir sehen. Alles ok?"

„Ja, jetzt wieder. Hast du mitbekommen, was Oma sich erlaubt hat? Ich kann dir gar nicht sagen, wie sehr mich diese Frau aufregt. Musste mich natürlich wieder mit der Nase auf meine Fehler stoßen." Tess betonte das Wort Fehler übertrieben und verdrehte dabei die Augen.

„Ja, ich hab es gehört, ließ sich nicht vermeiden. Ich würde jetzt gerne sagen, dass man es ihr nachsehen muss, weil sie eine alte Frau ist, die sich nicht mehr im Griff hat, aber wir wissen, glaube ich, beide, dass das eine Lüge wäre. Oma war immer schon so. Streitsüchtig. Böse. Sie denkt sich nichts dabei, andere vor den Kopf zu stoßen oder es ist ihr schlicht egal, was noch schlimmer ist. Was glaubst du, habe ich mir von ihr alles anhören müssen."

Natürlich, dachte Tess. Sie mochte sich gar nicht vorstellen, wie ihre Großmutter auf die Transsexualität ihres früheren Enkels reagiert haben musste. Sicherlich war ihr fast das Herz stehen geblieben. So viel Schande in der eigenen Familie. Sie sah ihrer Cousine an, dass diese dasselbe dachte und erkundigte sich vorsichtig:

„Inzwischen hat sie es aber offenbar akzeptiert, oder? Zu dir sagt sie gar nichts mehr."

„Richtig, Papa muss wohl ein ernstes Wörtchen mit ihr gesprochen haben. Dass sie es akzeptiert hat, würde ich aber nicht sagen, sie meidet mich seitdem nämlich. Tut einfach so, als wäre ich gar nicht da. Aber so ist es mir lieber, als wenn sie weiter auf mir rumhackt. Mach dir nichts aus der alten Zicke. Ärger dich nicht, das ist nämlich genau das, was sie will. Muss mit ihrem Leben sehr unzufrieden sein, wenn sie nur dann zufrieden ist, wenn sie andere verletzen kann." Tina öffnete ihr paillettenbesetztes Handtäschchen, nahm einen kleinen Spiegel heraus und zog sich sorgfältig den rostroten Lippenstift nach. Tess sah fasziniert zu, wie Tina mit sicherer Hand ihr Make-Up auffrischte, als hätte sie nie etwas anderes getan. Sie selbst brauchte eine Ewigkeit, um sich nur die Wimpern zu tuschen und selbst dann wurden es nur Fliegenbeine. Irgendwann hatte sie das deshalb aufgegeben. Äußerlichkeiten wurden einfach überbewertet.

Tina sah von ihrem Schminkspiegel auf und Tess forschend an. „Ich wusste gar nicht, dass du schwanger gewesen bist."

Tess hatte schon gehofft, dass ihre Cousine einfach darüber hinweggehen würde, was sie von Luise gehört hatte. Falsch gedacht. Natürlich war sie neugierig. Tess ging es in Bezug auf ihre Transsexualität ja genauso, aber sie fand, dass Tina und sie sich nicht nahe genug standen, um sie zu fragen, wie es für sie als Junge und Mann gewesen war und wie sie ihr Leben heute als Frau empfand. Sie könnte ihr von dem Mann erzählen, mit dem sie damals zusammen war, der sie dann verließ, als er von der Schwangerschaft erfuhr. Davon, dass für sie eine Welt zusammengebrochen war und sie sich nicht hatte vorstellen können, alleine ein Kind großzuziehen. Sie war in ein tiefes Loch gestürzt, nicht mehr zur Arbeit gegangen und hatte schließlich auch versucht, ihrem Leben ein Ende zu setzen.

Stattdessen sagte Tess nur: „Sei mir nicht böse, aber ich möchte nicht darüber reden. Ich kann nicht, verstehst du?", fügte sie sanfter hinzu.

Ihre Cousine hob beschwichtigend die Hände. „Natürlich. Tut mir leid, wenn ich dir zu nahe getreten bin."

Eine unangenehme Pause entstand. Tess fühlte sich von ihren Erinnerungen überrollt. Tina schien zu bemerken, dass nun eine Ablenkung erforderlich war. „Mischst du dich mit mir noch einmal unters Volk?"

Tess versuchte ein Lächeln und nickte. Tina grinste. „Machen wir das Beste aus dem Wochenende." Nachdem sie sich die Haare gebürstet hatte, hakte sie Tess unter und zusammen gingen sie nach unten.

Der weitere Abend verlief ruhig, fast schon gesellig, was wohl auch am Alkohol lag, dem mehr oder weniger reichlich zugesprochen wurde. Besonders Hannes trank ein Glas Champagner nach dem anderen, immer wieder den Trinkspruch „auf ein zufriedenes Leben" wiederholend und wurde im Laufe des Abends immer redseliger. Er gab endlos Anekdoten aus Alex und Tess Kindertagen zum Besten, beschrieb, wie seine Nichte nackt auf einem Schaukelpferd gesessen, sein Neffe besonderen Gefallen an der Klobürste gefunden oder wie er Vera als fünfzehnjähriges Mädchen mit ihrem ersten Freund in eindeutiger Absicht erwischt und er selbst seine Unschuld in einem alten Ford Mustang verloren hatte.

„Aha, ich wusste immer, dass meine Frau es faustdick hinter den Ohren hat!", rief Clemens und sah Vera neugierig an. Er wandte sich wieder an Hannes, als Veras verschlossener Gesichtsausdruck ihm verriet, dass sie ihm keine schlüpfrigen Details aus ihrer Jugend verraten würde. Dabei ging es ihm nicht um Einzelheiten aus ihrem früheren Liebesleben, zu-

mindest nicht in erster Linie, sondern vielmehr darum überhaupt etwas über die Frau zu erfahren, mit der er verheiratet
war.

„Die Geschichte über die fünfzehnjährige Vera würde mich
mal brennend interessieren, Hannes", er zwinkerte seinem
Schwager zu. Hinter seinem lockeren Ton verbarg er seine
maßlose Enttäuschung darüber, dass es ihm auch nach einem
Vierteljahrhundert mit dieser Frau nicht gelungen war, mal
hinter die Fassade zu blicken. Natürlich wusste er einige Details, auch von ihr selbst, aber was ihm immer gefehlt hatte,
war ein *wirklicher* Austausch, vor allem begleitet von Emotionen. Vera war immer schon sehr unterkühlt und verschlossen
gewesen. Und er wusste einfach nicht, warum. Manchmal
fragte er sich, ob es an ihm lag.

„Die erzähle ich dir gerne mal bei Gelegenheit, wenn meine
Schwester es erlaubt." Allgemeines Gelächter war zu hören.
„Wobei, ich könnte auch jetzt …".

Tess war insgeheim froh, als Hannes von Richard in ein Gespräch verwickelt wurde. Die Plaudereien aus dem Nähkäst-
chen waren ihr unangenehm. Auch ihre Mutter schien erleichtert, dass Hannes abgelenkt worden war.

„Ich hab Hannes so noch nie erlebt", murmelte Vera. Es
passt gar nicht zu ihm, so viel zu trinken. Er ist immer so kon-
trolliert."

Tess zuckte die Schultern. „Du kennst deinen Bruder doch
eigentlich nicht, wenn du ehrlich bist. Was weißt du schon
von seinem Leben? Nur weil er auf anderen Familienfesten
keinen im Tee hatte, heißt das noch lange nicht, dass er
grundsätzlich nicht viel trinkt."

„Ich denke schon, dass ich ihn einschätzen kann, er ist immerhin mein Bruder", widersprach ihre Mutter eigensinnig.

„Da hat deine Mutter recht. Du kennst ihn noch weniger,
Tess", mischte sich Clemens in die Unterhaltung. Wie an-

strengend, dachte Tess. Dass ihr Stiefvater auch noch seinen Senf dazu abgeben musste. Immer hielt er zu seiner Frau, auch wenn sie ihn links liegen ließ. Tess schwieg und genoss es, sich mal nicht unterhalten zu müssen. Sie fühlte sich von dem köstlichen Essen und dem Alkohol angenehm müde und beschloss, sich noch einen Joint vor dem Schlafengehen zu genehmigen. Sie stand auf und trat auf die Terrasse, auf der zwei Heizstrahler Licht und angenehme Wärme spendeten, und zündete sich einen an.

„Kann ich mal ziehen?"

Tess fuhr erschrocken herum. „Gott, hast du mich erschreckt." Sie beäugte Hannes misstrauisch. „Was machst du überhaupt hier? Ich dachte, du schläfst längst wie ein Toter."

Hannes grinste sie breit an, seine Augen waren glasig vom Alkohol. „Mir war noch nicht nach Schlaf. Vorher muss ich noch was Wichtiges erledigen", nuschelte er. Er zeigte auf ihren Joint. „Darf ich nun mal ziehen oder nicht?"

„Das ist keine normale Zigarette."

„Genau deswegen würde ich ja gerne mal ziehen", erklärte er breit grinsend. „Aus normalen Zigaretten hab ich mir noch nie was gemacht." Diese Offenbarung überraschte Tess.

Wie viel sympathischer er in betrunkenem Zustand ist, dachte sie. Nicht mehr der kontrollierte, oberflächliche Typ mit dem aufgesetzten Lächeln. Ihr fiel der Spruch ein, dass Kinder und Betrunkene stets die Wahrheit sagen. Da war definitiv was dran.

„Was hast du denn noch Wichtiges zu erledigen?", griff sie seine Bemerkung auf.

Hannes nahm den Joint entgegen und schüttelte plötzlich ernst den Kopf. Auf ihre Frage ging er nicht ein. Er nahm einen tiefen Zug und nickte dann anerkennend.

„Da fühlt man sich doch gleich viel entspannter." Er warf einen Blick in den hell erleuchteten Salon, reichte Tess den

Joint zurück und verabschiedete sich dann knapp mit einem „wir sehen uns dann morgen", bevor er in der Dunkelheit verschwand.

Tess sah ihm stirnrunzelnd hinterher. Was war denn das für ein Auftritt? Komischer Kauz. Sie sah auf den Park, der von einzelnen Straßenlaternen erhellt wurde. Bei der Kälte und um diese Uhrzeit - es war inzwischen nach Mitternacht, wie sie mit einem Blick auf ihre Armbanduhr feststellte - war niemand mehr unterwegs. Es musste schön sein, hier zu wohnen. Ihr war das Haus zwar viel zu groß, aber die Nähe zu einem so weitläufigen Park, der zu langen Spaziergängen, morgendlichen Joggingrunden oder einfach nur zum Betrachten einlud, war wunderschön. Kein Vergleich zu ihrem bescheidenen Ein-Zimmer-Appartement in einer Hochhaussiedlung. Auch wenn sie sich in ihren vier Wänden sehr wohlfühlte.

Sie drückte ihren Joint aus und ging wieder hinein zu ihrer Familie.

3. Kapitel

Tess schlug die Augen auf und wusste im ersten Moment nicht, wo sie sich befand. Sie setzte sich ruckartig in ihrem Bett auf und sah sich im Zimmer um. Dann kam die Erinnerung langsam zurück. Sie war auf der Geburtstagsfeier ihres Onkels. Um die wohlige Wärme des Bettes noch ein wenig zu genießen, legte sie sich wieder zurück und zog sich die weiche Decke hinauf bis unters Kinn. Sie hatte überraschend gut geschlafen, was selten der Fall war, wenn sie nicht in ihrem eigenen Bett schlief. Trotzdem war sie noch müde. Sie schielte auf ihre Armbanduhr, die sie auch nachts stets trug und meinte im fahlen Morgenlicht zu erkennen, dass es erst kurz vor sieben war. Kein Wunder, dass sie noch nicht fit war. Der gestrige Abend war erst gegen ein Uhr zu Ende gewesen. Clemens hatte sich wegen angeblicher starker Knieschmerzen schon früher entschuldigt und sich auf sein Zimmer zurückgezogen. Ihre Mutter schien dankbar, das unliebsame Gespräch mit Luise beenden zu können und hatte sich ihrem Mann angeschlossen. Worüber Mutter und Tochter gesprochen hatten, hatte Tess nicht gehört. Sie hatte nur das Gesicht ihrer Mutter gesehen und das hatte ihr gereicht. Wohlgefühlt hatte Vera sich nicht. Aber wo fühlte ihre Mutter sich schon wohl? Tess hätte zu gern gewusst, warum die Beziehung der beiden Frauen so angespannt war. Mit Sicherheit war ein Grund, dass ihre Oma so war, wie sie eben war. Kein Sympathieträger. Ein paar Mal hatte sie Vera danach gefragt, aber die war immer nur ausgewichen und hatte ihr keine eindeutige Antwort gegeben. Luise danach zu fragen, war ihr bis jetzt nie ernsthaft in den Sinn gekommen, zumal das Verhältnis zu ihrer Großmutter alles andere als unproblematisch war. Außerdem wäre es ihr wie Verrat an ihrer Mutter vorgekommen.

Tess dachte an den Kellner mit den bernsteinfarbenen Augen, den ihre Tante über das Wochenende als Hilfskraft beschäftigte. Sie hatte gestern Abend immer wieder Blickkontakt mit ihm gehabt. Wenn sie sich nicht irrte, schien die Anziehung auf Gegenseitigkeit zu beruhen. Wie hatte Eva ihn genannt? Justus? Ein attraktiver junger Mann. Er gefiel ihr. Sie ertappte sich dabei, wie sie lächelte. Gleich darauf wies sie sich selbst zurecht. Sie hatte kein gutes Händchen für Männer. Ohne Partner war sie definitiv besser dran. Andererseits .... Sie schlug die Decke zurück, schwang die Beine über die Bettkante und trat in ihrem dünnen Nachthemd ans Fenster. Im Schein der Laternen sah sie eine ältere Frau, die ihren Hund ausführte und eine Joggerin, die zügig ihre Runden im Park drehte. Sie warf einen erneuten Blick auf ihre Uhr. 7.43 Uhr.

Um 10 Uhr sollte das Frühstück eingenommen werden. Sie hatte also noch etwas Zeit. Sie wusch sich rasch das Gesicht, zog sich an und verließ das Haus durch eine Seitentür, die direkt in den Park führte.

Es roch verführerisch nach frischen Brötchen, Kaffee und Rührei, als Tess sich dem Salon näherte. Ihr lief das Wasser im Mund zusammen, als sie das üppige Frühstücksbuffet erblickte, das aufgebaut worden war. Sie bediente sich reichlich und setzte sich neben ihre Cousine. Zum Glück gab es diesmal keine Sitzordnung.

„Gut siehst du aus. Hattest du eine gute Nacht? Meine war ganz entschieden zu kurz." Tina gähnte ungeniert ohne sich die Hand vor den Mund zu halten.

„Meine hätte auch länger sein können. Wie lange warst du denn gestern noch auf dem Fest?"

„Bis ganz zum Schluss. Ich habe meinen Eltern noch beim Aufräumen geholfen."

„Wie war denn der Spaziergang meiner lieben Nichte heute Morgen?" Richard war grinsend hinter den beiden jungen Frauen aufgetaucht.

„Was meinst du, Papa?"

„Tess weiß, was ich meine." Zwei Augenpaare richteten sich neugierig auf sie, was Tess unangenehm war.

„Na, ich habe einen Spaziergang gemacht und …", begann sie.

„ …und dabei einen netten Jungen Mann getroffen, wie ich beobachten konnte", vollendete Richard den Satz für sie.

Tess wusste nicht, was sie erwidern sollte, deshalb schwieg sie.

„Du weißt aber gut über deine Gäste Bescheid", antwortete Tina an ihrer Stelle.

„Was wäre ich denn sonst für ein Gastgeber? Lasst es euch schmecken." Mit diesen Worten und einem Augenzwinkern ging er davon und setzte sich zu Vera.

Tina stieß ihr spielerisch den Ellenbogen in die Seite. „Justus und du also?"

„Woher weißt du …?"

„Wusste ich nicht, aber ich dachte es mir. Offenbar liege ich ja richtig." Tina grinste anzüglich.

Tess zuckte die Achseln. „Ich habe ihn heute Morgen getroffen, als ich einen Spaziergang durch den Park gemacht habe. Wir haben uns unterhalten. Mehr gibt es nicht zu sagen." Ihre Cousine blickte skeptisch. „Na komm, die schmutzigen kleinen Details will ich auch noch wissen!"

Tess musste lachen. „Die erzähle ich dir, wenn es sie irgendwann geben sollte."

Sie ließ die morgendliche Begegnung Revue passieren. Sie hatte die morgendliche Stille und winterliche Schönheit des Parks genossen, und ihrem Atem nachgespürt, wie ihre Therapeutin es ihr empfohlen hatte, um Stress und negative Gefühle abzubauen. Sie war dabei nur auf sich fokussiert gewesen, sodass sie Justus, der ihr entgegengekommen war, zunächst überhaupt nicht wahrgenommen hatte. Erst als er ihr in den Weg getreten war und sich erkundigt hatte, ob alles in Ordnung sei, hatte sie ihn erkannt.

„Äh ja, ich war nur in Gedanken." Sie machte eine allumfassende Geste und blickte in die Sonne, die durch die kahlen Baumkronen brach. Von ihren Atemübungen mochte sie ihm nichts erzählen. Das war zu persönlich.

„Ja, ich kann auch am besten loslassen, wenn ich in der Natur bin. Ich heiße übrigens Justus. Ich gehe hier sehr gerne spazieren, vor allem morgens, wenn es noch ruhig ist und die Natur gerade erwacht."

„Freut mich. Ich bin Tessa, aber alle nennen mich Tess."

„Darf ich Sie ein Stück begleiten?"

Sie nickte und gemeinsam setzten sie ihren Weg fort.

„Feiern Sie häufiger solche Familienfeste?, erkundigte er sich neugierig.

„Nein, nur zu ganz besonderen Anlässen. Wir haben wenig Kontakt untereinander."

Er nickte, als ob er die Antwort erwartet hätte. „Ich hoffe, Sie nehmen mir das nicht übel, aber ich finde, das merkt man, dass Sie nicht eng miteinander sind." Als sie nicht reagierte – was hätte sie dazu auch sagen sollen? - fuhr er betont scherzhaft fort: „Wenn man als lebender Tisch nur rumsteht wie ich und darauf wartet, dass sich die Gäste bedienen, fällt einem so manches auf."

Sie tat ihm den Gefallen und lächelte über seinen Versuch zu scherzen. „Was denn zum Beispiel?"

„Die Begrüßungen und der Umgang untereinander waren recht steif. Aber lassen wir das. Das geht mich nichts an. Sie sind mir übrigens auch aufgefallen, Tessa. Ein schöner Name." Er sah ihr direkt in die Augen und ihr Herz setzte unter seinem intensiven Blick einen Schlag aus. Konnte es sein, dass er sie wirklich interessant fand?

Tess lächelte bei der Erinnerung daran, wie ihr das Blut in den Kopf geschossen war und wurde sich dann bewusst, dass ihre Cousine sie forschend beobachtete. „Da hat es dir aber einer angetan." Da sie das Unbehagen ihrer Cousine aber spürte, wechselte Tina taktvoll das Thema und ließ den Blick suchend umherschweifen.

„Wer fehlt denn noch?" Sie biss herzhaft in ihr Croissant. „Sehen alle ein bisschen zerstört aus nach der kurzen Nacht."

„Ich würde mich wundern, wenn Hannes es zum Frühstück schafft, so betrunken, wie er gestern war." Tess verschwieg, dass sie Hannes noch gesehen hatte, nachdem er sich für die Nacht auf sein Zimmer zurückgezogen hatte. Sie maß der kurzen Begegnung noch keine Bedeutung bei. Nach und nach fanden sich alle Familienmitglieder im Frühstücksraum ein – alle, bis auf Hannes.

„Das dachte ich mir schon, dass er Probleme haben würde, aus dem Bett zu kommen", stellte Luise spitz fest und warf Conni einen vorwurfsvollen Blick zu. „Hättest du ihn nicht aus dem Bett werfen können? Das ist doch deine Aufgabe als treue und liebende Ehefrau." Sie lächelte undefinierbar. „Schließlich hat sein Bruder heute Geburtstag!"

Conni sah ihre Schwiegermutter nicht einmal an, als sie knapp antwortete: „Da war nichts zu machen, Luise. Er hat geschlafen wie ein Stein." Luise schnalzte missbilligend mit der Zunge. „Hat er das, ja?"

Jetzt sah Conni auf. Was wollte ihre Schwiegermutter damit andeuten? Konnte sie wissen, dass …. Nein, woher sollte sie. Sie bemühte sich um einen gleichgültigen Gesichtsausdruck, als sie erwiderte: „Du weißt doch, dass er gerne lange schläft, wenn er mal Gelegenheit dazu hat." Bevor Luise etwas zu Conni sagen konnte, mischte Eva sich in das Gespräch ein.

„Hannes ist ein erwachsener Mann und kann tun, was er möchte, Luise. Er kommt bestimmt gleich."

Ein heller Glockenton erklang. Die Türklingel.

Richard runzelte die Stirn. „Wer mag das sein?"

Tina grinste breit, als einen Moment später eines der Hausmädchen eine kleine vollschlanke brünette Frau nebst einem zierlichen Mann in den Raum führte.

„Überraschung, Bruderherz!", rief die Brünette und lief mit ausgebreiteten Armen auf Richard zu. „Alles Gute zu deinem Geburtstag!" Ihr Mann folgte ihr verhalten, sein Gesichtsausdruck ließ ahnen, dass er sich nicht ganz so wohlfühlte wie seine Frau.

Sektkorken knallten, als die Servicekräfte, auch Justus, einige Flaschen der zartgoldenen Flüssigkeit öffneten und in hohe schlanke Sektgläser gossen. Justus zwinkerte Tess dabei verstohlen zu. Sie errötete und hoffte, dass es niemandem auffiel. Richard war die Überraschung über den Besuch seiner jüngsten Schwester Renate deutlich anzusehen. „Wie schön, dich zu sehen, Renate!" Er sah an ihr vorbei auf seinen Schwager. „Und dich natürlich auch, Lasith." Die Männer begrüßten sich mit Handschlag.

„Deine Frau hat Himmel und Hölle in Bewegung gesetzt, um uns dabei zu haben." Lasith sah zu Eva und ließ seinen Blick ungeniert über ihre sportliche Gestalt wandern, die in einem blassblauen Seidenkleid steckte. Wie dreist, dachte Tess. Aber Renate schien davon nichts zu bemerken oder es nicht sehen zu wollen. Richard hingegen waren die anzüglichen Blicke nicht entgangen und er zog seine Frau demonstrativ an sich, legte ihr eine Hand um die schlanke Taille und warf ihr einen dankbaren Blick zu, den diese lächelnd erwiderte und dabei ihr Sektglas hob. „Dann wollen wir mal auf das Geburtstagskind anstoßen!"

Ihr Onkel küsste sie, räusperte sich und blickte dann in die Runde: „Zuerst möchte ich mich noch bei euch bedanken, dass ihr gekommen seid, um diesen Tag mit mir zu feiern. Ich freue mich, dass ihr da seid und hoffe, es gefällt euch bei uns."

Richard wurde von allen Seiten beglückwünscht und es wurde angestoßen, bevor alle Gäste das Buffet ansteuerten. Renate und ihr Mann unterhielten die Gäste mit Erlebnissen ihrer Indienrundreise, die sie eigens für Richard unterbrochen hatten, um bei seiner Feier dabei sein zu können.

Nachdem sich alle reichlich am Frühstücksbuffet bedient hatten, wurde ein Servierwagen in den Raum geschoben, auf dem eine üppig dekorierte Sahnetorte thronte. Justus entzündete die sechs roten Kerzen darauf – eine für jedes Lebensjahrzehnt. Bewundernde Rufe wurden laut.

„Was für ein sahnig-schaumiger Traum! Hast du den selber gebacken, Richard?", witzelte Clemens.

„Du musst alle Kerzen auf einmal ausblasen, Papa, und dir dabei etwas wünschen", forderte Tina. Richard beugte sich gehorsam über die dreistöckige Torte und blies alle Kerzen mit einem Mal aus, was mit einem lauten Applaus honoriert wurde. Er schnitt die Torte an und verteilte dann an jeden Gast ein Stück des Traums.

„Für mich bitte nicht, danke", wehrte Leyla ab, als Richard ihr einen Teller reichen wollte.

„Wieso denn nicht? Machst du wieder irgendeine Diät?", erkundigte sich Alex flüsternd.

„Sag mal, hörst du mir eigentlich auch mal zu, wenn ich dir was erzähle? Seit einer Woche habe ich keine Süßigkeit mehr gegessen", rief sie stolz. „Sonst würde mir dieses Kleid überhaupt nicht passen." Sie strich fast schon ehrfürchtig über das apfelgrüne Wollkleid, für das sie ein kleines Vermögen bezahlt hatte. Einziges Manko war, dass es viel zu warm war, aber das hätte sie nie zugegeben.

„Dann hättest du eben ein anderes angezogen." Leyla sah ihn wütend an. „Ein Lob kommt dir wohl nie über die Lippen, oder?"

Alex seufzte. Das war nun bestimmt schon die fünfte Diät, die seine Freundin ausprobierte, seit sie sich kannten – und das war erst seit vier Monaten. Er mochte Frauen, die beim Essen beherzt und ohne schlechtes Gewissen zugreifen konnten. Leyla aber gehörte eher zu dem Schlag Frauen, die wie ein Vögelchen aßen und sich bei jeder sich bietenden Gelegenheit angstvoll auf die Waage stellten. Er seufzte erneut und schob sich dann demonstrativ ein großes Stück Torte in den Mund.

Nach dem Frühstück bot Richard eine Führung durch sein Haus an, die Tess dazu nutzte, sich einen Joint zu genehmigen. Das Haus konnte sie sich auch alleine ansehen. Damit nicht jeder sah, dass sie bereits vormittags Marihuana rauchte, schloss sie sich in dem Bad gegenüber der Bibliothek ein.

4. Kapitel

2016

Nach der Offenbarung der Kommissarin Dreier war es in der Bibliothek totenstill, dann zerschnitt ein dröhnendes Lachen die zum Zerreißen gespannte Atmosphäre. Tess zuckte zusammen und blickte entgeistert zu ihrem Stiefvater. Clemens fuchtelte mit seinem Stock und rief: „Was reden Sie denn da für einen Blödsinn? Wer sollte Hannes denn ermordet haben? Das wird ja immer besser hier! Er hat sich selbst umgebracht, so einfach ist das. Gestern hatte er zu tief ins Glas geschaut, da wird man öfter mal sentimental und sieht sein Leben mit anderen Augen. Würde mir bestimmt auch so gehen." Er warf seiner Frau einen bedeutungsvollen Seitenblick zu, den diese kühl ignorierte.

„Wie schade, dass du keinen Alkohol trinkst", murmelte Vera gerade so laut, dass Tess sie hören konnte. Ein Blick zu ihrem Stiefvater verriet, dass auch er die Worte seiner Frau vernommen hatte. Er presste die Lippen aufeinander und schwieg.

„Wie um alles in der Welt kommen Sie denn auf Mord? Was für Hinweise haben Sie?" Richard wirkte erstaunlich gefasst.

Kommissar Amelung, schmächtig und klein, trat einen Schritt vor, um neben der molligen Gestalt seiner Kollegin nicht gänzlich unterzugehen. „Darüber können wir aktuell keine Auskunft geben." Bei sich dachte er, dass sie noch keine konkreten Hinweise auf Mord hatten, es war mehr seine jahrelange Erfahrung, die ihm sagte, dass dieser Mann sich nicht selbst umgebracht hatte. Das aber konnte er natürlich der trauernden Familie so nicht sagen. Und wer weiß, vielleicht machte es den potenziellen Mörder nervös, zu wissen, dass die Polizei ihm schon auf den Fersen war.

„Das ergibt doch keinen Sinn!", rief Renate aufgebracht. Hier ist niemand, der Hannes etwas Böses wollte. Wir sind doch eine Familie!" Lasith verdrehte die Augen. Wenn es nach ihm gegangen wäre, wären sie jetzt nicht hier. Er wäre gerne gar nicht mehr Teil dieser verkorksten Sippe, dachte er genervt, aber seine Geduld zahlte sich hoffentlich aus.

Luise senkte den Kopf und schlug die Hände vors Gesicht, ihre Schultern zuckten. Vera blickte mit einer Mischung aus Hilflosigkeit und Genugtuung zu ihrer Mutter.

Ungläubiges Schweigen breitete sich wie eine schwere Decke über den Raum. Erst allmählich begann Tess die Worte der Polizei zu begreifen. Jemand hatte Hannes getötet. Aber wer? Und warum?

„Das ist mit Sicherheit eine schwierige Situation für Sie alle", Herr Amelung setzte einen anteilnehmenden Blick auf, was ihm nicht recht gelang, „aber wir müssen Sie bitten, die Spiegelburg bis auf Weiteres nicht zu verlassen und sich zu unserer Verfügung zu halten. Wir wollen gerne mit jedem von Ihnen sprechen, einzeln, versteht sich. Wir beginnen sofort damit, sodass ... entschuldigen Sie mich." Er verließ mit schnellen Schritten den Raum, als sein Handy klingelte.

„Die Vernehmungen werden in Herrn Wagners Büro am Ende des Flurs durchgeführt werden. Am besten wir starten mit Ihnen, Herr Wagner." Frau Dreier nickte Richard zu, der ihr daraufhin wortlos aus dem Raum folgte.

Luise hob den Kopf, als Herr Amelung in die Bibliothek zurückkehrte. Sie schien innerhalb der letzten Stunden um Jahre gealtert zu sein. Erstaunlich, dass sie offenbar doch nicht so ohne jegliches Gefühl war, wie es immer den Anschein hatte. „Kann ich ihn sehen?", fragte sie flüsternd. „Kann ich meinen Sohn noch einmal sehen?"

Der Kommissar zögerte kurz, nickte dann aber. Er bot Luise seinen Arm, um sie zu stützen, den diese ignorierte. Zu stolz, um Hilfe anzunehmen, selbst in dieser Situation, dachte Tess.

Erneut legte sich fassungsloses Schweigen wie ein bleierner Vorhang über die Bibliothek. Alle waren in ihre eigenen Gedanken vertieft, konnten nicht fassen, was sich in ihrer Mitte ereignet hatte.

Tess setzte sich zu ihrem Bruder auf das Sofa. „Unglaublich, oder? Wer könnte Hannes umgebracht haben, was glaubst du?"

„Ich hab nicht die leiseste Ahnung", Alex fuhr sich durch seine blonden Haare, die er zu einem unordentlichen Pferdeschwanz zusammengebunden trug. „Fest steht jedenfalls, dass nicht sehr viele Leute infrage kommen." Er wies mit einer Geste zu den wenigen Menschen in der Bibliothek.

„Wie? Du meinst …" Tess ließ den Satz unvollendet und blickte ihren Bruder mit einer Mischung aus Entsetzen und Überraschung an. „Jemand von uns soll es gewesen sein?"

„Ja, wer käme denn sonst noch infrage?", gab er überrascht zurück. „Dass jemand sich unerlaubt Zutritt zu der Villa verschafft haben soll, halte ich für unwahrscheinlich angesichts der Sicherheitsvorkehrungen."

„Ach Gott, darüber habe ich noch gar nicht nachgedacht." Tess schlug bestürzt eine Hand vor den Mund. „Aber wer von uns sollte denn einen Grund gehabt haben, Hannes umzubringen?" Ein Schauer überlief sie, als ihr bewusst wurde, was ihr Bruder eben gesagt hatte. Unter ihnen sollte ein Mörder sein? Diese Vorstellung war weit beängstigender als die Möglichkeit, dass sich jemand Zutritt zur Villa verschafft haben könnte.

„Jedenfalls sind wir nicht viele hier. Du, ich, Leyla, die Eltern, Richard mit Frau und Tochter, Renate und ihr Mann, Hannes Frau, Oma und das Dienstpersonal. Das sind, glaube ich, fünf oder sechs Leute. Mehr habe ich zumindest nicht gesehen, drei Kellner, ein Koch und zwei Dienstmädchen."

Tess ließ ihren Blick auf der Suche nach Hannes Frau durch den Raum wandern. Conni stand, ihnen den Rücken zugewandt, an der Terrassentür und sah mit unbewegter Miene nach draußen. Seit der Nachricht vom Tod ihres Mannes hatte sie nicht mehr gesprochen. Wann immer sich ihr jemand näherte, schüttelte sie abwehrend den Kopf und richtete den Blick dann wieder auf den weitläufigen Park.

Alex blickte sich in der Bibliothek um. „Sag mal, hast du Leyla gesehen?"

Tess sah sich ebenfalls um. Zuvor hatte Leyla noch bei ihrem Stiefvater und ihrer Mutter gestanden. Jetzt kam ihre Mutter zu ihnen herüber, Clemens im Schlepptau.

„Mein Gott, was ist hier nur los?", brachte ihre Mutter hervor, als sie sich zu ihnen setzte. Dabei sah Tess das aufgeregte Funkeln in ihren Augen. Die Situation gefiel ihr, ging es ihr durch den Kopf. Endlich passierte mal real, was Vera sonst nur in Büchern las. Angewidert schüttelte Tess den Kopf. Ihre Mutter war ihr teilweise so fremd, dass sie manchmal gar nicht glauben konnte, wirklich von dieser Frau in die Welt gesetzt worden zu sein. Andererseits hatte sie eben nur das getan, Tess geboren. Ihre eine liebevolle Mutter war sie nie gewesen.

„Mama, hast du verstanden, dass Hannes tot ist?", erkundigte sie sich aggressiv. Die häufige Entrücktheit ihrer Mutter trieb sie zur Weißglut. Oft erkannte sie den Ernst einer Situation nicht. Tess dachte viele Jahre zurück, als sie, damals 15-jährig, mit einer Freundin nächtelang um die Häuser gezogen war. Geschlafen hatten sie in einer Gartenhütte der Nachbarn, die zu dem Zeitpunkt verreist waren. Während die Eltern ihrer Freundin Himmel und Hölle in Bewegung gesetzt hatten, um ihr Kind zu finden, war ihre Mutter überhaupt nicht in Sorge um ihre einzige Tochter, saß bei ihrer Rückkehr seelenruhig lesend in ihrem Sessel.

„Aber natürlich! Was ist das denn für eine Frage, Tess?", rief Vera nun entrüstet.

„Komm, Mama, tu nicht so", ging Alex dazwischen, „wir beide kennen dich gut genug, um zu wissen, dass du praktisch kein Verhältnis zu Hannes hattest. Das ist bei uns ja ähnlich, deshalb kann auch ich nicht so tun, als wäre ich tief getroffen von seinem Tod. Für mich war Hannes ein Fremder. Was ich aber nicht in Ordnung finde - und das ist noch milde ausgedrückt - ist, dass du glaubst, dich in einem deiner Krimis wiederzufinden. Das hier ist die Realität."

„Sag mal, wie redest du denn mit deiner Mutter? Deine Leyla ist dir wohl zu Kopf gestiegen!"

Alex beachtete seinen Vater nicht, der nur halb im Scherz drohend seinen Gehstock in seine Richtung erhoben hatte. Mit einem genervten Blick wandte er sich ab und machte sich auf die Suche nach seiner Freundin.

„Was hat er nur? Wieder mal Stress mit Leyla? Seit er mit ihr zusammen ist, ist er wirklich komisch. Das Mädchen tut ihm nicht gut, das hab ich ja von Anfang an gesagt." Clemens nickte bekräftigend zu den Worten seiner Frau. „Das ist ein hochnäsiges Huhn, das hab ich gleich gesehen, als er sie zum ersten Mal nach Hause gebracht hat. Du wolltest das zuerst nicht glauben, wenn ich dich dran erinnern darf."

Tess schüttelte nur den Kopf und schwieg. Jetzt diskutierten ihre Mutter und ihr Stiefvater darüber, wem zuerst aufgefallen war, dass Leyla nicht die Richtige für ihren Sohn war. So unähnlich waren die beiden sich gar nicht, wie ihre Mutter gerne hätte. Tess dachte über Alex Worte nach. Recht hatte er. Vera hatte sich vor Jahren eine Parallelwelt durch Bücher und Filme aufgebaut und sich teilweise darin zurückgezogen, weil sie mit ihrem Leben, das nicht so verlaufen war, wie sie sich das erhofft hatte, nicht zurechtkam. Unglücklich gebunden an einen Mann, den sie auch aus finanziellen Gründen nie in der Lage gewesen war, zu verlassen. Tess dachte 14 Jahre zurück, wie ihre Mutter eines Abends begonnen hatte, die notwendigsten Dinge für sich, Alex und Tess zu packen, während Clemens auf einer Fortbildung weilte. Als sie fertig gewesen war, hatte sie den schweren Koffer in den Keller geschleppt und sich anschließend in ihren Lieblingssessel vor den Fernseher gesetzt. Tess und Alex, die ahnten, was ihre Mutter plante - waren sie doch diejenigen, bei der Vera sich regelmäßig über Clemens ausließ - hatten Clemens auf seinem Handy angerufen und ihm von dem Koffer erzählt. Sie wollten nicht weg von zu Hause. Tess erinnerte sich, dass es einen heftigen Streit zwischen ihrem Stiefvater und ihrer Mutter gegeben hatte. Vera war außer sich gewesen vor Zorn, den sie auch an ihren Kindern, den Verrätern, wie sie sie bezeichnet hatte, ausgelassen hatte. Nachdem die erste Wut verraucht war, begann Vera sich immer mehr in sich zurückzuziehen. Es war als hätte sie resigniert. Sie hatte nie wieder einen Versuch unternommen, sich von Clemens zu trennen. Und zwar weder heimlich in einer Nacht- und Nebel-Aktion, noch nach einer Aussprache. Tess hatte lange nicht mehr an diese Zeit gedacht. Dennoch überkam sie wieder ein leises Gefühl des Bedauerns, das sie nicht abzuschütteln vermochte. Hatten ihr Bruder und sie ihrer Mutter die Chance auf ein glücklicheres Leben genommen, indem sie Clemens informiert hatten? Tess schüttelte den Gedanken ab. Schwachsinn. Ihre Mutter war eine erwachsene Frau. Sie hätte ihren Mann doch einfach verlassen können. Bei deiner Mutter ist nichts einfach, hörte Tess eine leise Stimme. Wie auch immer. Vera hatte sich aufgegeben. So wollte sie nicht enden.

Tess trat auf die Terrasse und zündete sich eine Zigarette an.

5. Kapitel

„Das Haus hat meine Frau von ihrer verstorbenen Tante geerbt. Wir sind gerade dabei, Teile davon zu renovieren. Deswegen hatte ich ursprünglich gar nicht vor, meinen Geburtstag überhaupt zu feiern, schon gar nicht in einem halb fertigen Haus, aber meine Frau meinte, wenn wir jetzt schon ein so großes Haus haben, könnten wir das Fest auch hier ausrichten. Der Entschluss war relativ spontan, deswegen habe ich die Einladungen auch erst ganz kurzfristig verschickt. Viele haben mir aus dem Grund abgesagt. Ich war ja froh, dass überhaupt jemand Zeit hatte."

„Wer hat denn abgesagt?" Herr Amelung, der die Vernehmung führte, saß Richard an dessen Schreibtisch gegenüber, Frau Dreier stand vor dem Fenster und folgte dem Gespräch schweigend.

„Einige enge Freunde und Arbeitskollegen, die ich gerne dabei gehabt hätte."

Herr Amelung nickte, als hatte er die Antwort erwartet und beugte sich vor. „Herr Wagner, schildern Sie mir doch mal bitte den gestrigen Tag ab Ankunft der Gäste."

„Was wollen Sie wissen?"

„Uns interessiert alles. Berichten Sie einfach möglichst genau, wie Sie den Tag in Erinnerung haben und lassen Sie dabei nichts aus. Jedes noch so kleine Detail könnte von Bedeutung für unsere Ermittlungen sein."

„Ich hatte die Gäste ab 15 Uhr eingeladen. Da die meisten von Ihnen eine weite Anreise haben, habe ich mich darauf eingestellt, dass nicht alle auch um diese Uhrzeit eintreffen würden, zumal einige von ihnen sich nicht freinehmen konnten. Hannes kam mit unserer Mutter. Er hat sich meistens um sie gekümmert, weil die beiden nahe beieinander wohnen. Er erledigt mit ihr Einkäufe, begleitet sie zu Arztterminen und solche Dinge." Er sprach so, als sei sein Bruder noch am Leben. „Jedenfalls kamen die beiden zusammen, kurz danach auch meine Nichte und mein Neffe mit seiner Partnerin."

„Kamen Ihr Bruder und seine Frau nicht gemeinsam?", die Kommissarin wandte sich vom Fenster ab und sah Richard an.

„Jetzt, wo Sie es sagen ...." Er zog nachdenklich die Stirn in Falten. „Anscheinend nicht, zumindest habe ich sie nicht zusammen gesehen. Conni war beim Abendessen dabei, wann Sie allerdings gekommen ist, kann ich Ihnen nicht sagen. Da weiß meine Tochter vielleicht mehr."

„Finden Sie das nicht ungewöhnlich?", erkundigte sich Herr Amelung.

„Darüber hab ich nicht nachgedacht, da mir die getrennte Ankunft der beiden bis eben gar nicht aufgefallen ist. Ich finde es aber nicht ungewöhnlich, nein. Wie gesagt, hat mein Bruder sich sehr viel um unsere Mutter gekümmert. Vielleicht haben er und Conni vereinbart, dass er mit Luise kommen sollte und sie nachkommen würde. Vielleicht musste sie auch länger arbeiten oder hatte anderes zu erledigen. Was weiß ich denn? Worauf wollen Sie denn eigentlich hinaus?"

Der Kommissar ignorierte die Frage und erkundigte sich stattdessen:

„Standen Sie einander nahe?"

„Wer?"

„Ihr Bruder und Sie."

„Nicht besonders. Wir haben vielleicht zwei, drei Mal im Jahr telefoniert, wenn es hochkommt. Wenn es etwas unsere Mutter betreffend zu regeln oder zu besprechen gab, lief das meistens über meine Tochter Tina."

„Wie kommt das?"

„Wie kommt was? Könnten Sie etwas präziser fragen?"

Herr Amelung lächelte nachsichtig, als hätte er ein ungezogenes Kind vor sich sitzen. Also doch nicht so gelassen, wie er sich gab, der gute Herr Wagner.

„Warum war das Verhältnis zwischen Ihnen beiden so, wie Sie es eben beschrieben haben?"

„Wir hatten noch nie viel miteinander zu tun, einen genauen Grund kann ich Ihnen da gar nicht nennen. Es hat sich einfach so ergeben. Nur weil man miteinander verwandt ist, heißt das nicht, dass man sich zwingend nahesteht." Er blickte aus dem Fenster, schien ernsthaft über die Frage nachzudenken. „Er hatte sein Leben und ich meins. Da gab es nicht viele Berührungspunkte." Richard zuckte die Achseln, um seine Worte zu unterstreichen.

„Bezog sich das nur auf Ihren Bruder oder auch auf Ihre Schwestern?"

Richard schwieg einen Moment und sah die Beamten an, als wollte er abwägen, was er ihnen sagen musste und was er für sich behalten konnte.

„Das Verhältnis zu Renate ist besser als das zu Vera", antwortete er dann ausweichend.

„Was heißt das konkret?", hakte Kommissarin Dreier nach und erntete einen undefinierbaren Blick ihres Kollegen.

Was für eine ausgesprochen unattraktive Frau, dachte Richard. Der furchtbare Kurzhaarschnitt schmeichelte ihrem dicken Gesicht nicht gerade.

„Das heißt, dass ich mit Vera meist nur zu ihrem Geburtstag telefoniert habe und mit Renate auch zu Ostern und an Weihnachten. Wenn sie mich jetzt fragen, warum das so ist, kann ich Ihnen auch dazu keine befriedigende Antwort geben. Ich weiß es schlicht nicht. Es hat sich so ergeben." Er schwieg und sah Frau Dreier so lange an, bis diese den Blick senkte.

„Kommen wir zu dem gestrigen Tag zurück", kehrte Herr Amelung zu seiner Ausgangsfrage zurück, „ist Ihnen an Ihrem Bruder etwas aufgefallen?"

Richard dachte über die Frage nach. „Nein, nicht dass ich wüsste. Er war wie immer, wenn wir uns mal gesehen haben. Gut gelaunt, gesprächig und unterhaltsam. Anders habe ich ihn nie erlebt."

„Worüber hat er gesprochen?"

„Mit mir gar nicht großartig. Er hat sich mit unserer Mutter und seiner Frau unterhalten. Über was, kann ich Ihnen nicht sagen. Beim Abendessen hat er sich dann recht viel Champagner gegönnt. Das war etwas, was ich sonst noch nie erlebt habe, dass er so viel trinkt. Dann hat er sich auf sein Zimmer zurückgezogen."

„Wie viel hat er getrunken?"

„Keine Ahnung, jedenfalls so viel, dass er recht angetrunken war."

„Und das hatte er bei früheren Feiern nicht getan?"

„Nein, das sagte ich doch bereits. Zumindest habe ich ihn nie betrunken erlebt", schränkte Richard ein. „Vielleicht hat er sich nur im Beisein der Familie zurückgehalten, ich weiß es nicht." Richard fuhr sich genervt durch die Haare. „Hören Sie, ich bin müde, ich kann immer noch nicht fassen, dass mein Bruder tot ist. Ich …. Sind wir jetzt fertig?"

„Nur noch ein paar kurze Fragen, Herr Wagner. Hat sich die Frau Ihres Bruders mit ihm auf das Zimmer zurückgezogen?"

„Nein, er ist alleine gegangen."

„Das wissen Sie aber genau." Frau Dreier sah ihn interessiert an. Diese Person meinte offenbar, da auf etwas gestoßen zu sein, dachte Richard verärgert. Den Zahn würde er ihr doch gleich ziehen. Ließ man heutzutage so unfähige Polizisten in einem Mordfall ermitteln?

„Das weiß ich so genau, weil Eva und ich uns noch mit Conni unterhalten haben, nachdem Hannes schon nicht mehr da war", sagte er mit einem falschen Lächeln.

„Woher wissen Sie, dass Ihr Bruder überhaupt auf sein Zimmer gegangen ist?", wollte Herr Amelung wissen.

Richard blinzelte irritiert. „Ich nehme das an, wo soll er denn sonst hingegangen sein in seinem Zustand?"

Haben Sie ihn zufällig auf sein Zimmer begleitet?"

„Nein. Hätte er um Hilfe gebeten, hätte ich es getan."

„Hätte er die Spiegelburg verlassen können?"

„Natürlich, meine Gäste sind keine Gefangenen. Aber wohin hätte er gehen sollen?"

Seine Frage blieb unbeantwortet. „Ihr Bruder starb zwischen ein und vier Uhr morgens. Wo waren Sie in der Zeit?"

Richard zog ärgerlich die Stirn in Falten. „Ich habe mit seinem Tod nichts zu tun!"

„Das behaupten wir auch nicht. Beantworten Sie doch einfach die Frage." Frau Dreier lächelte genauso aufgesetzt wie zuvor Richard, was sie kein bisschen attraktiver machte, im Gegenteil, verengten sich ihre ohnehin schon kleinen Augen auf diese Weise noch mehr.

„Ich habe noch beim Aufräumen geholfen, nachdem sich alle auf ihre Zimmer begeben hatten, dann habe ich mich auch schlafen gelegt."

„Wann sind Sie zu Bett gegangen?"

„Sie stellen Fragen! Gegen zwei oder halb drei. Meine Frau kann Ihnen das sicher genauer sagen. Und bevor Sie fragen:

Ja, wir waren die ganze Zeit zusammen. Sie kann bezeugen, dass ich meinen Bruder nicht umgebracht haben kann."

Herr Amelung ließ ihn nicht aus den Augen. Er überlegte, ob er die Bombe platzen lassen sollte, da erkundigte sich Frau Dreier gerade:

„Was wissen Sie über das Leben Ihres Bruders? Hatte er Feinde?" Wieder der undefinierbare Blick des Kommissars in Richtung seiner Kollegin. Ein merkwürdiges Ermittlerpaar die beiden, dachte Richard. Schienen nicht sehr eingespielt zu sein.

„Hannes war ein Mann, der auf Äußerlichkeiten viel Wert gelegt hat. Toller Beruf, schickes Haus, schneller Wagen. Er war recht oberflächlich, würde ich sagen. Ich kenne aber niemanden, der ihn deswegen hätte umbringen wollen, schon gar nicht aus der Familie!"

„Wer hat die Getränke auf die Zimmer gebracht?"

Richard sah Herrn Amelung irritiert an. „Die Getränke in den Gästezimmern, meinen Sie? Eins von den Hausmädchen vermutlich. Worauf wollen Sie denn jetzt wieder hinaus?"

Herr Amelung lehnte sich in seinem Stuhl nach vorne, genoss es sichtlich, dass er am längeren Hebel saß. „Wussten Sie, dass die Getränke im Zimmer Ihres Bruders vergiftet waren?"

6. Kapitel

Kurz nachdem Richard in Begleitung der Kommissarin den Raum verlassen hatte, betrat ein uniformierter Beamter die Bibliothek, der die Anwesenden erneut aufforderte, die Spiegelburg nicht zu verlassen, selbst wenn sie bereits vernommen worden waren. Der Einfachheit halber sollten alle in der Bibliothek auf ihre Vernehmung warten, dann müsse man sie nicht überall suchen, hieß es. Für das leibliche Wohl werde gesorgt. Auf das Stichwort schob die blonde Kellnerin einen Servierwagen mit belegten Broten, Keksen und Getränken in den Raum.

Tess empfand die Situation als surreal. Dieser gut ausgestattete Servierwagen, die schick eingerichtete Bibliothek .... Sie fühlte sich eher, als wäre sie bei einem Vorstellungsgespräch in einer Anwaltskanzlei und müsse nun warten, bis man sie hereinrief. Sie nahm sich ein Glas und eine Flasche Cola vom Wagen, schenkte sich ein und leerte das Glas in einem Zug. War es möglich, dass Hannes von jemandem aus der Familie umgebracht worden war, wie Alex vermutete? Das konnte sie nicht glauben und dennoch überlief sie ein Schauer bei dem Gedanken, dass der Mörder sich jetzt auch in diesem Haus, schlimmer noch, in diesem Raum aufhalten könnte. Aber wieso sollte jemand aus der Familie Hannes umgebracht haben? Ihr fiel das gestrige Zusammentreffen mit ihm auf der Terrasse ein. Was hatte er noch gleich gesagt? Dass er noch etwas Wichtiges zu erledigen hatte. Was hatte er damit gemeint? Hatte das etwas mit seinem Tod zu tun? Sie schenkte sich Cola nach.

Sie schrak heftig zusammen, als sie eine Berührung auf ihrer Schulter wahrnahm, Cola spritze auf ihren Pullover.

„Ach entschuldigen Sie bitte, ich wollte Sie nicht erschrecken. Justus förderte ein Taschentuch aus seiner Hosentasche zutage und reichte es ihr.

„Schon gut, ich war in Gedanken." Tess wischte sich mit dem Stofftuch über ihren grünen Pullover und sah Justus dabei verstohlen an. Der Dreitagebart stand ihm unheimlich gut und verlieh ihm eine sehr männliche Ausstrahlung. Die Schürze, die ihn als Servicekraft auswies, hatte er abgelegt. Stattdessen trug er enge Jeanshosen, Sneaker und dazu einen schlichten schwarzen Kapuzenpullover, wodurch seine bernsteinfarbenen Augen gut zur Geltung kamen. Sie mochte seinen Kleidungsstil.

Als er ihren interessierten Blick bemerkte, lächelte er und neckte: „Was ich darunter trage, bleibt aber erst einmal noch mein Geheimnis."

Tess wurde bewusst, dass sie ihn ungeniert angestarrt haben musste. Das Blut schoss ihr in den Kopf. „Äh, ach Gott, ich wollte nicht ..., also ... ich ...".

Justus schüttelte den Kopf und lächelte. „Das war nur ein Scherz, ich wollte Sie nicht in Verlegenheit bringen."

„Sind Sie immer so direkt?"

„Nur bei Frauen, die mir gefallen." Hoppla, *durch die Blume* war wohl nicht sein Ding. Tess fing seinen intensiven Blick auf und bekam eine Gänsehaut.

„Wenn das so ist ...", sagte sie etwas lahm, weil sie es nicht gewohnt war, dass jemand so frei heraus sagte, was er dachte. In ihrer Familie war eher immer das Gegenteil der Fall gewesen. Offen miteinander gesprochen hatten sie zu Hause nie. Daher auch immer das Gefühl der Distanz. Und Einsamkeit, auch wenn man faktisch gar nicht alleine war.

„Wäre es in Ordnung, wenn wir uns duzen?" Tess lenkte ihren Blick zurück und versank in den bernsteinfarbenen Augen. Ja, sie mochte direkte Männer.

„Wegen mir auf jeden Fall."

„Schön."

Es entstand eine Pause.

„Das ist alles sicher nicht einfach für dich. Wenn du Unterstützung oder einfach nur jemanden zum Reden brauchst", bot Justus an und zeigte mit dem Daumen auf sich. „Dann melde dich." Ihm ging das *Du* flüssig über die Lippen. Er sprach mit ihr, als würden sie sich bereits länger kennen. Wieder spürte Tess ein Kribbeln auf ihrer Haut.

„Das ist lieb von dir. Ich kann immer noch nicht fassen, dass Hannes ermordet worden sein soll."

„Das ist doch verständlich, wer rechnet schon mit so etwas?" Er nickte verständnisvoll. „Habt ihr euch sehr nahe gestanden, dein Onkel und du?"

„Nein, aber betroffen bin ich dennoch. Vor allem beginne ich mich zu fragen, warum wir kein engeres Verhältnis zueinander hatten. Jetzt ist es zu spät."

„Wenn du die Zeit zurückdrehen könntest, würdest du dann versuchen, einen guten Kontakt zu ihm aufzubauen? Wenn du den Verlauf der Dinge nicht kennen würdest, meine ich."

Sie sah ihn verständnislos an. „Wie meinst du das?"

„Wenn du nicht wüsstest, dass er stirbt, würdest du dich ihm gegenüber dann anders verhalten?"

Tess dachte über die Frage nach. „Nein, vermutlich nicht", gab sie zu.

„Siehst du, wenn du die Frage mit Nein beantworten kannst, dann musst du jetzt auch kein schlechtes Gewissen haben, dass ihr euch nicht nahe standet." Er zuckte die Achseln. „Ich hoffe, du findest das nicht unverschämt oder anmaßend von mir, aber das ist immer meine Strategie, wenn ich etwas bereue. Ich frage mich dann, ob ich es anders gemacht hätte, wenn ich die Möglichkeit dazu gehabt hätte. Wenn nicht, dann höre ich auf, darüber nachzudenken."

Tess dachte über seine Worte nach. „Sicher hast du recht, aber so rational bin ich nicht."

„Es ist nie zu spät, sein Leben zu verändern." Wieder der intensive, leicht anzügliche Blick, der ihr durch Mark und Bein ging.

„Das klingt, als wüsstest du genau, wovon du sprichst."

Er lächelte geheimnisvoll. „Mein Gefühl sagt mir, wir haben noch jede Menge Zeit, uns voneinander zu erzählen." Er lächelte sie an. „Ich werde mal sehen, ob ich in der Küche helfen kann. Wir sehen uns." Er strich ihr sanft über den Arm und verließ die Bibliothek.

7. Kapitel

Frau Dreier führte Vera Matern in das Büro ihres Bruders Richard und bat sie, Platz zu nehmen, was diese schweigend tat und sich dann suchend umsah.

„Dürfte ich rauchen?"

Herr Amelung schob ihr schweigend einen Aschenbecher hin. Er wartete geduldig, bis die zierliche blonde Frau sich eine Zigarette angezündet hatte. Ihre Hand, die den Glimmstängel hielt, zitterte leicht und sie legte sie auf dem Tisch ab.

„Frau Matern", begann er, „es ist sicherlich nicht leicht für Sie, jetzt über Ihren Bruder sprechen zu müssen, aber ich kann Ihnen das leider nicht ersparen."

Sie rauchte schweigend und sah ihn durch die Rauchschwaden unverwandt an. Als sie nicht reagierte, fuhr er fort: „Wie war ihr Verhältnis zu Ihrem Bruder?"

„Gut", antwortete sie einsilbig.

„Was heißt das? Erzählen Sie uns bitte ein wenig darüber, sodass wir uns ein Bild machen können", forderte der Kommissar sie auf, nachdem sie keine Anstalten machte, fortzufahren.

„Gut heißt, wir hatten keinen Streit. Ich hatte keinen Grund, ihn zu ermorden."

Herr Amelung wartete, aber Frau Matern dachte offenbar nicht daran, fortzufahren.

„Wie häufig hatten Sie und Ihr Bruder Kontakt zueinander?"

„Wir haben uns auf Familienfesten wie diesem hier gesehen."

„Und wie häufig fanden bei Ihnen solche Festivitäten statt?" Der Frau musste man auch wirklich die Würmer aus der Nase ziehen, dachte er gereizt. Nach außen hin war seine Ungeduld nicht erkennbar. Das hatte er lange üben müssen. Noch wollte er Vera Matern in Sicherheit wiegen.

„Alle paar Jahre", kam die einsilbige Antwort.

„Wann war denn das letzte Familienfest?"

Sie schien zu überlegen, während sie ihre Zigarette im Aschenbecher ausdrückte und sofort wieder nach ihrem Päckchen griff und sich eine neue anzündete.

„Am 80. Geburtstag meiner Mutter."

„Wie lange ist das her?"

„Neun Jahre."

„Haben Sie sich in der Zwischenzeit gesehen oder telefonischen Kontakt gehabt?"

„Nein." Sie inhalierte tief und schwieg.

„Also nicht gesehen oder nicht telefoniert?"

Sie antwortete nicht sofort. „Nicht gesehen." Verschwieg sie etwas?

„Aber telefonischen Kontakt hatten sie?"

„Selten."

Er seufzte. Allmählich riss ihm der Geduldsfaden mit dieser Frau. Er warf seiner Kollegin einen Blick zu. Diesmal griff sie nicht eigenmächtig in das Gespräch ein. Gut so. Sie hatten vereinbart, dass er ihr signalisieren würde, wenn sie übernehmen sollte. Er nickte ihr knapp zu.

„Frau Matern", sagte Frau Dreier freundlich, „wir versuchen nur zu verstehen, wie ihr Verhältnis zu Ihrem Bruder war. Sie haben sich also in den letzten neun Jahren nicht gesehen und selten gesprochen, behaupten aber, ihre Beziehung sei gut gewesen, was mir unter diesen Umständen schwer fällt zu glauben. Gab es einen Grund dafür, dass sie keinen Kontakt zueinander hatten?"

„Nein, den gab es nicht. Er hatte sein Leben und ich meines. Gelegentlich hat man sich dann auf Familienfesten gesehen. Mehr kann ich Ihnen nicht sagen."

Oder du willst nicht, dachte die Kommissarin. Laut sagte sie: „Wo waren Sie heute früh zwischen ein und vier Uhr?"

Vera sah die beiden Polizisten ungläubig an, dann erwiderte sie: „Ich habe geschlafen."

„Wann haben Sie die Feier verlassen?"

Vera schnaubte verächtlich: „Feier", sagte sie in geringschätzigem Ton, „ich bin gegen 23 Uhr oder 0 Uhr aufs Zimmer gegangen, genauer kann ich Ihnen das nicht sagen."

„Warum so früh?, wollte Frau Dreier wissen.

„Die Feier, wie Sie diese erzwungene Zusammenkunft nennen, ging mir auf die Nerven, darum." Sie lehnte sich trotzig in ihrem Stuhl zurück. Ihre Wand aus Gleichgültigkeit begann zu bröckeln.

„Was genau gefiel Ihnen denn nicht?", erkundigte sich Herr Amelung.

„Alles." Sie blies ihm den Rauch direkt ins Gesicht.

Was für eine unverschämte Person. Er hätte sie gerne grob zurecht gewiesen oder Schlimmeres, konnte sich aber beherrschen. Das hatte er lange trainiert. Es war ihm sehr wichtig, nach außen hin als ruhiger und überlegener Ermittler wahrgenommen zu werden. „Haben Sie, nachdem Sie sich zurückgezogen haben, noch etwas bemerkt? Ist Ihnen etwas aufgefallen, das uns weiterhelfen könnte?"

„Nein", kam die einsilbige Antwort. Was anderes hätte ihn auch überrascht.

„Haben Sie Hannes noch gesehen?"

„Nein."

„Können Sie sich jemanden vorstellen, der Ihrem Bruder schaden wollte?"

„Nein. Ist es denn sicher, dass er ermordet wurde?"

„Ja, Frau Matern, das ist sicher."

Vera Matern reagierte mit einem Nicken. Keine interessierten Nachfragen, was die Polizei denn so sicher mache und wie oder woran ihr Bruder gestorben sei. Nichts. Von dieser Frau konnten sie sich keine wertvollen Anhaltspunkte für ihre Ermittlungen erhoffen, wie es schien.

„Gut, dann haben wir erst einmal keine weiteren Fragen an Sie. Sie können gehen. Wir müssen allerdings darauf bestehen, dass Sie dieses Haus bis auf weiteres nicht verlassen."

Vera gab nicht zu erkennen, ob sie verstanden hatte, hatte sich wieder hinter die Wand aus Gleichgültigkeit zurückgezogen, erhob sich und verließ mitsamt ihrer brennenden Zigarette grußlos den Raum.

„Das war ja mal mühsam. Vielleicht kann die jüngere Schwester uns mehr Informationen liefern."

Frau Dreier nickte und schwieg. Natürlich stimmte sie ihm zu, dachte Herr Amelung überheblich. Er hatte selten mit einer so unerfahrenen Kollegin zusammengearbeitet, die zudem noch so unattraktiv war. Im Revier hatten sich ihre Wege nur selten gekreuzt und er war jedes Mal dankbar gewesen, dass sie in einer anderen Abteilung beschäftigt war. Derzeit hatten sie allerdings personelle Engpässe zu verkraften und da diesem Fall nicht die höchste Priorität zugemessen worden war, hatte man ihm Frau Dreier zur Seite gestellt. In einem Mordfall hatte sie noch nie ermittelt. Sei es drum. Er war sich sicher, dass seine Erfahrungswerte und sein besonderes Gespür vollkommen ausreichten, um den Fall zu lösen.

Renate Nekpu präsentierte sich zwar wesentlich zugänglicher als ihre Schwester, vermochte aber zum distanzierten

Beziehungsgefüge ihrer Familie keine einleuchtende Erklärung zu liefern.

„Ich würde Ihnen da wirklich gerne mehr sagen, aber ich habe weder von meinen Geschwistern noch von meiner Mutter jemals Antworten auf meine Fragen erhalten. Meine Mutter ist immer nur ausgewichen und schiebt die Schuld auf meine Geschwister, die sich trotz ihrer guten Erziehung angeblich so ganz anders entwickelt hätten, als sie das gerne gesehen hätte. Das gilt besonders für Vera, die den Ausbildungsplatz, den Mutter ihr besorgt hat, wohl nicht hat annehmen wollen. Genaues weiß man da aber auch nicht, da Vera behauptet, eine abgeschlossene Berufsausbildung zu haben; Mutter sagt das Gegenteil." Sie schwieg einen Moment. „Bevor mein Vater starb, hat er angedeutet, es täte ihm leid, damals nicht für seine Kinder da gewesen zu sein, um sie zu beschützen." Sie runzelte die Stirn. „Mein Vater war dement, müssen Sie wissen. Dennoch … ich hatte den Eindruck, dass er in diesem Augenblick nicht verwirrt war. Als ich ihn gefragt habe, was er meint, hat er mich an Mutter verwiesen."

„Haben Sie Ihre Mutter gefragt?"

„Ja, habe ich. Sie hat gesagt, er wüsste nicht mehr, was er redet."

Herr Amelung zog nachdenklich die Stirn in Falten. Vermutlich lohnte es, mal in der Vergangenheit der Familie zu graben.

„Wie ist Ihr Kontakt zu Ihren Geschwistern?", setzte er die Befragung fort.

„Da der Altersunterschied zwischen uns recht groß ist, war es für mich immer schwierig, einen Zugang zu ihnen zu finden. Ich habe es aber immer wieder probiert. An Vera habe ich mir sprichwörtlich die Zähne ausgebissen. Ich habe sie oft angerufen, dann haben wir uns auch recht nett unterhalten, aber das war's dann auch. Aus den Augen, aus dem Sinn. Ihre

Versprechungen, sich mal bei mir zu melden, hat sie nie eingehalten. Selbst zu meinem Geburtstag hat sie sich nie persönlich gemeldet, sondern immer eines ihrer Kinder damit beauftragt, mir eine SMS zu schicken. Lächerlich! Ein kurzer Anruf war wohl zu viel für sie. Irgendwann habe ich aufgegeben. Bei Richard hatte ich mehr Glück. Unser Kontakt ist über die Jahre gewachsen, wir telefonieren gelegentlich und treffen uns auch mal. Allerdings gibt er wenig von sich preis. Hannes war genauso."

„Was wissen Sie über Ihren verstorbenen Bruder?"

Sie überlegte einen Moment. „Das, was alle wissen, denke ich. Er ist seit Jahren mit Conni verheiratet und hat einen Sohn, zu dem aber kein Kontakt mehr besteht, soviel ich weiß." Beruflich ist er als Architekt recht erfolgreich." Dass sie im Präsens gesprochen hatte, schien ihr nicht aufzufallen.

„Wie würden Sie Ihren Bruder beschreiben? Was war er für ein Mensch?" Herr Amelung neigte sich neugierig ein wenig nach vorne. Der starke Geruch nach Moschus, den diese Frau verströmte, ließ ihn sich aber rasch wieder nach hinten lehnen.

„Auf mich hat er oft unnahbar gewirkt. Er wollte nicht preisgeben, wie es ihm wirklich geht. Wenn wir telefoniert haben, war alles immer eitel Sonnenschein. Wissen Sie, was ich meine?" Da sie nicht fortfuhr, sondern auf eine Antwort zu warten schien, nickte er. „Es schien nie etwas zu geben, das ihn beschäftigt hat, zumindest hat er nie darüber gesprochen oder er wollte mit mir nicht darüber sprechen, das kann natürlich auch sein." Sie zuckte die Achseln.

„Vielleicht gab es auch einfach keine Probleme?", gab Kommissarin Dreier von ihrem obligatorischen Platz am Fenster zu bedenken. Kommissar Amelung hatte sie aufgefordert, sich im Hintergrund zu halten. Es fehlte noch, dass sie ihm in die Ermittlungen pfuschte. Ahnung hatte sie ja ohnehin keine.

„Wenn der einzige Sohn Knall auf Fall den Kontakt abbricht, muss doch etwas vorgefallen sein. Aber, wie gesagt, er hat nie etwas erzählt. Einmal habe ich ihn darauf angesprochen, da meinte er ausweichend, der Junge sei auf einer Art Selbstfindungstrip und brauche dazu Abstand. Das war's, mehr hat er dazu nicht gesagt."

„Wieso Knall auf Fall?"

„Das hat meine Mutter behauptet. Wie das jetzt wirklich war, weiß ich nicht. Wir haben zumindest nie etwas von einem Streit mitbekommen. Sebastian war plötzlich einfach angeblich für längere Zeit verreist, ich glaube nach Australien. Danach haben Hannes und Conni nicht mehr von ihrem Sohn gesprochen. Das ist doch nicht normal, oder?" Sie sah die Kommissare entrüstet an. Als keiner von beiden etwas erwiderte, schüttelte sie verständnislos den Kopf. „Also ich finde das sehr komisch."

„Wer könnte Ihrer Meinung nach ein Motiv gehabt haben, Ihren Bruder zu ermorden?"

Es war, als würde Renate Nekpu sich in diesem Moment wieder daran erinnern, was Anlass der Befragung war. Sie sank auf dem Stuhl in sich zusammen und stöhnte leise. Nach einer längeren Pause schüttelte sie erneut den Kopf.

„Es kann niemand von der Familie gewesen sein, das ist unmöglich. Wir stehen einander zwar nicht besonders nahe, aber wir bringen uns doch nicht gegenseitig um! Es muss sich jemand Zutritt zum Haus verschafft haben."

Herr Amelung ließ diese Mutmaßung unkommentiert. Er interessierte sich vielmehr dafür, was Hannes Wagner für ein Mensch gewesen war. Vielleicht kamen sie auf diese Weise dem Motiv ein Stück näher. Frau Nekpu war im Gegensatz zu ihren älteren Geschwistern sehr gesprächig, was er nutzen wollte. „Ist Ihnen an Ihrem Bruder gestern etwas aufgefallen?"

Sie überlegte einen Moment. „Er hatte etwas zu viel getrunken, was eher untypisch für ihn war, aber ansonsten war er wie immer, würde ich sagen."

„Wie war er denn so?"

„Er gehörte zu den Menschen, die ein Publikum problemlos unterhalten können. Redete viel, machte seine Witzchen. Was andere Leute in einem Satz ausdrücken können, verpackte er in zehn, was teilweise etwas nervig war, weil er oftmals um den heißen Brei herum redete. Man konnte jedes Thema mit ihm besprechen, es sei denn, es betraf ihn selbst."

„Was meinen Sie?"

„Er wich persönlichen Fragen meist aus, lenkte das Thema dann geschickt wieder auf etwas anderes. Zum Beispiel die Frage, was mit seinem Sohn ist, wann er wiederkommt, hat er nie beantwortet. Das ist doch nicht normal!", sagte sie wieder und sah die Beamten um Bestätigung heischend an.

„Mit wem hat sich Ihr Bruder gestern unterhalten?"

Sie überlegte kurz, runzelte die Stirn, wobei sich eine unschöne Falte zwischen ihren Augenbrauen bildete. „Er saß neben meiner Nichte Tess. Großartig unterhalten hat er sich aber nicht mit ihr, soviel ich gesehen habe. Wer auf der anderen Seite saß, weiß ich gar nicht. Conni vermutlich. Nach dem Essen hat er in einer Ecke des Salons länger mit seiner Frau gesprochen und sich dabei ein paar Gläser Sekt und Wein gegönnt, die er recht zügig getrunken hat." Du hast ja alles gut beobachtet, dachte Frau Dreier.

„Wie haben Sie den gestrigen Abend empfunden? Wie war die Atmosphäre?"

„Mein Mann und ich sind später eingetroffen, weil wir bis vorgestern noch auf einer Rundreise durch Indien waren und noch ein paar Dinge erledigen mussten. Als wir kamen, saßen alle bereits am Tisch. Wie war die Atmosphäre? Weitestgehend angenehm, würde ich sagen, wenn man von den üblichen Sticheleien meiner Mutter mal absieht."

„Sticheleien?"

„Meine Mutter liebt es, ihre Angehörigen zu drangsalieren, müssen Sie wissen. Zum Beispiel ist sie mal wieder mit Tess wegen ihres Kleidungsstils und Lebenswandels aneinander geraten. Auch gegenüber Lasith, meinem Mann, verhält sie sich meist gehässig, weil sie nun einfach keine Ausländer mag. Sie hätten mal ihr Gesicht sehen sollen, als ich ihr damals eröffnet habe, dass ich ihn heiraten werde! Ich dachte, jetzt fällt sie tot um." Sie lachte gekünstelt.

Herr Amelung strich sich über seinen zunehmend schmaler werdenden Haarkranz und fragte sich, was sie daran so witzig finden mochte oder war sie einfach nur unsicher?

„Wann haben Sie die Feier gestern verlassen?"

Renate fixierte angestrengt einen Punkt über seinem Kopf, dachte nach. Wieder bildete sich die hässliche Falte zwischen ihren Augenbrauen.

„Also ich bin nicht sicher, wahrscheinlich war es so in Richtung zwei Uhr. Ich habe noch beim Aufräumen geholfen."

„Was taten Sie dann?"

„Was meinen Sie?" Dann fiel der Groschen. „Ich habe meinen Bruder nicht umgebracht, wenn Sie das andeuten wollen. Ich ging direkt auf mein Zimmer und habe mich schlafen gelegt."

Herr Amelung hob entschuldigend die Schultern. „Reine Routinefrage. Könnten Sie sich vorstellen, wer Ihrem Bruder schaden wollte?"

„Wie ich vorhin bereits sagte, von der Familie kann es niemand gewesen sein. Darüber hinaus stand ich meinem Bruder nicht nahe genug, um diese Frage zu beantworten."

8. Kapitel

Clemens Matern nahm umständlich auf dem schmalen Bürostuhl Platz und lehnte seinen Gehstock an den Tisch. Sein verletztes Knie streckte er ächzend aus.

„Mein Knie schmerzt höllisch", begann er. „Sie sehen es mir sicher nach, dass ich es ausstrecken muss. Ein Graus, sage ich Ihnen. Ich kann mich kaum mehr bewegen, deswegen habe ich auch so zugenommen." Er deutete auf seinen nicht zu übersehenden Bauch und sah die Beamten dabei mitleidheischend an.

Kommissarin Dreier nickte kurz, um zu signalisieren, dass sie verstanden hatte, ging dann aber nicht weiter auf das Thema ein, was Clemens zu enttäuschen schien. Herr Amelung reagierte überhaupt nicht auf seine Äußerung, sondern kam direkt zur Sache.

„Herr Matern, wir möchten mit Ihnen gerne über Ihren Schwager sprechen. Was für ein Mensch war er Ihrer Ansicht nach?" Nachdem er seine Enttäuschung über die mangelnde Beachtung seiner Leiden verwunden hatte, schnaubte Clemens verächtlich.

„Ich habe ihn nicht besonders gut leiden können. Hat meistens getan, als wäre er was Besseres, das hat mich immer schon gestört. Seine Frau ist genau so komisch. Zieht sich immer an, als wäre das ganze Jahr Karneval."

„Was meinen Sie mit *was Besseres*?"

Clemens machte eine wegwerfende Handbewegung. „Kam da an in seinem teuren Auto, immer diese Sonnenbrille auf dem Kopf, auch im Winter, und dann dieses falsche Lachen. Bei jeder Gelegenheit." Er schüttelte sich. „Nein, mein Fall war der nicht."

„Wie hat sich denn Ihre Frau mit ihrem Bruder verstanden?", schaltete sich Frau Dreier, nach einem Seitenblick auf ihren Kollegen, in das Gespräch ein.

Wieder die wegwerfende Handbewegung. „Meine Frau macht sich nicht viel aus ihrer Familie. In den 22 Jahren, die wir jetzt verheiratet sind, habe ich Hannes vielleicht fünf Mal gesehen, und das auch nur, wenn sich die Familie zu besonderen Anlässen getroffen hat. Meine Frau und Hannes hatten ansonsten nichts miteinander zu tun."

„Haben Sie eine Erklärung dafür?"

Clemens schnaubte ärgerlich. „Ich habe sie so oft danach gefragt, eine Antwort habe ich aber nie bekommen. Vera spricht nicht über ihre Kindheit oder Jugend. Da beißt man auf Granit. Ich weiß ja noch nicht mal, ob sie wirklich eine Berufsausbildung hat. Sie behauptet, ja, ihre Mutter aber sagt nein. Da muss ich mir wohl aussuchen, wem ich glaube. Ich bin mir manchmal gar nicht sicher, ob ich weiß, mit wem ich da Tisch und Bett teile."

„Wann haben Sie den Geburtstag gestern verlassen?"

„Schon recht früh, weil ich wieder einmal starke Schmerzen in meinem Knie hatte." Wieder dieser mitleidheischende Blick, fiel Frau Dreier auf. Dieser Mann sehnte sich sehr nach Aufmerksamkeit und Zuwendung. „Ich kann weder lange stehen noch sitzen, wissen Sie. Hinlegen ist das Einzige, was hilft, das hab ich dann gestern gemacht. Aber die Betten hier sind nicht sehr bequem, deshalb habe ich schließlich mein Schmerzmittel einnehmen müssen und ....." Der Mann tat ihr Leid. Bevor er sich jedoch in Nebensächlichkeiten verlieren konnte, wiederholte Frau Dreier ihre Frage: „Wann sind Sie auf Ihr Zimmer gegangen?" Sie warf einen raschen Blick zu ihrem Kollegen. Die Tatsache, dass er aber mal nicht zu ihr sah, fasste sie als Erlaubnis auf, mit der Befragung fortfahren zu können.

„Das muss so zwischen 22 Uhr und 23 Uhr gewesen sein."

„Ist Ihre Frau mit Ihnen gegangen?"

„Vera? Nein, natürlich nicht. Ich habe sie gefragt, ob sie mitkommt, damit wir etwas Zweisamkeit genießen können, wenn Sie verstehen, was ich meine", er zwinkerte anzüglich und ihr Mitleid war wie weggeblasen, "aber Vera wollte davon natürlich nichts wissen. Wie immer. Die Frau bringt mich noch um den Verstand, sage ich Ihnen. Da tut man alles für sie und was kriegt man als Dank? Die kalte Schulter."

Herr Amelung verdrehte innerlich die Augen. Es war Zeit, dass er übernahm. Er beugte sich etwas in seinem Stuhl nach vorne und gab ihr damit ein Zeichen. Frau Dreier zog sich gehorsam wieder in Richtung Fenster zurück.

„Herr Matern, wann kam Ihre Frau aufs Zimmer?"

„Das habe ich nicht mitbekommen. Die starken Schmerzmittel führen meist dazu, dass ich rasch sehr tief schlafe, müssen Sie wissen. Als ich heute früh aufgewacht bin, schlief sie noch neben mir."

Können Sie sich jemanden vorstellen, der Ihrem Schwager etwas hätte antun wollen?"

„Also wenn sein aufgeblasenes Verhalten Grund genug gewesen ist, könnte ich mir jede Menge Leute vorstellen, die etwas gegen ihn hatten, mich eingeschlossen."

Nachdem Clemens Matern sich schwer auf seinen Stock gestützt aus dem Raum geschleppt hatte, sah Kommissarin Dreier ihren Kollegen an.

„Wo stehen wir? Was denken Sie?" Es gefiel ihm, dass sie ihn danach fragte. So konnte er ihr zeigen, wie analytisch er zu Werke ging.

Er zählte an einer Hand ab, was sie bis jetzt herausgefunden hatten. „Also wir wissen, dass alle Getränke in Hannes Wagners Zimmer mit einer hohen Dosis Digitalis versetzt waren. Es wäre also egal gewesen, für welches er sich entschieden hätte. Da wollte jemand sicher gehen, dass er auf keinen Fall am Leben bleibt. Jetzt stellt sich die Frage, wer ein Motiv haben könnte. An die Theorie, dass sich jemand Zutritt zum Haus verschafft haben könnte, kann ich nicht so recht glauben. Konkrete Hinweise, die diese Theorie untermauen würden, gibt es nicht."

„Irgendwelche Fingerabdrücke an den Flaschen in Herrn Wagners Zimmer?"

„Nein."

„Gar keine?"

„Sagte ich doch."

„Finden Sie das nicht komisch? Von der Person, die die Flaschen ins Zimmer gebracht hat, sollten doch welche vorhanden sein."

„Wenn das der Mörder war, der Handschuhe getragen haben dürfte, wohl kaum."

Frau Dreier versuchte, den überheblichen Tonfall ihres Kollegen zu überhören. „Aber irgendwelche Fingerabdrücke hätten doch auf den Flaschen zu finden sein müssen, die des Küchenpersonals oder des Personals aus dem Einkaufszentrum", beharrte sie. „Die Tatsache, dass gar keine zu finden sind, spricht doch dafür, dass jemand die Flaschen abgewischt haben muss und warum sollte man das tun, wenn man doch Handschuhe trägt?"

„Worauf wollen Sie hinaus?"

„Das weiß ich noch nicht. Ich finde diesen Punkt einfach merkwürdig."

Herr Amelung wischte den Einwand beiseite und fuhr mit seiner Aufzählung fort: „Eine Befragung der Arbeitskollegen Herrn Wagners hat nichts erbracht, keine Feindseligkeiten oder offenen Rechnungen. Er wurde als freundlich und hilfsbereit, aber auch als sehr zurückhaltend und verschlossen beschrieben. Keiner kannte ihn näher, betriebliche Feiern hat er grundsätzlich gemieden. Auch die Mittagspausen hat er meistens nicht mit seinen Kollegen verbracht und wenn, hat er sich kaum an den Gesprächen beteiligt. Den Unterhalter hat er wohl nur in Gegenwart seiner Familie gemimt. Auf ein Bierchen nach Feierabend hat er sich natürlich auch nicht eingelassen. Irgendwann hat man ihn auch gar nicht mehr gefragt. Sein Computer wird derzeit noch überprüft, vielleicht liefert uns diese Untersuchung einen Anhaltspunkt."

Frau Dreier runzelte nachdenklich die Stirn. „Würde bedeuten, dass der Täter höchstwahrscheinlich innerhalb der Familie zu suchen ist."

„Bis dato sieht es so aus."

9. Kapitel

1991/1992

Sie war zweifellos eine interessante Frau. Intelligent und gutaussehend dazu. Hannes sah zu der Brünetten hinüber, die schräg gegenüber an der festlich gedeckten Tafel saß. Das blaue paillettenbesetzte Kleid brachte ihre sportlich-schlanke Figur vorteilhaft zur Geltung. Ihr Make-up betonte ihre grünen Augen und ihre hohen Wangenknochen, ohne dass sie angemalt wirkte. Den Schmuck, den sie trug, hatte sie passend zu ihrer Kleidung gewählt: Eine dezente Halskette mit einer blauen Perle und dazu passende Ohrringe. Im kurz geschnittenen Haar trug sie ein blau-schwarzes Stirnband. Auffallend, aber nicht übertrieben. Lange Haare hätten ihm zwar besser gefallen, da sie aber ansonsten alles andere als ein burschikoser Frauentyp war, konnte er damit leben. Für ihn gab es nichts Schlimmeres als Frauen, die ihre Weiblichkeit hinter einer maskulinen Fassade verbargen. Zu viel Weiblichkeit allerdings mochte er ebenso wenig. Übergewichtigkeit war ein Zeichen mangelnder Disziplin, fand er. Das rechte Maß war entscheidend. Das galt für vieles im Leben.

Ein leises Klirren riss ihn aus seinen Gedanken und er blickte zu Karl, einem seiner engsten Freunde, der sich soeben erhoben hatte und mit einem Löffel gegen sein Weinglas schlug, um die Aufmerksamkeit seiner Gäste zu erlangen.

„In einer halben Stunde ist das Jahr zu Ende. Ich kann kaum glauben, wie schnell es schon wieder vergangen ist. Schön, dass ich den Jahreswechsel wieder mit meinen engsten Freunden feiern darf. Ihr könnt euch das Feuerwerk auf der Terrasse oder unten im Hof ansehen. Wie ihr wollt. Der Abend geht anschließend natürlich noch weiter." Er lachte und trank seinen Gästen zu.

Hannes entschied sich, das neue Jahr mit einem Glas Sekt auf der Terrasse zu begrüßen. Die Silvesternacht war relativ mild, sodass er auf seine Jacke verzichtete. Er lehnte etwas abseits der anderen Gäste an der Terrassentür und blickte fasziniert auf das bunte Schauspiel am Himmel, das das Neue Jahr einläutete.

„Ein frohes Jahr 1992", sagte eine angenehme Stimme neben ihm.

Hannes wandte den Blick von dem Feuerwerk ab und war nicht überrascht, die Frau in blau neben sich zu sehen. Ihre Stimme war angenehm tief, wie flüssiger Honig.

„Das wünsche ich Ihnen auch." Sie hoben ihre Sektgläser und prosteten einander zu.

„Ich dachte, mir wären alle Freunde von Karl bekannt, aber wir sind uns definitiv noch nicht begegnet." Sie streckte ihm eine schmucklose und perfekt manikürte Hand hin. „Ich heiße übrigens Conni."

10. Kapitel

2016

Die Tür zur Bibliothek öffnete sich, Herr Amelung erschien und blickte sich suchend im Raum um. Als sein Blick auf Tess fiel, nickte er ihr auffordernd zu: „Wir würden uns nun gerne mit Ihnen unterhalten, Frau Matern."

Tess nickte nur und folgte ihm in das Büro ihres Onkels. Die Befragung führte dieses Mannsweib von Polizistin, während Herr Amelung sich im Hintergrund hielt, an seinem Kaffee nippte und seine Kollegin dabei nicht aus den Augen ließ.

„Frau Matern, was können Sie uns zu Ihrem verstorbenen Onkel sagen?"

„Ich glaube nicht, dass ich Ihnen eine große Hilfe bin, denn im Grunde genommen kannte ich meinen Onkel Hannes kaum."

Kommissarin Dreier winkte ab. Schon wieder diese Aussage, dachte sie genervt. „Erzählen Sie uns bitte das, was Sie wissen. Alles kann von Bedeutung sein."

„Meine Mutter pflegte keinen engen Kontakt zu ihrer Familie. Wir haben uns nur sehr selten gesehen, meist zu Geburtstagen. Telefonischer Kontakt hat auch nicht bestanden." Sie zuckte die Achseln. „Mehr kann ich Ihnen wirklich nicht sagen."

„Was wissen Sie über die Kindheit Ihrer Mutter?"

„Warum wollen Sie das wissen?"

„Beantworten Sie doch bitte einfach die Frage."

Tess schürzte die Lippen und überlegte einen Moment.

„Meine Mutter hat kaum je darüber gesprochen. Sie und ihre Geschwister sind in der ehemaligen DDR aufgewachsen. Ihr Vater hatte wohl ein Alkoholproblem und war wohl auch gewalttätig. Genaues weiß ich aber nicht. Meine Mutter hat, wenn überhaupt, nur mal Andeutungen gemacht. Wenn ich dann nachgefragt habe, ist sie ausgewichen. Ich habe meinen Großvater nie kennen gelernt, er starb noch vor meiner Geburt. Das Verhältnis zwischen meiner Mutter und ihrer Mutter ist noch nie gut gewesen, ich weiß aber nicht, warum."

„Wissen Sie etwas darüber, dass Ihre Mutter und die Geschwister Ihrer Mutter mal eine Zeit lang in einem Heim untergebracht waren?"

Tess sah die Kommissarin erstaunt an und sprach ihr damit aus der Seele. Genauso überrascht war auch sie über diese Information gewesen, die ihre Nachforschungen in der Vergangenheit der Familie ergeben hatten. Sie warf einen Seitenblick nach hinten auf Herrn Amelung, um sich zu vergewissern, dass sie alles richtig machte. Er nickte ihr leicht zu und sie wandte sich erleichtert wieder Tess Matern zu.

„Nein, davon weiß ich nichts. Wann soll das denn gewesen sein?"

„Nach unseren Informationen 1964."

„Da war meine Mutter neun", rechnete Tess nach. „Nein, darüber hat sie nie etwas gesagt."

„Wie standen Sie zu Ihrem Onkel?", mischte sich unvermittelt Herr Amelung in das Gespräch ein. Tess hing gedanklich noch an der unglaublichen Neuigkeit, die sie soeben erfahren hatte und konnte sich auf den Themenwechsel nicht einlassen.

„Was wissen Sie über die Zeit im Heim? Haben Ihre Nachforschungen noch mehr ergeben? In welcher Stadt war das Heim?" Ihre Gedanken überschlugen sich beinahe.

„Nicht Sie stellen hier die Fragen, Frau Matern."

Frau Dreier zuckte zusammen. Musste er so harsch sein? Die junge Frau musste die Information über die Vergangenheit ihrer Mutter erst einmal verdauen, das war ihr deutlich anzusehen.

„Ich wollte nur …, ich habe mich immer wieder gefragt, warum meine Mutter so ist, wie sie nun einmal ist und nun liefern Sie mir möglicherweise eine Erklärung, die ich…, ich kann …, muss mich erst einmal sortieren. Entschuldigen Sie. Wie war Ihre Frage? Mein Verhältnis zu Hannes? Wir hatten keins. Wenn wir uns gesehen haben, war er freundlich, aber wir haben uns nie lange unterhalten. Ich wusste nicht, was ich mit ihm hätte reden können und ihm ging es anscheinend genauso. Eigentlich waren wir wie Fremde."

„Wissen Sie etwas über seine Ehe oder seinen Sohn?"

„Sebastian? Den habe ich zuletzt vor vielen Jahren gesehen, da hat, glaube ich, Renate ihren Geburtstag gefeiert. Danach habe ich noch mitbekommen, dass er nach der Schule reisen wollte. Ob er inzwischen zurückgekommen ist, weiß ich nicht. Conni und Hannes sind seit knapp 20 Jahren verheiratet. Wie es um die Ehe bestellt ist, weiß ich nicht Interessiert mich auch nicht besonders, muss ich gestehen." Ihre Gedanken kehrten zu der Heimunterbringung zurück. „In welcher Stadt war das Heim? Könnten Sie mir nur das bitte sagen?"

Herr Amelung sah Tess ausdruckslos an. Er mochte es nicht, wenn Zeugen sich nicht an die Regeln hielten, die da lauteten, dass er, und zwar nur er, die Fragen stellte. Er überlegte rasch, ob er dieser jungen Frau entgegenkommen sollte und entschied sich dafür.

„In Demmin."

„Demmin?"

„Der Geburtsort Ihrer Mutter."

Tess schüttelte den Kopf. „Aber sie ist in Schwerin geboren und aufgewachsen."

„Nach unseren Informationen ist sie das nicht."

„Ich … ich verstehe das nicht. Wieso sollte sie lügen?"

Um die Vergangenheit zu vergessen, dachte Frau Dreier. Herr Amelung überging die Frage.

„Wie lange waren Sie gestern auf der Party?"

„Bis ca. ein Uhr."

Der schmächtige Mann sah sie erwartungsvoll an, sodass Tess ahnte, was die nächste Frage sein würde. „Ich bin direkt auf mein Zimmer und nicht über Los gegangen", versuchte sie zu scherzen, doch die beiden Kommissare verzogen keine Miene. Tess ertrug ernste Situationen besser mit Humor.

„Gibt es dafür Zeugen?"

Tess schüttelte den Kopf. „Nein, ich war alleine."

Herr Amelung erhob sich. „Fällt Ihnen zu dem gestrigen Abend noch etwas ein, was uns weiterhelfen könnte?"

„Ja, ich bin Hannes auf der Terrasse begegnet, nachdem er sich bereits verabschiedet hatte."

Herr Amelung setzte sich wieder und blickte sie konzentriert an. „Wann ist das gewesen?"

Tess überlegte. „Das müsste so gegen 23 Uhr gewesen sein."

Sie berichtete den Beamten von ihrer kurzen Begegnung mit ihrem verstorbenen Onkel und dem, was er gesagt hatte.

„Was, glauben Sie, könnte er damit gemeint haben?"

„Darüber zerbreche ich mir seitdem den Kopf. Ich weiß nicht, was Onkel Hannes noch Wichtiges zu erledigen gehabt haben könnte. Auf jeden Fall sah er ernst aus, als er das sagte und das war untypisch für ihn. Er hat sich doch immer als jemand verkauft, der über den Dingen steht und ständig lacht. Er war unnahbar und diese Fassade hatte gestern Abend ein paar Risse, wenn Sie mich fragen."

Tess ging langsam zur Bibliothek zurück. Sie musste die Informationen, die sie bekommen hatte, erst einmal verarbeiten. Ihre Mutter und ihre Geschwister im Heim? Sie überlegte, ob sie ihre Mutter mit ihrem Wissen konfrontieren sollte, scheute aber gleichzeitig davor zurück. Es wird wohl einen guten Grund dafür geben, dass sie sich nie geöffnet hat. Andererseits erforderten die Umstände, dass Vera nun endlich über ihren Schatten sprang. Vielleicht hatte die Vergangenheit der Geschwister etwas mit Hannes Tod zu tun. Entschlossen öffnete sie die Tür zur Bibliothek und ließ ihren Blick suchend umherschweifen, bis sie ihre Mutter entdeckte, die mit Richard zusammenstand.

„Kann ich mal mit dir reden, Mama?" Sie nahm ihre Mutter, ohne eine Erwiderung abzuwarten, am Arm und zog sie in eine Ecke des Zimmers. Richard verstand und folgte ihnen nicht.

„Tess, ich habe mich gerade unterhalten! Was ist denn los? Du machst es ja spannend."

„Ich muss dich etwas Wichtiges fragen. Ich wurde gerade zu Hannes Tod befragt und da …, also ich wurde gefragt, ob ich weiß, dass du mal im Heim warst. Stimmt das? Augenblicklich wich alle Farbe aus Veras Gesicht. Eine Antwort gab sie nicht.

„Mama?"

„Wer sagt das?" Ihre Mutter hatte sich erstaunlich schnell wieder im Griff.

„Die Polizei. Stimmt es?", erkundigte sich Tess erneut.

Der Blick, mit dem Vera sie bedachte, war schwer zu deuten. Distanziert. Unnahbar. Genau wie Hannes, dachte Tess. Nur dass Hannes alles ins Lächerliche gezogen hat und immer scheinbar gut gelaunt durch die Gegend gelaufen ist.

„Die Fragen stellst du am besten deiner Großmutter", zischte Vera bissig und ließ ihren Blick suchend durch den Raum schweifen. „Ich bin mir sicher, sie gibt dir mit Freuden Auskunft. Na, wo ist sie denn? Typisch, wenn man sie braucht, ist sie nicht da! Kommt mir bekannt vor", rief sie ärgerlich.

„Oma wird gerade vernommen", sagte Alex, als er zu ihnen trat. „Was ist denn los?"

Doch Vera setzte sich einfach nur schweigend in einen Sessel. Ihr Ärger war so plötzlich verraucht, wie er aufgekommen war. Sie hat sich wieder hinter ihrer Fassade versteckt, dachte Tess, wie Hannes. Sie beobachtete ihre Mutter, die gedankenverloren einem Eichhörnchen nachsah, das, offenbar auf der Suche nach Nahrung, über die schneebedeckte Terrasse sprang.

11. Kapitel

„Mein Mann Franz ist vor 26 Jahren verstorben, seitdem lebe ich alleine. Ist auch angenehmer so, dass ich niemandem mehr Rechenschaft schuldig bin. Ab und zu habe ich Kontakt zu meinen Kindern. Hannes war immer sehr hilfsbereit, kam häufig vorbei, wenn ich seine Hilfe gebraucht habe. Richard ist da schon etwas zurückhaltender und Vera ...." Luise Wagner winkte ab und verzog geringschätzig den Mund. „Vera meldet sich so gut wie nie bei mir. Höchstens mal zum Geburtstag gratuliert sie knapp am Telefon und das war's dann auch. Undankbar. Aber sie ist schon immer aus der Reihe gefallen. Ich frage mich, woher sie das bloß hat. Da macht man alles für seine älteste Tochter und das ist der Dank. Ihre Art hat sie auch schön an ihre eigene Tochter weitergegeben. Tessa haben Sie sicherlich schon kennengelernt. Die kriegt in ihrem Leben auch nichts auf die Reihe. Wenn das meine Tochter wäre, ich hätte ihr schon längst mal den Marsch geblasen, sag ich Ihnen! Aber Vera kann das natürlich nicht. Was sollen denn da die Leute denken? Peinlich so etwas. Ich muss mich unentwegt fremdschämen. Zum Glück wohnen wir nicht nahe beieinander, sodass man eine Verbindung zu mir herstellen könnte."

Herr Amelung nutzte die kurze Gesprächspause und hakte ein:

„Ist Ihre jüngste Tochter ihrer älteren Schwester ähnlich?", erkundigte er sich neugierig. Er wusste, dass diese Frage nur indirekt mit der Aufklärung des Falls zu tun hatte. Seine Intention war aber, mehr über die Persönlichkeit dieser alten Dame zu erfahren.

„Renate und Vera? Nein, die beiden Schwestern haben nichts gemeinsam. Renate war immer ein sehr braves und folgsames Kind. Hat einen guten Schulabschluss gemacht, ihre Ausbildung zur Versicherungskauffrau mit guten Noten abgeschlossen und dann fleißig in dem Beruf gearbeitet. Mit den Männern hatte sie nie Glück, aber man kann eben nicht alles haben, sag ich immer. Das hab ich ihr auch gesagt. Vor ein paar Jahren hat sie dann diesen Lasith kennengelernt." Die alte Frau verzog den Mund, als hätte sie in einen mehligen Apfel gebissen. „Ich hätte mir weiß Gott einen besseren Schwiegersohn vorstellen können, aber sie musste ja diesen Inder heiraten. Ich habe ihr noch gesagt, sie soll sich das gut überlegen. Ausländer nehmen es mit der Treue ja nicht so genau, hab ich gesagt. Aber sie wusste ja angeblich, was sie tut. Das hat sie jetzt davon, Kinder kann er nämlich keine zeugen, der Gute, und sie wäre so gern Mutter geworden." Sie zuckte die Achseln. „Wer nicht hören will, muss eben fühlen, das ist ein altes Lied." Luise endete und blickte ihn mit ihren eisblauen Augen abwartend an.

Was für kalte Augen sie hat, dachte Herr Amelung, als er über seine nächste Frage nachdachte. Bei dieser Frau war es wohl am besten, direkt zum Punkt zu kommen.

„Frau Wagner, wir haben erfahren, dass drei Ihrer Kinder eine Zeit lang im Heim untergebracht waren. Können Sie uns etwas über die Hintergründe berichten?"

Luise zögerte angesichts des Themenwechsels kurz und erklärte dann im Plauderton:

„Ich war krank. Tuberkulose. Da konnte ich nicht für meine Kinder sorgen. Mein Mann kam nicht infrage, deshalb habe ich bei dem Pfarrer in unserem Ort um Rat gefragt und er hat eine Heimunterbringung für diese Zeit vorgeschlagen. Warum wollen Sie das denn wissen? Das hat doch nichts mit Hannes Tod zu tun."

„Wie lange waren ihre Kinder fremduntergebracht?, erkundigte sich Frau Dreier, ohne auf Luises Frage einzugehen.

„Das war 1964. Für etwa ein halbes Jahr", antwortete Luise ohne zu zögern.

„Haben Ihre Kinder Ihnen mal von dieser Zeit erzählt?"

Luise sah die beiden Polizeibeamten mit herausforderndem Blick an. „Was sollten sie mir denn erzählt haben?"

Herr Amelung hatte das Gefühl, dass sie ganz genau wusste, auf was sie hinaus wollten. Eine unangenehme Frau. Er gab sich aber arglos. „Es wäre ja möglich, dass Ihre Kinder sich Ihnen mitgeteilt haben", er machte eine kleine Pause, um seinen folgenden Worten mehr Gewicht zu verleihen, „in Bezug auf mögliche Erfahrungen, die sie in dem Heim gemacht haben zum Beispiel." Er sah sie ebenso herausfordernd an. Das Spiel konnten auch zwei spielen.

„Ich habe keine Ahnung, was Sie meinen", antwortete Luise ausweichend. Herr Amelung warf seiner Kollegin einen Blick zu und nickte leicht. Frau Dreier übernahm daraufhin die Führung.

„Wir haben Erkundigungen eingeholt und erfahren, dass es damals ein Gespräch zwischen Ihnen und der Heimleitung des Heims St. Pius in Demmin gegeben hat. Frischt das Ihr Gedächtnis ein wenig auf?" Sie versuchte, ihre Stimme fest klingen zu lassen, damit man ihr ihre Nervosität nicht anmerkte. Vor allem vor ihrem Kollegen wollte sie kompetent und selbstsicher wirken. Aber auch in Gegenwart von Luise Wagner war ein selbstsicheres Auftreten geboten. Schwäche erkannte diese Frau sofort. Frau Dreier fröstelte. Dieser Blick aus eisblauen Augen schien bis auf den Grund ihrer Seele zu reichen. Sie fühlte sich unwohl und hatte den Eindruck, dass diese Frau das ganz genau wusste. Ein leises Lächeln umspielte ihre faltigen Mundwinkel. Sie schwieg, ihr Blick ruhte forschend auf der Beamtin. Frau Dreier wurde völlig aus dem Konzept gebracht. Herr Amelung bemerkte ihr Zögern und griff ein.

„Frau Wagner, Sie strapazieren unsere Geduld. Ihr Sohn wurde ermordet und wir versuchen, den Mörder zu finden. Wenn Sie uns nicht entgegenkommen, können wir sie auch zum Verhör mit aufs Revier nehmen. Da wird es dann wesentlich unangenehmer für sie."

„Die Drohung können Sie sich sparen. In meinem Alter erschrecken Sie mich damit nicht mehr. Das Gespräch in dem Heim damals hat stattgefunden, weil meine Tochter behauptet hat, von einem der sie betreuenden Geistlichen angefasst worden zu sein."

„Was genau hat sie Ihnen darüber erzählt?

„Dass er abends ein paar Mal in ihr Zimmer gekommen sei. Was da im Detail passiert sein soll, weiß ich nicht."

„Was hielten Sie davon?" Er kannte die Antwort bereits. Luise Wagner war alles andere als eine fürsorgliche und aufmerksame Mutter.

„Nichts." Luise schnalzte ungeduldig mit der Zunge. „Sie müssen mich gar nicht so erstaunt ansehen. Ich habe keinen Hehl daraus gemacht, dass ich meiner Tochter nie geglaubt habe. Vera war schon immer sehr geltungsbedürftig. Mit dieser Geschichte hat sie nur einmal mehr versucht, im Mittelpunkt zu stehen."

„Nehmen wir an, Sie haben recht", sagte Herr Amelung, „wie erklären Sie dann, dass Ihre Söhne ähnliche Behauptungen vorgebracht haben?"

„Na, das ist ja wohl offensichtlich!" Die alte Frau sah ihn empört an, als könnte sie nicht begreifen, dass das für ihn nicht offenkundig war. „Vera hatte als ältere Schwester einen großen Einfluss auf Hannes und Richard. Natürlich hat sie den beiden eingetrichtert, was sie sagen sollten."

„Meinen Sie nicht, dass Sie es sich damit sehr einfach machen?"

„Ganz und gar nicht. Wenn Sie nun keine Fragen mehr haben, würde ich mich gern ein wenig ausruhen."

„Nicht so schnell, Frau Wagner. Wie lange waren Sie gestern auf dem Fest Ihres Sohnes?"

„Ich bin nicht mehr die Jüngste, Herr Kommissar", antwortete Luise spitz. „Derartige Zusammenkünfte strengen mich sehr an, deswegen habe ich mich direkt nach dem Essen auf mein Zimmer begeben."

„Um welche Uhrzeit ist das gewesen?"

„Ich habe nicht auf die Uhr gesehen", kam die knappe Antwort.

„Wo waren Sie zwischen ein und vier Uhr?"

Luise sah ihn verständnislos an. „Das fragen Sie doch nicht ernsthaft? Wollen Sie etwa andeuten, dass ich meinen eigenen Sohn umgebracht habe?"

„Wir wollen gar nichts andeuten, Frau Wagner. Bitte beantworten Sie die Frage."

„Ich habe Ihnen vorhin gesagt, dass ich nicht mehr so belastbar bin, wie ich gerne wäre. Nachdem ich mich auf mein Zimmer zurückgezogen habe, bin ich zu Bett gegangen."

„Hatte Ihr Sohn Feinde?", wechselte der Kommissar abrupt das Thema.

Luise sah Herrn Amelung belustigt an. „Sie meinen, ob ich eine Ahnung habe, wer ihn umgebracht haben könnte? Also, ich glaube immer noch nicht an Ihre Mordtheorie. Für mich hat mein Sohn sich selbst umgebracht." Ihr Gesicht blieb seltsam ausdruckslos bei dieser Äußerung. Sie ist schnell zur Tagesordnung übergegangen, schoss es Frau Dreier durch den Kopf oder verbirgt ihre wahren Gefühle geschickt hinter einer perfekt einstudierten Fassade.

„Nehmen wir einmal an, Sie haben recht. Wieso hätte er das tun sollen?"

„Wer ist hier der Kommissar? Sie oder ich? Machen Sie Ihre Arbeit!"

Nachdem Luise Wagner den Raum verlassen hatte, warf Kommissar Amelung seiner Kollegin einen forschenden Blick zu. „Sie hat Sie verunsichert, nicht wahr?" Ohne eine Antwort abzuwarten, fuhr er fort. „Lassen Sie einen Zeugen niemals spüren, wenn Sie unsicher sind. Dann macht er mit Ihnen, was er will. Gut, dass ich anwesend war."

Ja, natürlich, dachte Frau Dreier höhnisch. Was würde die Welt bloß ohne dich tun? Ihr neuer Kollege regte sie zunehmend auf. Gleichzeitig fühlte sie sich durch seine überhebliche Art eingeschüchtert. Die geringschätzige Behandlung erinnerte sie an ihren Stiefvater. Er hatte sie auch stets behandelt, als wäre sie unfähig und zu nichts zu gebrauchen. Nach außen hin verbarg sie ihre Wut und nickte ergeben. „Mir ist selten jemand auf Anhieb unsympathisch, aber diese Frau ist einfach unmöglich. Kalt und so berechnend."

„Gute Ermittler müssen damit umgehen können." Er sah sie unter seinen Worten zusammenzucken, was in ihm ein Triumpfgefühl auslöste. Sie war so leicht zu verunsichern. Dennoch sollte er ihr auch etwas Verständnis entgegenbringen, fand er. Zuckerbrot und Peitsche war eine bewährte Methode. „Ich weiß, was Sie meinen. Kein Wunder, dass ihre Kinder nicht mehr alle Tassen im Schrank haben. Allen voran Vera Matern." Er schüttelte den Kopf. „Jetzt verstehe ich auch, warum die Familie insgesamt so wenig miteinander zu tun hat. Eine Mutter, die nicht zu ihren Kindern steht, wenn diese derartige Vorwürfe erheben." Er schüttelte den Kopf. „Unglaublich. Die Heimleitung hat die Behauptung der Kinder übrigens ebenso wenig ernst genommen oder war nicht gewillt, einen Geistlichen zur Rechenschaft zu ziehen, nur weil ein paar Gören derartige Unwahrheiten verbreiteten. Die Kinder waren also auf sich gestellt."

„Wissen Sie, was für mich nicht ins Bild passt? Frau Wagners Verhalten kurz nachdem sie vom Tod ihres Sohnes erfahren hat. Erinnern Sie sich an die Situation in der Bibliothek? Da hat sie, wie ich finde, wie eine", sie malte Anführungszeichen in die Luft, „normale" Mutter reagiert. Ihr Verhalten eben und alles, was wir bis jetzt über diese Frau gehört haben, passt nicht dazu."

Herr Amelung zuckte mit den Schultern. „Wir sollten uns nicht von dem Verhalten dieser Frau in die Irre führen lassen. Sie scheint eine sehr kontrollierte und berechnende Person zu sein. Vielleicht wollte sie uns damit nur täuschen. Was ist als nächstes zu tun Ihrer Meinung nach?"

„Wir sollten herausfinden, ob die Missbrauchsgeschichte mit dem Mord in Zusammenhang steht."

„Ausgezeichnet, Frau Dreier."

Sie hätte ihm am liebsten in sein gönnerhaftes Gesicht geschlagen.

12. Kapitel

1992

Conni drehte sich kokett vor dem Spiegel und war mit ihrem Anblick äußerst zufrieden. Sie hatte einen grauen Cashmere-Pullover zu einer eleganten schwarzen Hose und grauen Stiefeletten kombiniert. Dazu ein dezentes Make-up, das ihre Augen vorteilhaft zur Geltung brachte. Eine schlichte Kette mit einem kleinen sternförmigen Anhänger und die dazu passenden Ohrringe rundeten das Bild ab. Hannes würde Augen machen, dachte sie aufgeregt. Es war ihr erstes Treffen nach dem Silvesterabend, den sie noch bis 4.00 Uhr morgens über Gott und die Welt plaudernd bei Karl hatten ausklingen lassen. Sie hatte sich in der Gegenwart eines Mannes lange nicht mehr so wohl gefühlt. Hätte die Müdigkeit Conni nicht irgendwann dazu gezwungen, die Nacht zu beenden, hätte sie sicherlich noch bis zum Frühstück mit Hannes da gesessen. Offensichtlich war es ihm genauso gegangen, denn Hannes hatte sich schließlich schüchtern erkundigt, ob er ihr seine Nummer geben dürfe und sie hatte freudig eingewilligt. Sie mochte Männer, die einer Frau ihre Nummer gaben, statt umgekehrt nach jener der Frau zu fragen. Das bewies doch eine gewisse Größe, fand Conni, das Risiko einzugehen, dass sich die Frau vielleicht nicht meldete. Drei Tage später hatte sie Hannes angerufen. Sie war so nervös gewesen, dass sie am Telefon kaum einen zusammenhängenden Satz herausbekommen hatte. Er schien sich über ihren Anruf zu freuen, wirkte aber nicht im Mindesten so aufgeregt wie sie selbst. Das lag vermutlich daran, dass er sich besser im Griff hatte als sie. Nach ein bisschen Smalltalk hatte er rasch ein Treffen vorgeschlagen und sie konnte ihr Glück kaum fassen.

Jetzt warf sie noch einen letzten Blick in den Spiegel, prüfte ihre in Wasserwellen gelegten Haare, nahm dann Mantel und Tasche und verließ ihre Zwei-Raum-Wohnung zwanzig Minuten vor der ausgemachten Zeit. Sie würde unten auf Hannes warten. Sie war ohnehin viel zu nervös, um noch länger untätig in ihrer Wohnung zu sitzen. Er hatte ein teures Restaurant in der Innenstadt vorgeschlagen. Conni hatte Schmetterlinge im Bauch, als sie am Straßenrand auf und ab lief. Die eisige Kälte an diesem Januarabend bemerkte sie nicht. Wie lange war es her, dass sie eine Verabredung mit einem Mann hatte, der sie wirklich interessierte? Meistens war es so, dass sie sich zu Treffen mit Männern, die sie über Kontaktanzeigen kennengelernt hatte, überwinden musste, weil es immer so war, dass sich der vielverssprechende schriftliche Kontakt im realen Leben nicht fortsetzen ließ. Man merkte eben doch erst von Angesicht zu Angesicht, ob man sich sympathisch war oder nicht, egal wie lange und intensiv man sich im Vorfeld geschrieben hatte. Daran änderte sich auch nichts, wenn sie vor dem Date mit dem jeweiligen Mann telefonierte. Die Partnersuche über Kontaktanzeigen war ihr schon immer ein Dorn im Auge gewesen, aber sie hatte wenig Zeit, sich in freier Wildbahn auf die Suche zu machen. Als Süßwarentechnologin war sie so stark eingespannt, dass sie froh war, wenn sie abends die Füße hochlegen konnte, statt diese noch in High Heels pressen und sämtliche Bars abklappern zu müssen. Da war es bequem, es sich nach der Arbeit mit einem Glas Rotwein auf der Couch gemütlich zu machen und einfach die Zeitung aufzuschlagen – zumindest im Winter. In den warmen Monaten ging sie natürlich häufig mit Freundinnen aus oder mit Arbeitskollegen nach Feierabend noch etwas trinken. Sie liebte die warmen Sommerabende. Männer lernte sie regelmäßig kennen, aber es entwickelte sich nie eine dauerhafte Partnerschaft daraus. Nach zwei oder drei Treffen stellte sie meist fest, dass es einfach nicht passte. Bei ihr entzündete sich einfach kein Funke. Immer fand sie etwas, dass ihr an den Männern nicht gefiel. Ihre letzte Beziehung lag mittlerweile sechs Jahre zurück. Greta, ihre älteste Freundin, lag ihr ständig in den Ohren, dass sie nicht so wählerisch sein dürfe, da sie nicht mehr viel Zeit habe; und da hatte sie zweifelsohne recht. Wenn sie noch Kinder wollte, und das wollte Conni, dann blieb ihr mit 39 Jahren tatsächlich nicht mehr viel Zeit. Wenn es jetzt nicht sogar schon zu spät war.

„Ein kalter Winterabend und eine nachdenklich wirkende Frau am Straßenrand", ertönte eine warme Stimme hinter ihr. Conni sah sich überrascht um. Hannes und sie hatten vereinbart, dass er am Straßenrand halten und sie einsammeln würde. Lächelnd wandte sie sich ihm zu.

„Hallo", sagte sie schüchtern. Hannes gab ihr einen Kuss auf die Wange und bot ihr seinen Arm. Sie hängte sich bereitwillig ein und ließ sich von ihm führen.

„Wartest du schon lange in der Kälte? Ich habe extra einen Parkplatz gesucht, damit du nicht am Straßenrand warten musst. Ich dachte, ich wäre so früh dran, dass du nicht schon unten wartest."

„Alles gut, ich war zu nervös, um in der Wohnung zu warten."

Darauf ging er nicht ein, sagte stattdessen: „Mein Auto steht gleich um die Ecke. Ich hoffe, du hast Hunger?"

„Ich habe heute den Tag über extra wenig gegessen, damit ich jetzt zuschlagen kann."

„Das ist gut. Mir hängt der Magen auch in den Kniekehlen."

Hannes hielt ihr die Wagentür eines schwarzen Audi auf, wartete, bis sie eingestiegen war und glitt dann hinter das Steuer.

„Möchtest du Sitzheizung?"

Conni rieb sich vor Kälte die Hände. „Ja, gerne, das wäre toll."

Während der Fahrt erkundigte Hannes sich, ob sie das Restaurant kenne, in dem er einen Tisch reserviert habe, ob sie gerne auswärts esse oder lieber selber koche. Sie erklärte ihm, dass ihre Mutter eine sehr gute Köchin gewesen sei und sie viel von ihr gelernt habe. Meistens sei es ihr aber zu aufwändig, für sich alleine zu kochen. Sie esse in der Kantine oder kalt zu Hause. Hannes fiel auf, dass sie von ihrer Mutter in der Vergangenheit sprach und erkundigte sich vorsichtig: „Deine Mutter lebt nicht mehr?"

„Nein, sie ist bei einem Autounfall ums Leben gekommen, als ich 17 war."

Er nickte nur und sagte nichts, wofür sie ihm dankbar war. Viele andere reagierten auf diese Information mit Unsicherheit und leeren Floskeln.

„Und dein Vater?"

„Mein Vater ist mit ihrem Tod nicht zurechtgekommen. Er hat sich in die Arbeit gestürzt, zu viel getrunken und ist fünf Jahre nach meiner Mutter gestorben. Geschwister habe ich keine."

Er sah zu ihr rüber, drückte kurz ihre Hand und erzählte dann von seiner Familie. Dass er mit drei Geschwistern aufgewachsen und sein Vater vor zwei Jahren an Krebs verstorben war und es seiner Mutter als Witwe den Umständen entsprechend gut ging.

„Schön, dass du Geschwister hast. Ich habe mir auch immer ein Geschwister gewünscht, aber meine Mutter konnte nach mir keine Kinder mehr bekommen. Habt ihr regelmäßig Kontakt?"

Er schüttelte den Kopf. „Wir haben leider nie so den Draht zueinander gehabt." Er warf ihr einen Seitenblick zu. „Ist für dich als Einzelkind, das gerne in Gesellschaft aufgewachsen wäre, wahrscheinlich schwer zu verstehen. Wir sind alle zu unterschiedlich. So, da sind wir."

Hannes fand einen Parkplatz nahe dem Restaurant. Er half ihr galant aus dem Auto und geleitete sie am Arm in das Innere.

Ein rustikales Interieur, das hauptsächlich durch Kerzenschein erhellt wurde, verlieh dem recht kleinen Restaurant Wärme und Behaglichkeit. Hannes ging zielstrebig zu einem kleinen Tisch in einer Nische im hinteren Teil des Raumes, nahm ihr den Mantel ab und zog ihr einen Stuhl heraus. Offenbar war er nicht das erste Mal hier. Nachdem er ihre Jacken aufgehängt hatte, erkundigte er sich, ob sie gerne Weißwein oder lieber Rotwein trinke und bestellte dann eine Flasche Pinot Grigio.

„Zum Essen kann ich dir den Lachs empfehlen. Schmeckt einfach wunderbar. Ich esse sehr gerne Fisch."

„Dann bist du also öfter hier?"

„Ja, Karl und ich haben uns hier einmal die Woche getroffen. In letzter Zeit haben wir es aber leider nicht mehr regelmäßig geschafft. Woher kennst du ihn eigentlich?" Hannes schlug die Speisekarte zu und sah sie neugierig an. „Das habe ich dich an Silvester vollkommen vergessen zu fragen."

„Karl und ich sind zusammen zur Schule gegangen. Und woher kennst du ihn?"

In diesem Moment trat der Kellner zu ihnen an den Tisch und wartete mit gezücktem Stift und Block auf ihre Bestellungen. Nachdem sie beide ein Fischgericht gewählt hatten, hob Hannes sein Weinglas. „Schön, dass wir heute zusammen hier sind." Er trank ihr zu.

„Das finde ich auch." Conni genoss, wie die weiße Flüssigkeit ihr Inneres wärmte. Sie drehte das Glas in ihren Händen und sah Hannes an, dessen Gesicht sanft von der roten Kerze erhellt wurde, die zwischen Ihnen auf dem Tisch stand. Er hatte unheimlich schöne blau-graue Augen. Sein Blick konnte sehr intensiv sein, wie sie von der Silvesternacht noch sehr gut in Erinnerung hatte. Diesmal aber gönnte er ihr nur einen kurzen Blick und sah dann auf seine Armbanduhr, was sie irritierte.

„Hast du noch etwas vor?" Sie zeigte auf seine Uhr. Sie hoffte, er hörte die Enttäuschung in ihrer Stimme nicht.

Er winkte ab. „Nein, ich hab nur die merkwürdige Ange-wohnheit, häufig auf die Uhr zu sehen."

Sie ließ das so stehen, auch wenn sie es ihm nicht abnahm. Irgendwie fühlte es sich nicht nach einem richtigen Date an. Das anfängliche Hochgefühl machte Ernüchterung Platz oder war es Angst? Angst, dass sie wieder mal kein Glück haben würde. Nein, sie war zu vorschnell. Jetzt gib ihm doch mal eine Chance, dachte sie ärgerlich über sich selbst.

„Erzähl mir was von dir", bat sie.

„Du hast vorhin gefragt, woher Karl und ich uns kennen. Das war vielleicht eine amüsante Geschichte …". Er berichtete weitschweifig, aber nicht uninteressant davon, dass er seine Nichte vor drei Jahren spazieren gefahren und das damals knapp zweijährige Mädchen seinen Schnuller aus dem Buggy geworfen habe, was er erst bemerkt habe, als Karl mit besag-tem Schnuller hinter ihnen her gejoggt sei. Er sei von der Ges-te derart angetan gewesen, dass er Karl spontan auf einen Kaffee eingeladen habe.

„Seitdem sind wir sehr gut befreundet."

„Ja, das ist Karl. Immer aufmerksam und hilfsbereit. Eine schöne Begegnung."

Das Essen genossen sie schweigend. Conni fühlte sich an-gespannt. Irgendwie konnte sie nicht einschätzen, ob Hannes sich für sie interessierte oder nicht. Andererseits warum hätte er sonst um ein Treffen bitten sollen? Er war höflich, mitfüh-lend, ein unterhaltsamer Gesprächspartner, aber es fehlte dieses Glitzern in seinen Augen, das sie von Verabredungen mit anderen Männern her kannte. Jenes untrügliche Leuchten, das einer Frau verriet, dass der Jagdinstinkt geweckt war. Oder bildete sie sich das vielleicht nur ein, weil sie sich in diesem Fall so sehr wünschte, es würde sich zwischen ihnen mehr entwickeln, während sie an den anderen Männern meist kein besonderes Interesse gehegt hatte?

Hannes trank seinen Wein aus und sah erneut auf die Uhr.

„Ich muss morgen früh raus, wäre es ok für dich, wenn wir jetzt aufbrechen?"

Die Enttäuschung war wie ein Stich ins Herz. Mit einem Mal war die ganze Freude wie weggeblasen. Da hatte sie ihre Antwort. Ein Mann, der um eine Frau warb, würde den Abend nicht so abrupt und lieblos beenden, zumal morgen Sonntag war. Sie schluckte ihre Frustration hinunter.

„Nein, überhaupt nicht. Ich muss morgen auch noch einiges erledigen", behauptete sie. Was denn?, dachte sie. Sie würde mal wieder einsam auf dem Sofa rumliegen und gelangweilt durch das triste Fernsehprogramm schalten. Wie aufregend. Dabei hatte sie so sehr gehofft, Hannes würde sie vielleicht gleich morgen wiedersehen wollen, weil ihm der Abend mit ihr nicht gereicht hatte. Hör auf damit, wies sie sich selbst zurecht. Sie durfte in Zukunft keine Erwartungen mehr haben, dann war der Fall nicht so tief, wenn sie nicht in Erfüllung gingen. Ganz einfach.

Hannes holte ihre Mäntel und half ihr beim Anziehen.

Schweigend liefen sie zu seinem Auto. Während der Fahrt sah er mehrfach zu ihr hinüber, wie sie aus dem Augenwinkel befriedigt feststellte. Sie gönnte ihm aber keinen Blick, gab vor, gedankenversunken aus dem Fenster zu sehen.

„Hat dir der Abend nicht gefallen?"

Sie sah überrascht zu ihm hinüber. „Wie kommst du denn darauf?"

Er zuckte die Achseln. „Du bist so schweigsam und irgendwie abweisend."

Sollte sie sagen, dass sie das abrupte und viel zu frühe Ende des Abends enttäuscht hatte? Lieber nicht, sie wollte nicht als Klette dastehen. „Ich bin nur müde", sagte sie daher.

„Dann ist es ja gut, dass wir jetzt nach Hause fahren. War ein guter Abend."

Gut, dachte sie verbittert. Wenn das so wäre, wären wir jetzt sicher nicht auf dem Heimweg.

Vor ihrer Haustür hielt er an und verabschiedete sich mit einem kurzen und unverbindlichen „es war schön, ich melde mich", drückte kurz ihre Hand und fuhr davon, sobald sie ausgestiegen war und die Autotür zugeschlagen hatte. Kein Kuss, nicht einmal auf die Backe. Conni sah seinem Wagen nach. Die eisige Kälte, die ihr in die Glieder kroch, spürte sie nicht. Diesmal aber nicht vor lauter Vorfreude wie vorhin, als sie auf Hannes gewartet hatte, sondern vor Enttäuschung. Nur mit Mühe konnte sie die Tränen zurückhalten.

„Ist alles in Ordnung, Frau Weiß?" Die Stimme ihrer Nachbarin riss sie aus ihrer Lethargie. Sie drehte sich langsam zu der alten Frau um, die ein Stockwerk unter ihr wohnte und gerade offensichtlich ihren Müll entsorgt hatte.

Ja, alles in Ordnung, Frau Schmidt, danke. Ich gehe nun mal besser rein. Es ist ziemlich kalt."

13. Kapitel

2016

Die Polizei hatte die Befragungen für diesen Tag überraschend beendet und angekündigt, dass alle übrigen Personen erst am nächsten Tag vernommen werden sollten. Sie hatten erneut darauf hingewiesen, dass sie sich zur Verfügung halten mussten. Eine Abreise war niemandem gestattet.

Tess hatte vorgehabt, mit ihrer Großmutter über den Heimaufenthalt ihrer Mutter zu sprechen, da Vera sich nach wie vor beharrlich weigerte, ihr etwas darüber zu erzählen. Es war offensichtlich, dass es etwas gab, das sie verschwieg. Luise war aber nach ihrer Vernehmung durch die beiden Kommissare nicht in die Bibliothek zurückgekehrt. Sie in ihrem Zimmer aufsuchen, mochte Tess nicht. Zumindest vorerst. Sie nahm sich ein belegtes Brot und eine Flasche Cola von dem Servierwagen und zog sich auf ihr Zimmer zurück. Sie musste jetzt alleine sein und die Geschehnisse erst einmal verarbeiten. Sie fühlte sich unendlich müde. Kaum hatte sie die Tür hinter sich zugemacht und sich aufs Bett gesetzt, klopfte es. Als sie, in der Hoffnung, die betreffende Person werde dann wieder gehen, nicht reagierte, öffnete Alex die Tür einen Spalt breit und spähte hinein.

„Ich wollte jetzt ein bisschen alleine sein", sagte sie, als das Gesicht ihres Bruders im Türspalt erschien. Ungeachtet ihrer Worte schob er die Tür ganz auf und Tess sah, dass Alex nicht alleine gekommen war.

„Entschuldige Tess, ich …", begann ihr Bruder, als Leyla ihm mit einem neugierigen Blick ins Zimmer ins Wort fiel. „Was machst du denn hier so alleine? Alle sind unten und reden über die polizeilichen Vernehmungen. Ich kann gar nicht verstehen, warum wir erst morgen vernommen werden sollen", maulte sie. Tess konnte es nicht glauben.

„Glaubst du denn, das hier ist ein Spiel?, fuhr sie die Freundin ihres Bruders aufgebracht an. Ein Mensch wurde umgebracht, geht das eigentlich in dein kleines hohles Köpfchen rein?!" Die Worte waren ausgesprochen, bevor sie es verhindern konnte. Alex schüttelte warnend den Kopf, aber das war ihr egal. Leyla warf ihr einen grimmigen Blick zu, schwieg erstaunlicherweise aber.

„Ich würde gerne alleine sein", wiederholte Tess mit Nachdruck. „Was wollt ihr?"

„Ich wollte nur wissen, was du vorhin mit Mama besprochen hast. Sie ist seitdem völlig verändert, starrt ins Leere und spricht kaum noch." In seinen Augen las sie Sorge.

Tess seufzte. Sie hätte dieses Thema gerne mit Alex unter vier Augen besprochen, machte sich aber keine Hoffnungen, dass er seine Freundin wegschicken würde, zumal diese dafür kein Verständnis haben und wieder einmal ihre übliche Show abziehen würde.

„Ich habe von den Polizeibeamten erfahren, dass Mama und ihre Geschwister im Kinderheim gewesen sein sollen", platzte sie daher unumwunden heraus.

Alex nickte nur.

„Wie? Du wusstest davon?" Tess sah ihren Bruder ungläubig an und legte ihr Brot beiseite. Der Appetit war ihr vergangen. Auch Leyla blickte ihren Freund neugierig an.

„Wissen ist zu viel gesagt, aber ich habe einmal mit Richard über das Thema Heimunterbringung gesprochen. Wie wir ausgerechnet auf das Thema gekommen sind, weiß ich gar nicht mehr genau. Ich glaube, das war, kurz nachdem ich erfahren habe, dass Christopher im Heim war, bevor er adoptiert worden ist. Du erinnerst dich doch noch an ihn, oder? Und da hat Richard mich ganz komisch angesehen und gesagt, er wüsste, dass es furchtbar sei, in einem Kinderheim zu leben. Ich habe damals gar nicht weiter darüber nachgedacht, wenn ich ehrlich bin. Dann habe ich das einfach vergessen. Davon, dass Mama auch in einem Heim gewesen sein soll, weiß ich aber nichts. Hast du sie danach gefragt?"

„Ja." Tess überlegte noch, wer gleich Christopher gewesen war, kam aber nicht darauf.

„Und?"

„Sie ist wie immer ausgewichen, hast du vorhin doch sicher mitbekommen, so laut, wie sie geworden ist. Sie meinte, ich solle doch Oma fragen. Das hatte ich auch vor, aber ich habe sie nicht mehr gesehen."

„Dann fragen wir sie doch einfach jetzt!" Leyla klang aufgeregt. „Was anderes kann man hier doch ohnehin nicht machen." Alex nahm sie am Arm.

„Nein, das machen wir sicher nicht. Das ist eine sensible Angelegenheit, die Tess und ich alleine regeln müssen. Das verstehst du doch sicher, Schatz?" Das war mehr Anordnung als Frage. Leyla sah ihn mit großen Augen an, die sich langsam mit Tränen füllten. Ob das echte Tränen waren?, fragte sich Tess. Im nächsten Moment schüttelte Leyla seine Hand zornig ab und ihre Augen verengten sich zu schmalen Schlitzen, als sie zischte:

„Du willst mich also nicht dabei haben? Na bitte! Dann eben nicht!" Sie drehte sich auf dem Absatz um und rannte davon. Ihre aufgebrachten Schritte wurden von dem weichen Teppichboden geschluckt. Alex sah ihr nach, machte aber zu Tess Überraschung keine Anstalten, ihr zu folgen. Er fuhr sich mit den Händen übers Gesicht, machte einen müden Eindruck.

„Die beruhigt sich schon wieder." Er machte eine wegwerfende Handbewegung. „Wir haben jetzt Wichtigeres zu tun."

Tess konnte ihre Verblüffung kaum verbergen. Anscheinend war ihrem kleinen Bruder das kindische Getue seiner Freundin langsam aber sicher zu viel. Wie lange hatte sie darauf gewartet! Aber er hatte recht. Es war Zeitverschwendung, jetzt über eine dämliche Ziege wie Leyla nachzudenken.

„Du hast also nicht gewusst, dass Mama mal im Heim war?", erkundigte sie sich zur Sicherheit noch einmal. „Oder dass sie gar nicht in Schwerin geboren wurde?"

„Nein. Wie? Moment mal. Nicht in Schwerin? Wo denn?" Er schüttelte den Kopf, wobei sich eine Strähne seines schulterlangen blonden Haares aus seinem Pferdeschwanz löste, was ihn aber nicht weiter zu stören schien. Tess musste an den blonden Lockenkopf denken, der ihr Bruder als Kleinkind gewesen war, bis ein Nachbarsjunge auf die Idee gekommen war, sie ihm abzuschneiden. Ihre Mutter hatte dessen Mutter daraufhin wutentbrannt zur Rede gestellt. Seitdem waren seine Haare glatt nachgewachsen, was Vera immer sehr bedauert hatte.

„In Demmin."

„Nie gehört. Und warum soll Mama das verheimlicht haben?"

„Gute Frage. Aber eigentlich nicht verwunderlich. Sie hat doch nie offen über ihre Kindheit und Jugend gesprochen. Alles musste man ihr aus der Nase ziehen, wenn sie denn überhaupt geantwortet hat."

„Soll die Heimunterbringung etwas mit Hannes Tod zu tun haben?"

„Das weiß ich nicht. Aber ich denke, dass die Polizei untersucht, ob es da einen Zusammenhang geben könnte, ja. Wir sollten mal mit Luise reden, finde ich."

Sie fanden die alte Frau in der Küche am Tisch sitzend, eine Tasse Kaffee vor sich.

„Wenn ich so spät noch einen Kaffee trinken würde, könnte ich nicht mehr schlafen", sagte Tess statt einer Begrüßung.

Luise sah auf die Uhr.

„Es ist erst kurz nach sechs. Das geht noch."

Alex und Tess setzten sich zu ihr an den Tisch.

„Was machst du hier so alleine?"

Sie zuckte die Achseln. „In die Bibliothek durfte ich nach der Vernehmung ja nicht zurück und alleine auf dem Zimmer …" Sie ließ den Satz offen und sah ihre Enkel aus eisblauen Augen forschend an. „Was wollt ihr?"

„Wir müssen reden."

Luise maß Tess und Alex mit einem herausfordernden Blick. „Nur zu."

„Waren Mama, Hannes, Richard und Renate mal in einem Kinderheim?"

Luise lehnte sich zurück. Sie schien die Frage erwartet zu haben. „Ich dachte mir schon, dass ihr früher oder später damit ankommt. Woher wisst ihr es?" Sie wartete keine Antwort ab. „Spielt eigentlich keine Rolle. Die Polizei wusste auch davon. Es stimmt, bis auf Renate waren sie alle mal im Heim Das war 1964, da war Renate noch nicht geboren. Ich hatte damals Tuberkulose, war im Krankenhaus und konnte mich nicht um die Kinder kümmern. Jetzt seht mich doch nicht so entgeistert an! Das waren andere Zeiten damals. Außerdem war es nur für ein halbes Jahr." Tess fand das Wörtchen *nur* gänzlich unangebracht. Für Kinder mussten sich sechs Monate ohne die Eltern in einer fremden Umgebung wie eine Ewigkeit angefühlt haben.

„Hätten sie denn nicht bei Opa bleiben können?", erkundigte Alex sich, der ähnlich wie seine Schwester dachte. Luise warf ihm einen geringschätzigen Blick aus eisblauen Augen zu. „Was hätten denn die Leute denken sollen? Kindererziehung war damals Frauensache und ist es immer noch, finde ich. Auch wenn ständig und überall von Emanzipation und Selbstfindung die Rede ist." Sie schnalzte verächtlich mit der Zunge. „Außerdem musste Franz arbeiten. Da war es nur logisch, sie der Obhut von Nonnen anzuvertrauen."

In deiner Welt vielleicht, dachte Tess. Laut sagte sie: „Ich habe Mama vorhin darauf angesprochen und sie hat ziemlich komisch reagiert. Selbst wollte sie dazu nichts sagen, sondern hat mich an dich verwiesen. Warum?"

Luise nippte an ihrem Kaffee. Als sie von dem schwarzen Gebräu – sie trank ihren Kaffee stets schwarz – aufsah, blitzten ihre Augen empört. „Das ist typisch Vera. Versucht, mir die Schuld in die Schuhe zu schieben. Absolut typisch. Ich habe mich immer gefragt, nach wem eure Mutter schlägt. Aus meiner Familie fällt mir da weiß Gott keiner ein, aber die Schwester eures Großvaters, die war ähnlich gestrickt. Bedauerlich, dass sich auch schlechte Charakterzüge vererben." Sie schüttelte verächtlich den Kopf. „Nun denn, da ihr es früher oder später ohnehin erfahren werdet …. Eure Mutter hat damals behauptet, von einem Geistlichen im Heim angefasst worden zu sein."

Tess schnappte hörbar nach Luft. „O Gott", murmelte sie.

„O Gott, o Gott, was heißt hier o Gott?!", rief Luise verärgert aus. „Das hat eure Mutter doch nur erfunden, um sich wichtig zu machen und zu erreichen, dass sie da nicht länger bleiben muss! Und ihr fallt auch noch darauf rein! Da kennt ihr Vera aber schlecht."

Alex und Tess sahen sich fassungslos an.

„Du hast ihr nicht geglaubt?, rief Tess ungläubig. „Deiner eigenen Tochter?"

Luise machte eine wegwerfende Handbewegung. „Eure Mutter war ein schwieriges Kind, das sagte ich eben ja bereits. Kommt vermutlich nach Franz Schwester. Vera wollte immer die volle Aufmerksamkeit, egal wie. Dass sie noch drei Geschwister hat, hatte sie die meiste Zeit ausgeblendet. Als Kind war es diese Geschichte mit den angeblichen Übergriffen im Heim, als Jugendliche hat sie dann getrunken und ist mit zwielichtigen Gestalten um die Häuser gezogen, statt eine Ausbildung zu machen. Wie oft habe ich an sie hingeredet, sie soll etwas Vernünftiges lernen. Nichts hat sie gemacht! Sie musste immer anecken. Rund lief da nichts."

Tess sah Alex an und las in seinen Augen, dass er das Gleiche dachte wie sie. Auf dieser Basis war ein Austausch mit Luise nicht möglich. Sie hatte ihre Überzeugungen, andere Ansichten hatten daneben keinen Platz.

„Hat nur Mama etwas erzählt?", fühlte sie vor.

Luise verzog den Mund. „Die beiden Bengel haben hinterher auch behauptet, geschlagen und angefasst worden zu sein. Das habe ich aber dem Einfluss eurer Mutter zugeschrieben. Nichts als Flausen hat sie ihren Brüdern in den Kopf gesetzt."

„Hast du sie mal gefragt, was sie erlebt hat?", fragte Alex.

„Nein, wem hätte das denn genutzt? Wenn das bekannt geworden wäre, hätten wir uns doch nirgends mehr blicken lassen können. Außerdem wollte ich eure Mutter nicht noch in ihren Hirngespinsten bestärken. Kinder werden in einem katholischen Kinderheim nicht geschlagen oder unsittlich berührt. Ich habe ihnen verboten, jemals wieder solche lächerlichen Behauptungen aufzustellen. Und jetzt genug davon." Sie trank einen Schluck Kaffee und verzog angewidert den Mund. „Der ist jetzt natürlich kalt!"

Lange nach dem Gespräch mit ihrer Großmutter lag Tess noch wach in ihrem Bett und war einfach zu entsetzt, um schlafen zu können. Sie hatte sich zwar noch nie mit ihrer Oma verstanden, aber eine derartige Gefühlskälte, fast schon Bösartigkeit hatte sie ihr nicht zugetraut. Wie musste es für ein Kind sein, mit einer solchen Mutter aufzuwachsen, die einzig daran interessiert war, in ihrem Umfeld einen guten Eindruck zu hinterlassen und keinen Anlass zu Gerede zu geben? Nun konnte sie so manche Verhaltensweisen ihrer Mutter besser verstehen. Die Unfähigkeit, sich mit der Realität auseinanderzusetzen und sich stattdessen lieber in ihre eigene Welt zurückzuziehen, Unangenehmes auszublenden. Die Tatsache, dass sie ihren Kindern nie Grenzen zu setzen vermochte - vielleicht, weil sie nicht so streng sein wollte, wie ihre eigene Mutter - sie stattdessen hatte machen lassen, was sie wollten. Was natürlich auch nicht richtig war. Ein Kind brauchte Führung, bildlich gesprochen ein Geländer, an dem es sich festhalten konnte. Alex und ihr hatte das immer gefehlt. Vielleicht würde sie selbst dazu in der Lage sein, ihren Kindern – so sie denn jemals welche haben sollte – einen Mittelweg aufzuzeigen, jenseits von Extremen. Der Gedanke an Kinder führte unweigerlich zu der Tatsache, dass sie bisher keinen geeigneten Partner gefunden hatte und diese Überlegungen wiederum ließen das Bild eines Kellners vor ihrem inneren Auge entstehen …. Wieso dachte sie jetzt an Justus? Tess verdrängte das Bild der attraktiven Servicekraft und ungewollt erschien Hannes Bild. Sie fragte sich, was er in dem Kinderheim wohl erlebt haben mochte und ob das womöglich mit seinem Tod zusammenhing. Aber in welcher Weise sollte das zu seinem Tod geführt haben? Die Dunkelheit ängstigte Tess plötzlich und sie stand auf und schaltete das Deckenlicht ein. Der Gedanke, dass der Mörder hier in diesem Haus sein konnte, ließ sie frösteln. Ihr Blick fiel auf die braune Kassettentür. Es steckte kein Schlüssel, also schob sie kurzerhand einen Stuhl unter die Klinke. So fühlte sie sich sicherer, als sie wieder unter die warme Decke schlüpfte.

Endlich fiel Tess in einen unruhigen Schlaf und erwachte von einer drückenden Blase. Verschlafen schlurfte sie ins angrenzende Badezimmer, machte Licht und sah das Schild auf dem geschlossenen Toilettendeckel „WC defekt". Mist, dachte sie, plötzlich hellwach. Dann musste sie wohl das untere Badezimmer benutzen. Es war 2.11 Uhr, wie ihr ein Blick auf ihre Armbanduhr auf dem Nachtschrank verriet. Sie zog sich eine Strickjacke über ihren Schlafanzug, schob den Stuhl unter der Klinke beiseite und öffnete langsam die Tür. Draußen auf dem Gang war es dunkel und so still, dass sie das Blut in ihren Ohren rauschen hörte. Das einzige Licht fiel durch ein schmales Fenster nahe dem Treppenaufgang. Einen Lichtschalter konnte sie nicht ausmachen. Na los, geh schon runter, stell dich nicht so an, sprach sie sich selbst Mut zu. Glaubte sie denn ernsthaft, dass hier irgendwo jemand lauerte? Sie gab sich einen Ruck, trat auf den Gang, schloss ihre Zimmertür und schritt zügig zur Treppe. Langsam stieg sie die Stufen hinab, die dabei leise knarrten. Sie hoffte nicht, dass das Knarren jemanden auf sie aufmerksam machte. Ängstlich hielt sie inne und horchte in die Stille hinein. Es war immer noch absolut ruhig. Langsam lief sie weiter. Ihr Herz hämmerte gegen ihre Brust. Die Spiegel, die überall hingen, fingen ihre Bewegungen auf und täuschten vor, dass sie nicht alleine war. Mehr als einmal sah sie im Halbdunkel hinter und neben sich, um sich zu vergewissern, dass tatsächlich nur sie alleine die Treppe nach unten stieg. In den Spiegeln erblickte sie ihr Gesicht mit den unnatürlich weit aufgerissenen Augen. Die Anspannung kroch durch ihren Körper bis unter die Haarwurzeln. Ihr Atem ging stoßweise. Wovor hatte sie denn eigentlich solche Angst?, versuchte sie ihre Emotionen durch rationale Überlegungen abzuschwächen. Dein Onkel ist ermordet worden und der Mörder könnte noch hier sein, flüsterte eine Stimme. Mach dich doch nicht so verrückt, schalt sie sich. Dennoch spähte sie vorsichtig um die Treppenbiegung, bevor sie dann langsam weiterschlich. Immer noch nirgends ein Lichtschalter. Gab es hier denn kein Flurlicht? Was glaubte sie denn eigentlich?

Dass jemand im Dunkeln lauerte? Gleich war sie unten. Die Toilette befand sich auf der rechten Seite direkt neben der Treppe. Die letzten Stufen nahm sie mit einem Satz, wandte sich blitzschnell nach rechts und stieß die Toilettentür auf. Ohne einen Blick in den dunklen Flur zu werfen, der sich zur Küche hin erstreckte, ließ sie ihre Hand nach einem Lichtschalter suchend innen über die Wand gleiten. Nichts. Wo war denn nur der verdammte Schalter? Als sie ihn an der Wand außerhalb des Badezimmers fand, machte sie einen großen Schritt ins Bad, schloss hastig die Tür und verschloss sie mit zitternden Fingern. Mit dem Rücken an die Tür gelehnt stieß sie erleichtert die angehaltene Luft aus.

Nach dem Toilettengang spritze sie sich etwas Wasser ins Gesicht und erstarrte, als sie das leise Knarren der Treppenstufen vernahm. Jemand war auf der Treppe. Ob derjenige nach oben stieg oder herunterkam, vermochte sie nicht zu sagen. Das Herz schlug ihr bis zum Hals, sie krallte sich mit beiden Händen am Waschbecken fest, sodass die Fingerknöchel weiß hervortraten. O Gott, was sollte sie jetzt tun? Sie lauschte angestrengt, aber außer ihrem stoßweise gehenden Atem und dem Hämmern ihres Herzens war nichts mehr zu hören. Dann ging plötzlich das Licht im Badezimmer aus.

14. Kapitel

1992

Conni verbrachte die drei Tage nach ihrer Verabredung mit Hannes krank im Bett. Sie hatte sich eine Erkältung eingefangen, sicherlich hatte auch ihre immense Enttäuschung über den Verlauf des Treffens dazu beigetragen. Auch vier Tage danach hatte sie von Hannes nichts gehört, was sie als eindeutiges Zeichen wertete. Er hatte kein Interesse, sie hatte sich etwas vorgemacht. Sie war ein paar Mal kurz davor, ihn anzurufen, verwarf den Gedanken aber jedes Mal direkt wieder. Sie mochte sich einem Mann nicht an den Hals werfen. Es würde ihr mit Sicherheit noch schlechter gehen, wenn er sie am Telefon freundlich, aber distanziert abwimmelte. Nein, das könnte sie nicht ertragen. Sie schlurfte in die Küche und entkorkte eine Flasche Weißwein. Mit einem großen Glas setzte sie sich an den Esstisch und schlug die Zeitung auf. Sie durfte sich von dieser Enttäuschung nicht unterkriegen lassen, obwohl sie gute Lust dazu hatte, sich zu betrinken und die nächsten Tage auf dem Sofa zu verbringen. Krank geschrieben war sie ohnehin noch bis zur nächsten Woche. Entschieden schüttelte sie den Kopf, blätterte zielstrebig zu den Kontaktanzeigen und begann zu lesen.

Zwei Wochen später blinkte ihr Anrufbeantworter, als sie von der Arbeit nach Hause kam. In dem Glauben, die Stimme des Mannes zu hören, mit dem sie gestern Abend ausgegangen war, drückte sie auf *Play*, schälte sich aus ihrem Mantel und war gerade dabei, ihn an die Garderobe zu hängen. Als sie jedoch nicht Ralfs langweilige Stimme, sondern die von Hannes vernahm, hielt sie inne, rannte, in einer Hand noch ihren Mantel, zu dem Aufnahmegerät und blieb fassungslos und freudig erregt zugleich davor stehen.

„… fand das Treffen schön", sagte er gerade, „könnten wir gerne wiederholen, sofern du das auch willst. Meld dich doch einfach, wenn du magst".

Sie spulte die Nachricht insgesamt vier Mal zurück und hörte sie erneut an. Langsam begriff sie die Bedeutung der Worte. Anscheinend war sie zu voreilig gewesen, er wollte sich tatsächlich ein zweites Mal mit ihr verabreden. Dann musste er wohl irgendetwas an ihr finden. Der Mann war ihr ein Rätsel. Sie hängte ihren Mantel auf und setzte sich auf das Sofa, ein Lächeln auf den Lippen, das rasch einem nachdenklichen Gesichtsausdruck wich. Es war das geschehen, was sie sich noch vor zwei Wochen so sehr gewünscht hatte, aber so richtig freuen konnte sie sich darüber nicht. Zu groß war die Enttäuschung noch vor ein paar Tagen gewesen und sie musste sich vor einem erneuten möglichen Rückschlag schützen. Warum hatte er sich so viel Zeit gelassen? Würde man von einem Mann, der Interesse an einer Frau hatte, nicht erwarten, dass er nach dem ersten Treffen nicht über zwei Wochen verstreichen ließ, bis er sich meldete? Andererseits hätte auch sie sich melden können. Sollte sie ihn überhaupt zurückrufen? Sie lachte. Natürlich würde sie das tun, weil sie sich ansonsten immer die Frage stellen würde, ob sie etwas verpasst haben könnte, eine Chance ungenutzt verstrichen war. Mit ungeheurer Willensanstrengung gelang es ihr aber, den Rückruf nicht sofort zu tätigen. Hannes sollte nicht den Eindruck haben, dass sie direkt sprang, wenn er mit dem kleinen Finger schnippte.

15. Kapitel

Herr Amelung sah Alex Matern nach, als dieser den Raum verließ. Der junge Mann hatte ihnen ebenso wie seine Freundin, Leyla Semrau, keine neuen Informationen liefern können. Über seinen Onkel Hannes wusste Alex genauso viel wie über die Vergangenheit seiner Mutter und deren Geschwister – nämlich nichts oder zumindest nichts, was sie nicht ohnehin bereits in Erfahrung gebracht hatten. Vielleicht sah das bei

Tina Wagner anders aus. Die junge Frau betrat gerade in Begleitung von Frau Dreier den Raum und nahm ohne Umschweife auf dem Stuhl ihm gegenüber Platz. Ihm fiel auf, dass sie übertrieben zurechtgemacht war. Die langen allem Anschein nach schwarz gefärbten Haare umrahmten ein stark geschminktes Gesicht. Ihre für eine Frau großen und sehnigen Hände ruhten auf ihren überschlagenen Beinen, sodass ihre rot lackierten Nägel sowie eine Vielzahl von Ringen zur Geltung kamen. Ein tief dekolletiertes blaues Kleid gab den Blick auf einen unnatürlich festen Busen preis. Der ist bestimmt genauso unecht, wie alles andere, dachte Herr Amelung gehässig.

„Bevor Sie mit Ihren Fragen beginnen, möchte ich Ihnen sagen, dass ich Ihnen wohl keine große Hilfe sein werde. Gestern erst haben meine Cousine Tess und ich festgestellt, dass wir so gut wie nichts über unsere Familie wissen, das schließt auch Onkel Hannes ein." Die seltsam raue Stimme wollte nicht so recht zu dem übertrieben weiblichen Äußeren passen.

„Wie kamen Sie auf dieses Gesprächsthema?", erkundigte sich Frau Dreier, nachdem sie sich durch einen raschen Blick zu ihrem Kollegen versichert hatte, dass sie die Vernehmung beginnen durfte.

„Durch den Tod unseres Onkels natürlich."

„Wie war Ihr Verhältnis zu Hannes Wagner?"

„Wie ich eben schon sagte, ich wusste kaum etwas über ihn. Gesehen haben wir uns alle Jubeljahre mal auf Familienfeiern, das war's."

„Das war nicht meine Frage. Wie war Ihr Verhältnis?"

„Wir hatten kein Verhältnis. Ich kannte ihn kaum und habe auch keine Idee, wer ihn umgebracht haben könnte, falls das Ihre nächste Frage ist. Unsere Familie ist vielleicht verkorkst, aber von uns kann das niemand gewesen sein, das kann ich mir einfach nicht vorstellen. Ich wüsste auch keinen Grund."

„Das versuchen wir herauszufinden", schaltete sich der schmächtige Beamte in das Gespräch ein. „Sagen Sie, was wissen Sie über die Kindheit Ihres Vaters?" Herr Amelung lenkte das Gespräch gezielt auf die im Raum stehenden Missbrauchsvorwürfe, von denen er glaubte, dass sie irgendetwas mit dem Fall zu tun haben mussten.

„Was hat denn das eine mit dem anderen zu tun?" Frau Wagner riss die übertrieben geschminkten Augen auf und schlug nun das rechte über das linke Bein. Waren das wohl die sogenannten *smokey eyes*, fragte er sich. Seine 13-jährige Tochter hatte mehr als einmal darüber mit ihrer Freundin gesprochen und es noch häufiger ausprobiert, wobei das Ergebnis allerdings deutlich schlechter ausgefallen war, als bei Tina Wagner.

„Bitte beantworten Sie einfach meine Frage."

Tina holte ein Päckchen Zigaretten aus ihrer Handtasche und hielt sie fragend hoch. „Darf ich?"

Er nickte nur und wies auf den Aschenbecher auf dem Tisch. Dass die ganze Sippe am Glimmstängel hing, konnte ihm eigentlich egal sein, war es aber nicht, weil sie alle während der Vernehmungen wie die Schlote rauchen mussten. Am Ende des Tages würde er sich selbst fühlen wie ein Aschenbecher. Er erhob sich und öffnete das Fenster.

„Meine Mutter hat mal erzählt, dass Vater in einem Kinderheim gelebt hat. Es ist ihm da wohl nicht sehr gut gegangen."

„Was heißt das?"

Sie zuckte die Achseln. „Keine Ahnung."

„Waren Sie denn nicht interessiert?"

„Ehrlich gesagt nein. Ich hatte zu der Zeit genug eigene Probleme und dann habe ich das einfach vergessen."

Herr Amelung nickte und wechselte das Thema. „Wie war Ihr Eindruck von der Ehe Ihres Onkels Hannes und seiner Frau?"

Tina runzelte die Stirn und nahm dann einen tiefen Zug von ihrer Zigarette. „Wie meinen Sie das?"

„Wie sind die beiden miteinander umgegangen? Haben sie sich verstanden, gestritten, waren sie zärtlich miteinander?", gab er als Möglichkeiten vor.

„Ich habe sie nie streitend erlebt, aber auch nicht zärtlich. Sie haben sich gut verstanden, miteinander geredet, gelacht. Sie verdächtigen doch nicht etwa Conni?"

„Im Moment müssen wir allen Spuren nachgehen", gab der Kommissar unbestimmt an. „Ist Ihnen gestern Abend etwas an dem Paar Wagner aufgefallen?"

Sie überlegte einen Moment. „Sie standen dann und wann zusammen und haben sich unterhalten, aber ich muss ehrlich sagen, dass ich Besseres zu tun hatte, als meinen Onkel mit seiner 20er Jahre Frau zu beobachten." Sie lächelte über ihren eigenen Scherz. Er tat ihr nicht den Gefallen, mitzulachen.

„Ist Ihnen etwas aufgefallen?"

„Hannes hat recht viel getrunken."

„War das bei anderen Gelegenheiten nicht der Fall?"

„Wie ich Ihnen vorhin bereits gesagt habe, habe ich ihn nur sehr selten gesehen, deswegen weiß ich nicht mit Sicherheit, ob er öfter mal einen getrunken hat oder nicht. Aber um Ihre Frage zu beantworten: Er war auf früheren Familientreffen nie betrunken."

„Können Sie sich vorstellen, was zu seinem übermäßigen Alkoholgenuss geführt haben könnte?"

„Nein, keine Ahnung, woher soll ich das denn wissen?"

„Wo waren Sie gestern in der Zeit zwischen ein und vier Uhr?"

Die Zigarette fiel Tina aus der Hand und brannte ein kleines Loch in ihre Strumpfhose. „Mist!" Hastig strich sie sich die Asche von der Strumpfhose. „Ich war auf meinem Zimmer."

„Kann das jemand bezeugen?"

„Meine Freundin, ja. Mit ihr habe ich noch telefoniert, bevor ich schlafen gegangen bin. Das machen wir jeden Abend so, wenn wir nicht zusammen sein können." Sie lächelte und sah dann mit einem Stirnrunzeln auf ihre Armbanduhr, als wollte sie sicher sein, das allabendliche Telefonat nicht zu verpassen. „Sind wir dann fertig?"

Herr Amelung sah zu seiner Kollegin, die daraufhin aufstand und zur Tür ging.

„Nur noch eine Frage, Frau Wagner: Können Sie sich jemanden vorstellen, der Ihrem Onkel schaden wollte?"

„Ich habe nicht die geringste Ahnung, Herr Kommissar." Mit diesen Worten stand sie auf und strich ihr Kleid glatt. Als ihr Blick auf das Loch in ihrer Strumpfhose fiel, fluchte sie leise.

Frau Dreier öffnete die Tür und Tina Wagner stöckelte aus dem Raum. Ihr aufdringlich süßes Parfum hing noch lange nach ihrer Vernehmung in der Luft und mischte sich auf unangenehme Art mit dem Zigarettenqualm.

16. Kapitel

1992

Hannes legte den Hörer auf, nahm ihn sogleich aber wieder auf und wählte die Nummer einer Freundin.

„Sie hat sich gemeldet", begann er ohne Begrüßung.

„Hab ich dir doch gesagt. Sie hat dich wohl einfach nur ein bisschen zappeln lassen. Das machen Frauen öfter so." Die Frau lachte ihr warmes, glucksendes Lachen. „Hast du dich nun entschieden, ob du es machen willst?"

„Nein, dazu finde ich es noch etwas zu früh. Außerdem weiß ich gar nicht, wie ich ihr das beibringen soll."

„Am besten offen und ehrlich sein und dann wirst du schon sehen, wie sie reagiert."

Hannes nickte, obwohl Rita das nicht sehen konnte. Sie kannte ihn aber so gut, dass sie sich sein Verhalten vorstellen konnte, auch wenn sie ihn nicht vor sich hatte.

„Meld dich dann und sag mir, wie es gelaufen ist."

„Natürlich mach ich das, was denkst du denn?", sagte er und legte auf.

17. Kapitel

2016

„Ach, da musste wohl noch jemand zu nachtschlafender Zeit aufs stille Örtchen. Entschuldigung, habe ich das Licht nun ausgemacht? Das wollte ich nicht. Das habe ich schon lange auf meiner Agenda, die Lichtschalter nach innen verlegen zu lassen. Wem nützen sie denn schon außerhalb?" Das Badezimmer wurde wieder hell.

Tess hätte vor Erleichterung heulen mögen, als sie die Stimme ihrer Tante Eva vor der Badezimmertür vernahm. Ihre Erstarrung ließ nach und sie öffnete langsam die Tür.

„Du hast mich zu Tode erschreckt, Eva."

„Ach, das war keine Absicht, Tess, tut mir leid. Ich hatte nicht damit gerechnet, um diese Uhrzeit auf jemanden zu treffen. Geht's wieder?"

Tess fuhr sich übers Gesicht und lachte leise. „Ich bin froh, dass du es bist." Die Erleichterung strömte immer noch in Wellen durch ihren Körper.

„Wen hattest du denn erwartet?" Ihre in einen Morgenmantel aus rotem Satin gehüllte Tante sah sie verständnislos an. Wie schön sie ist, dachte Tess. Das lange blonde Haar fiel ihr seidig über den Rücken. Selbst mitten in der Nacht wirkte sie frisch und kein bisschen verschlafen. Manchmal fragte sie sich, was eine solche Frau mit ihrem Onkel wollte, der ihr optisch überhaupt nicht das Wasser reichen konnte. Aber da spielten dann wahrscheinlich die viel beschrieenen inneren Werte eine entscheidende Rolle.

„Ich ... keine Ahnung, aber nachdem, was mit Hannes passiert ist ..." Tess ließ den Satz offen und schüttelte sich einmal kurz, um ihrem Unbehagen Ausdruck zu verleihen. Der Gesichtsausdruck ihrer Tante wechselte von Verblüffung zu Belustigung. Eva war noch nie eine ängstliche Frau gewesen, aber diese Reaktion war in Anbetracht dessen, was sich einen Tag zuvor, noch dazu in ihrem Haus, ereignet hatte, für Tess nicht nachvollziehbar.

„Tess, du kannst doch nicht ernsthaft glauben, dass hier ein Mörder herumläuft. Die Polizei ist da auf dem Holzweg."

„Wie kannst du dir denn da so sicher sein? Und wer soll es denn dann gewesen sein?" Tess war sprachlos über so viel Ignoranz.

Eva zuckte gleichgültig die Achseln. „Also ich war immer schon der Meinung, dass man daran zerbricht, wenn man keinen Kontakt zu dem eigenen Kind hat. Ich habe das selber erlebt. Nachdem sich Fabian damals für eine Geschlechtsumwandlung entschieden hat, dachte ich erst, mir bleibt das Herz stehen. Ich konnte das zunächst nicht akzeptieren und habe den Kontakt zu ihm ... ihr abgebrochen. Das habe ich aber schon recht bald bereut. Es ist doch mein Kind, egal ob Mann oder Frau, auch wenn ich lange gebraucht habe, um das zu begreifen und auch heute noch traurig darüber bin, wohl nie Großmutter zu werden. Aber das ist ein anderes Thema. Deswegen", sie klopfte Tess auf die Schulter, „mach dich nicht verrückt. Ich denke, dass Hannes nicht mehr leben wollte, weil er seinen Sohn verloren hat. Einen Mörder gibt es also nicht, die Polizei sieht Gespenster."

„Was ist denn zwischen Hannes und seinem Sohn vorgefallen?" Evas Gesicht verschloss sich augenblicklich. „Das weiß niemand so genau. Auf jeden Fall haben die beiden seit vielen Jahren keinen Kontakt mehr zueinander. So, nun geh wieder schlafen, es ist spät. Gute Nacht."

Mit diesen Worten drehte sie sich um und ging durch den Flur davon. Auf die Toilette musste sie offenbar nicht mehr oder was hatte sie zum Badezimmer geführt?, fragte sich Tess, die ihr nachdenklich nachsah, bis die Gestalt ihrer Tante mit dem dunklen Flur verschmolz.

Als Tess wieder in ihrem Bett lag, grübelte sie über das kurze Gespräch mit Eva nach. Entweder war sie selbst überängstlich oder ihre Tante zu gelassen, fast schon gleichgültig angesichts des Todes ihres Schwagers. Ihr kam der Gedanke, dass die mangelnde Betroffenheit ihrer Tante womöglich daher kam, dass sie wusste, wer für Hannes Tod verantwortlich war oder sogar selbst …. Nein. Das konnte nicht sein. Sie verbot sich, diesen Gedanken zu Ende zu denken. Welches Motiv sollte Eva haben? Bis jetzt war nicht einmal etwas über die Todesursache bekannt, zumindest hatte die Polizei nichts offiziell bekannt gegeben. Sie wurde das Gefühl nicht los, dass Eva den Grund für den Kontaktabbruch zwischen Hannes und Sebastian genau kannte oder sah sie nun auch Gespenster, so wie die Polizei Evas Meinung nach?

Ihre Gedanken schweiften zurück zu der gestrigen Vernehmung, in der sie erfahren hatte, dass ihre Mutter und ihre Geschwister in einem Heim untergebracht waren. Standen die Erfahrungen dort irgendwie mit Hannes Tod in Verbindung? Oder lag das Motiv doch ganz woanders? Die Gedanken und unbeantworteten Fragen fügten sich in ihrem Kopf zu einem undurchdringlichen Knäul zusammen. Irgendwann fiel sie in einen tiefen traumlosen Schlaf.

Am nächsten Morgen erwachte Tess früh und glaubte im Halbschlaf zunächst, Hannes Tod und die Ermittlungen der Polizei seien Teil eines verrückten Traums gewesen, bis ihr mit einem Mal bewusst wurde, dass Hannes wirklich nicht mehr lebte. Sie erinnerte sich daran, dass die Trennung von Dirk ihr auch erst nach ein paar Tagen wirklich bewusst geworden war. In den ersten Tagen, nachdem er sie verlassen hatte, war sie morgens aufgewacht und hatte im Halbschlaf geglaubt, nur schlecht geträumt zu haben. Merkwürdig, dass sie jetzt an Dirk dachte.

Nach einer heißen Dusche ging sie hinunter in die Bibliothek, wo Frau Dreier gerade verkündete, dass heute die letzten Vernehmungen stattfinden sollten und keiner befugt sei, abzureisen, bis die Ermittlungen abgeschlossen seien. Seltsame Frau, dachte Tess. Die Unsicherheit kroch ihr aus allen Poren, auch wenn sie es angestrengt zu verbergen suchte. Durch ihre massige Gestalt fiel ihre Unsicherheit nicht sofort auf. Die kleinen rückversichernden Blicke aber, die sie ihrem Kollegen zuwarf, sprachen Bände. Dieser wiederum nickte ihr immer wieder leicht zu. Ob die beiden wirklich geeignet waren, diesen Fall zu lösen?

Tess seufzte. Heute war Sonntag, der geplante Abreisetag. Daraus wurde nun nichts. Sie musste auf ihrer Arbeit noch Bescheid geben, dass sie wohl die nächsten Tage nicht kommen konnte. Wann die Ermittlungen wohl abgeschlossen wären?

„Sie haben mich doch gestern bereits befragt! Was wollen Sie denn noch?" Tess hob den Kopf. Offensichtlich sollte Richard ein zweites Mal vernommen werden. Frau Dreier führte ihn aus der Bibliothek, während er ärgerlich vor sich hin schimpfte.

Justus löste sich aus einer Ecke des Raums und kam zielstrebig auf sie zu. „Du bist süß, wenn du so nachdenklich bist. Ich stehe schon eine ganze Weile da vorne und sehe dich an."

Tess Blick glitt über den attraktiven Kellner. Ein grünes lässiges Shirt zu engen Jeanshosen kombiniert brachte seine sportlich-schlanke Figur vorteilhaft zur Geltung. Das braune Haar wirkte ungekämmt, was seinen lässigen Look noch unterstrich. Und dann diese Augen …. Anziehend und doch war da etwas, das sie nicht einzuschätzen vermochte. Wie kam es, dass er ihr so plötzlich Avancen machte? Sie unterdrückte das sich regende Unbehagen. Die Vorstellung, von ihm beobachtet worden zu sein, gefiel ihr nicht besonders, vor allem verstand sie nicht, warum er das so betonte. Er bemerkte offenbar, dass er sie verunsichert hatte und ruderte zurück. „Entschuldige bitte, schlechter Scherz. Der Versuch, dich zum Lachen zu bringen, ist wohl gescheitert."

Sie nahm ihm nur bedingt ab, dass er lediglich einen Scherz hatte machen wollen. Dieser Ausdruck in seinen Augen …. Sie verdrängte den Gedanken wieder. Wahrscheinlich sah sie mittlerweile wirklich Gespenster. Sie versuchte ein Lächeln. „Ich bin einfach nur völlig durch den Wind." Er lächelte verständnisvoll. Der beängstigende Blick war verschwunden.

„Da wir beide schon vernommen wurden, hat sicher keiner etwas dagegen, wenn ich uns in der Küche ein Frühstück bereite. Also wenn du Lust hast." Sie war tatsächlich hungrig,

wie sie jetzt bemerkte. „Du wurdest auch schon befragt?",
erkundigte sich Tess neugierig.

„Ja, sie wollten vor allen Dingen wissen, wer die Getränke
auf Hannes Zimmer gebracht hat und ob ich danach jemanden
beobachtet habe, der es betreten hat." Er schüttelte den Kopf.
„Dazu weiß ich aber leider nichts. Ich habe weder die Getränke auf die Gästezimmer verteilt noch habe ich jemanden gesehen, der in Hannes Zimmer gegangen ist."

„Warum wollen die das denn wissen? Was ist denn mit den
Getränken gewesen?"

Justus zuckte mit den Achseln. „Keine Ahnung. Vielleicht
geht es auch einfach nur um die Personen, die alle in dem
Zimmer waren."

Nachdenklich folgte Tess Justus aus der Bibliothek hinaus.
„An Selbstmord glaube ich nicht mehr, ansonsten würde die
Polizei nicht so intensiv ermitteln."

„Ich habe deinen Onkel nicht gekannt, um dazu etwas sagen zu können, aber vermutlich hast du recht. Die Polizei hat
wahrscheinlich etwas herausgefunden." Tess fröstelte und
dachte wieder an ihr nächtliches Erlebnis mit ihrer Tante.
„Lass uns am besten das Thema wechseln. Mir raucht schon
der Kopf vom vielen Nachdenken. Außerdem hab ich in meinem Zimmer keine funktionierende Toilette."

Justus sah sie verständnislos an. „Dieser Zusammenhang
leuchtet mir irgendwie nicht auf Anhieb ein." Er lächelte.
„Was aber bestimmt nur daran liegt, dass mein Magen leer
ist." Sie lächelte zurück und für einen Moment hingen ihre
Blicke aneinander. Jetzt kam es ihr absurd vor, dass sie sich
tatsächlich für einen Moment vor ihm geängstigt hatte.

Als sie bei Rührei und Brot beieinander saßen, erzählte Tess
Justus von ihrem unheimlichen Toilettengang in der vergan-
genen Nacht. Sie lächelte dabei, zog die Situation aus Scham

ins Lächerliche, Justus aber blieb ernst und hörte aufmerksam zu.

„Du hast Angst, das kann ich gut verstehen. Etwas Schreckliches ist hier passiert, ein Mensch ist zu Tode gekommen, ob nun durch eigene Hand oder ….“ Er ließ den Satz offen. Mir geht es nicht anders, auch ich fühle mich hier …“ er zögerte kurz „nicht ganz wohl und bin froh, wenn es uns von der Polizei erlaubt wird, zu gehen. Andererseits freue ich mich darüber, dich näher kennenzulernen.“

Er berührte sacht ihre Hand und sie genoss das Prickeln, das diese Berührung in ihr auslöste, zog dann aber ihre Hand weg. Sie kannte ihn nicht. Er bemerkte die Veränderung in ihrem Gesicht.

„Stimmt etwas nicht?“

„Ich … mir wird nur gerade bewusst, dass ich dich kaum kenne.“

Er nickte. „Entschuldige, ich wollte dir nicht zu nahe treten. Er ließ sie nicht aus den Augen, wie sie feststellte, was erneut ein leises Unbehagen in ihr auslöste. Um die Situation aufzulösen, schob sie ihren leeren Teller von sich. „Das war ein ausgezeichnetes Rührei, danke.“

„Das ist so ziemlich das Einzige, was ich kochen kann, wenn man das überhaupt Kochen nennen mag. Kannst du kochen?“

„Ich?“ Tess schüttelte den Kopf. „Nein, habe es nie gelernt, mich aber auch nie dafür interessiert. Für eine Person so einen Aufwand zu betreiben, ist aber auch witzlos, finde ich. Ich habe mir nur für Gäste dann und wann mal Mühe gegeben. Und dann wurde es meistens nichts.“

Er nickte und schwieg dann. Ein bisschen zäh das Ganze, dachte Tess. Um das Gespräch am Laufen zu halten, bat sie ihn, ihr etwas von sich zu erzählen. Er ging ohne weiteres auf ihre Bitte ein. „Über mich willst du also etwas wissen.“ Er dachte kurz nach, dabei fiel ihr erneut sein Blick auf. Er hatte etwas Starres, Unergründliches. Als ein Lächeln über sein Gesicht glitt, verflog der Eindruck wieder.

„Da fange ich am besten ganz von vorne an. Ich bin mit zwei älteren Brüdern in Hamburg aufgewachsen. Meine Eltern haben vor ein paar Wochen ihren 36. Hochzeitstag gefeiert …." Tess lauschte Justus angenehm warmer Stimme und ließ sich von ihm nur zu gerne von den aktuellen Ereignissen, die ihr Leben so unvermittelt durcheinander gebracht hatten, ablenken. Er erzählte ihr von seiner Familie, gemeinsamen Erlebnissen und Anekdoten aus seiner Schulzeit. Dabei berichtete er so anschaulich und detailliert, dass er sie gedanklich aus der Spiegelburg in seine Vergangenheit trug. Das klang so herrlich normal, dass sie fast ein wenig neidisch wurde. Wie sehr hatte sie sich auch immer eine ganz gewöhnliche Familie gewünscht, in der alle ein mehr oder weniger inniges Verhältnis verband und keine unerklärliche Distanz zwischen den einzelnen Familienmitgliedern herrschte. Vor allem Wärme und Zuneigung hatten ihr immer gefehlt.

„Es muss schön sein, wenn man sich seiner Familie so nahe fühlt."

„Ja, das ist es." Er spürte ihre Traurigkeit, ging um den Tisch herum und nahm sie in die Arme. Sie ließ es geschehen.

18. Kapitel

Der Fall war verkorkst. Herr Amelung fuhr sich über sein schütter werdendes Haar, das er vor ein paar Wochen zum ersten Mal schwarz gefärbt hatte. Als junger Mann hatte er sich zwar geschworen, graue Haare irgendwann mit Würde zu tragen. Als dann aber zunehmend mehr graue Haare in seinen dichten schwarzen Haaren aufgetaucht waren und ihm seine Haarpracht zu allem Übel auch noch auszugehen begann, konnte er an seinem Schwur nicht mehr festhalten. Für ihn war sein Haarverlust ein Zeichen für einen nicht aufzuhaltenden Alterungsprozess und Alter war gleichzusetzen mit Schwäche. Seine Gedanken schweiften wieder zu dem aktuellen Fall. Sie hatten immer noch keine konkrete Spur, wer Hannes Wagner ermordet haben könnte. Vielleicht würde eine erneute Vernehmung von Richard Wagner, den seine Kollegin soeben in den Raum führte, Licht ins Dunkel bringen.

„Ich habe Ihnen doch schon alles gesagt, was ich weiß!", brauste Herr Wagner erbost auf, kaum dass die Tür hinter ihm geschlossen war.

Herr Amelung hob beschwichtigend die Hände. „Wir haben nur noch ein paar Nachfragen, die sich aus den übrigen Befragungen ergeben haben." Er wartete, bis der Mann sichtlich widerwillig ihm gegenüber Platz genommen hatte und begann dann: „Herr Wagner, wir haben erfahren, dass Sie und Ihre Geschwister 1964 für einige Monate in einem Kinderheim untergebracht waren."

Richard Wagner riss erschrocken die Augen auf. „Wie …, was hat das denn mit Hannes Tod zu tun in Gottes Namen?"

Als von Seiten der beiden Beamten keine Reaktion erfolgte, nickte er ergeben. Sein Zorn war mit einem Mal verraucht. „Das ist richtig", sagte er schlicht. Leugnen war zwecklos, dachte er.

„Können Sie uns etwas über die Zeit im Heim erzählen?"

„Ich kann mich kaum daran erinnern, das ist lange her."

Herr Amelung wechselte einen raschen Blick mit seiner Kollegin. Sie schüttelte leicht den Kopf. Er wertete das mal als Zeichen dafür, dass sie Herrn Wagner das ebenso wenig abnahm wie er.

„Dann berichten Sie doch mal, was Sie noch wissen", forderte er.

„Da ist aber kaum noch was, was ich erzählen könnte."

„Fangen Sie doch einfach mal mit dem Grund für die Unterbringung an."

„Warum wollen Sie das wissen? Was hat das mit Hannes Tod zu tun?"

„Vielleicht nichts. Es ist aber eine Spur, der wir nachgehen müssen. Sie könnten uns dabei helfen. Für Ihren Bruder."

„Wie Sie wollen", rief Richard, nun wieder ärgerlich. Er hatte gehofft, sie würden ihn in Ruhe lassen, wenn er vorgab, sich nicht mehr erinnern zu können. „Mutter war krank. Hannes und ich waren in einem reinen Knabenheim untergebracht, Vera nebenan im Mädchenheim. Als es ihr besser ging, konnten wir nach Hause zurück. Das ist alles."

Er weicht aus, dachte der Kommissar und lächelte in sich hinein. Dann gab es da wohl tatsächlich etwas, über das er nicht sprechen wollte. Nun, sie würden ihn schon zum Reden bringen. Das würde er allerdings seiner Kollegin überlassen. Sollte sie doch mal zeigen, was sie von ihm gelernt hatte. Er blickte Frau Dreier auffordernd an und weidete sich an dem leisen Erschrecken in ihrem Blick. Sie hatte sich aber erstaunlich schnell wieder im Griff und bewegte sich langsam von ihrem Beobachtungsposten zum Schreibtisch.

„Wie haben Sie die Zeit im Heim erlebt, Herr Wagner?" Ihre Stimme zitterte ganz leicht.

Richard drehte sich auf seinem Stuhl in ihre Richtung. „So, wie es in einem Kinderheim zur damaligen Zeit eben war. Viele Kinder, wenig Aufsichtspersonal, schlechtes Essen." Er lachte künstlich, wurde dann plötzlich ernst und rümpfte angewidert die Nase. „Ich möchte übrigens nicht, dass hier drin geraucht wird. Bitte seien sie so nett und weisen die Personen, die sie hier vernehmen, darauf hin. Sollen sie zum Qualmen doch nach draußen gehen."

Frau Dreier ließ sich durch den Themenwechsel nicht aus dem Konzept bringen. Hier half wohl nur der direkte Weg. „Herr Wagner, wir haben von Misshandlungen und sexuellem Missbrauch gehört. Was ist in dem Heim vorgefallen?"

Richard sank in seinem Stuhl zusammen und rieb sich erschöpft die Augen. Nach einer längeren Pause begann er dann stockend zu erzählen, dass Hannes und er sich ein Zimmer mit sechs anderen Jungen hätten teilen müssen. Bereits nach ein paar Tagen hätten sie miterlebt, wie Erzieher, teilweise grundlos, körperliche Gewalt gegenüber anderen Jungen angewandt hätten. Irgendwann seien auch sie an der Reihe gewesen. Sie seien geohrfeigt, getreten und mit Stöcken geschlagen worden. Das sei manchmal mitten in der Nacht passiert, sodass sie ständig Angst gehabt hätten. Sie hätten sich aber nicht nur vor den gewalttätigen Übergriffen gefürchtet, sondern auch vor den sexuellen. Diese seien meist so abgelaufen, dass man sie einzeln aus dem Schlaf gerissen und in einen Raum verbracht habe, in dem mehrere Erzieher Karten gespielt hätten. Richard sei nackt ausgezogen und auf ein Podest gestellt worden. Der Gewinner des Kartenspiels habe sich an ihm vergehen dürfen. Er wisse, dass seinem Bruder Ähnliches widerfahren sei, sei aber nie dabei gewesen.

Als er geendet hatte, schwieg Richard lange. Er war grau im Gesicht geworden, wirkte um Jahre gealtert. „Ich habe noch nie davon erzählt."

Frau Dreier versuchte vergeblich, ihre Bestürzung zu verbergen. Jetzt wusste sie wieder, warum sie nie Mordermittlerin hatte werden wollen. Sie konnte mit den grausamen Details, die im Zuge einer jeder dieser Ermittlungen ans Licht kamen, überhaupt nicht umgehen. Sie warf ihrem Kollegen einen hilfesuchenden Blick zu, der die Befragung daraufhin weiterführte.

„Hat Ihr Bruder Ihnen von seinen Erlebnissen erzählt?", erkundigte sich Kommissar Amelung.

Richard sah immer noch Frau Dreier an, als er antwortete. „Ich habe nur einige Male mitbekommen, wie er nachts geholt wurde. Ich bin einfach davon ausgegangen, dass die mit ihm das Gleiche gemacht haben müssen. Diese Schweine", sagte er hasserfüllt und ballte seine Hände zu Fäusten.

„Haben Sie sich mal darüber ausgetauscht?"

Richard schüttelte den Kopf. „Also nicht mit Worten. Ich habe das Entsetzen aber in seinem Gesicht sehen können."

„Hat jemand von diesen Vorgängen gewusst?", wollte Herr Amelung wissen. Er hatte derlei Geschichten bereits so oft gehört, dass sie in ihm kaum noch etwas auslösten. Er warf Frau Dreier einen raschen Blick zu. Ihr Gesicht zeigte immer noch tiefe Anteilnahme.

„Wir haben uns der Heimleitung anvertraut, ja. Es hat ein Gespräch mit unserer Mutter gegeben, das aber keine Konsequenzen hatte."

„Wussten Sie, dass Ihr Bruder Kontakt zu einem der Männer aufgenommen hat, der sie damals sexuell missbraucht hat?"

„Er hat was?!" Richard setzte sich mit einem Ruck in seinem Stuhl auf. „Davon wusste ich nichts, nein. Zu wem? Und was wollte er von ihm?"

„Zu Herrn Stubbe." Der Kommissar beobachtete sein Gegenüber gespannt und wartete auf eine Reaktion.

„Rudolph Stubbe", murmelte Richard leise, lachte freudlos und sah aus dem Fenster. Als wäre die Zeit der Offenbarungen damit vorbei, erhob er sich abrupt und sagte: „Ich brauche dringend frische Luft, wenn Sie sonst keine Fragen mehr haben ...?"

Herr Amelung fuhr ungerührt fort: „Ihr Bruder forderte Herrn Stubbe in einem Brief auf, den sexuellen Missbrauch zuzugeben. Er appellierte an sein Gewissen."

Richard sagte nichts. Er blieb stehen und sah zur Tür.

Frau Dreier ging auf ihn zu und bot ihm ein Glas Wasser an. „Herr Wagner, wir …"

„Ich brauche kein Wasser, sondern frische Luft", fiel er ihr barsch ins Wort. „Sie können mich nicht zwingen, Ihnen hier weiter Rede und Antwort zu stehen." Mit diesen Worten stürmte er aus dem Raum.

19. Kapitel

1992

Conni legte sich frustriert auf die Couch und starrte an die Decke. Es war einfach zum Verrücktwerden! Da hatte sie nun einen tollen Mann an der Angel, der sich bereitwillig mit ihr verabredete, aber ihre Beziehung entwickelte sich überhaupt nicht weiter. Nachdem Hannes sich vor knapp zwei Monaten unerwartet wieder bei ihr gemeldet hatte, hatten sie sich regelmäßig gesehen. Sie waren gemeinsam ins Kino und ins Theater gegangen, hatten Spaziergänge unternommen, auswärts zusammen zu Abend gegessen und schließlich hatte sie ihn zu sich eingeladen und für ihn gekocht. Sie hatte gehofft, dass sie sich bei einem gemütlichen Abendessen bei Kerzenschein und romantischer Musik nun endlich einmal näher kommen würden, aber nichts war geschehen! Als sie seine Hand über den Tisch hinweg genommen und ihn dabei intensiv und möglichst verführerisch angeblickt hatte, hatte er sich ein Lächeln abgerungen und seine Hand nach einem kurzen Moment einfach weggezogen, nach seinem Weinglas gegriffen und es mit einem Zug geleert. Nach einem Blick auf seine Armbanduhr hatte er dann verkündet, dass es spät sei und er nun aufbrechen müsse, er habe noch zu tun. Immer schob er Arbeit vor! Sie war den Tränen nahe gewesen, was er aber nicht zu bemerken schien oder nicht bemerken wollte. Zumindest war er nicht darauf eingegangen, hatte ihr - wie immer - einen Kuss auf die Wange gehaucht und war verschwunden. Kein einziges Mal hatte er sie bisher auf den Mund geküsst. Einen Versuch ihrerseits hatte er abgewehrt, indem er ihr seine Wange hingehalten hatte. Danach hatte sie keinen Versuch mehr gewagt. Sie fragte sich, warum er sich überhaupt weiterhin mit ihr traf, wurde einfach nicht schlau aus ihm.

Nachdem er gegangen war, hatte sie lange die Tür angestarrt, durch die er so sang- und klanglos verschwunden war und zu begreifen versucht, was eben geschehen war. Wieder mal hatte er einen ihrer Annäherungsversuche abgewehrt. Oder war sie etwa zu zaghaft vorgegangen und er hatte gar nicht bemerkt, dass sie mit ihm flirtete? Selbst wenn das so sein sollte, war es doch reichlich merkwürdig, dass er seinerseits keinerlei Versuche unternahm, mit ihr auf Tuchfühlung zu gehen. Glaubte er am Ende, ihre Beziehung sei rein platonischer Natur? Sie nahm die noch halb gefüllte Weinflasche, trank in großen Schlucken direkt aus der Flasche und ging zum Sofa. Mühsam schluckte sie die Tränen hinunter. Noch war nicht alles zu spät. Vielleicht gehörte er zu den Männern, die auf dem Beziehungsohr taub waren und zu ihrem Glück gezwungen werden mussten. Vielleicht hatte er auch einfach schlechte Erfahrungen mit Frauen gemacht? Sie schöpfte neue Hoffnung. Ja, sie musste das Thema einfach direkt ansprechen, vielleicht wartete er ja nur darauf, weil er selbst zu schüchtern war. Sie überhörte die leise Stimme in ihrem Kopf, die flüsterte, dass dieser Mann bestimmt nicht zu schüchtern war, um seine Interessen zu äußern und seine Zurückhaltung einen anderen Grund haben musste. Sie verdrängte den Gedanken und griff kurzentschlossen zum Telefon, um Hannes für kommendes Wochenende zum Frühstück zu sich einzuladen. Da wollte sie ein für alle Mal klären, ob ihre Beziehung - oder was auch immer sie verband - nun eine Zukunft hatte oder nicht.

20. Kapitel

2016

„Wo stehen wir nun?" Frau Dreier fuhr sich durch die kurzen roten Haare und seufzte.

Ihr Kollege sah von dem Fax, das er eben erhalten hatte, auf und verzog geringschätzig den Mund. Wie unattraktiv sie war. Ein bisschen Make-Up und eine andere Frisur und Haarfarbe könnten einiges bewirken. Er ließ seinen Blick demonstrativ über ihren beleibten Körper schweifen. Und Sport, dachte er. Es kostete Frau Dreier ihre ganze Selbstbeherrschung, den angewiderten Blick ihres Kollegen zu ignorieren. Wusste er eigentlich, wie sehr er sie damit verletzte? Ja, vermutlich war ihm das bewusst und er genoss die Wirkung auch noch. In dem guten Herrn Amelung steckte nämlich ein kleiner Sadist. Sie kannte solches Verhalten gut genug, hatte sie doch jahrelang mit einem Sadisten unter einem Dach leben müssen, der keine Gelegenheit ausgelassen hatte, sich über sie lustig zu machen, sie vorzuführen und sich dann an ihrem Schmerz zu weiden.

„Bis jetzt zwei Dinge." Herr Amelung zählte auf: „Erstens: Eine Blutanalyse hat Rückstände von Digitalis in Herrn Wagners Blut ergeben. Ob die Konzentration ausreichend war, um zum Tod zu führen, ist unklar. Fest steht jedenfalls, dass alle Getränke in seinem Zimmer vergiftet worden sind. Zweitens wissen wir, dass Vera Matern, Hannes und Richard Wagner in einem Kinderheim untergebracht waren und zwar", er wedelte mit dem Fax, „ vom 22.03. bis zum 02.09.1964. Vera Matern war in einem reinen Heim für Mädchen, nicht weit von dem Heim entfernt, in das ihre Brüder gesteckt worden sind. Die Heimeinrichtungen wurden damals von Nonnen geleitet, die recht rabiate Erziehungsmethoden angewandt haben". Frau Dreier fragte sich, warum ihr Kollege dabei lachte. Sie nahm das Fax, das er ihr reichte. Sie überflog die Seiten und schüttelte immer wieder fassungslos den Kopf. „Das ist ja furchtbar, was die Kinder dort erlebt haben müssen!"

„Wenn man den Schilderungen dieser ehemaligen Heimmitarbeitern Glauben schenkt, ja. Da kann man doch direkt verstehen, warum ein Kind sich nach solchen Erlebnissen kaum normal entwickeln kann und später ein Geheimnis aus seiner Kindheit macht. Jetzt stellt sich nur noch die Frage, inwieweit die Erlebnisse der Geschwister unter Umständen mit dem Mord an Hannes Wagner in Zusammenhang stehen. Noch sehe ich einfach keine Verbindung. Fakt ist, dass Hannes Wagner einen seiner Peiniger vor seinem Tod kontaktiert hat. Dass Rudolph Stubbe schon vor Jahren verstorben ist, wusste er offenbar nicht."

„Vielleicht hat er noch Kontakt zu anderen Personen aus der damaligen Zeit aufgenommen?", mutmaßte Frau Dreier.

„Das überprüft Christian gerade anhand des Computers von Herrn Wagner." Christian war der IT-Fachmann des Reviers. Herr Amelung stützte seinen Kopf in die Hände. „Irgendwie habe ich aber das Gefühl, dass wir etwas Wesentliches übersehen. Aber was? Was hat Herr Wagner unmittelbar vor seinem Tod noch Wichtiges zu erledigen gehabt, wie seine Nichte behauptet hat? Wenn wir überhaupt davon ausgehen können, dass er das gesagt hat."

„Sie glauben Ihr nicht?"

Wieder der geringschätzige Blick. „Nach einem rauschenden Fest, auf dem reichlich Alkohol geflossen ist? Wer weiß, was die Gute da gehört hat."

Frau Dreier musste ihm im Stillen recht geben, auch wenn ihr Gefühl ihr sagte, dass Tessa Matern tatsächlich gehört hatte, was sie ihnen berichtet hatte. „Wir sollten die Familie mal über die mögliche Todesursache informieren."

„Ich habe Ihnen doch gesagt, dass unklar ist, ob das Digitalis ihn umgebracht hat."

„Dennoch sollten die Familie von dem Gift erfahren", beharrte sie.

„Das dürfen gerne Sie übernehmen." Er verbeugte sich theatralisch. Sie hätte ihm am liebsten ins grinsende Gesicht geschlagen.

21. Kapitel

„Es gibt neue Ermittlungsergebnisse, die wir Ihnen nicht vorenthalten möchten." Die rothaarige Kommissarin stellte sich in die Mitte des Raums. Sofort hatte sie die volle Aufmerksamkeit.

„Hannes Wagner wurde allem Anschein nach vergiftet. Alle Getränke in seinem Zimmer waren mit Digitalis versetzt." Ihre

Worte verfehlten ihre Wirkung nicht. Alle begannen, durcheinander zu reden.

„Wie bitte? Das kann doch nicht wahr sein!"

„Unmöglich!"

„Wer sollte so etwas denn tun?"

„Ich dachte, es war Selbstmord!" Tess blickte sich um. Dieser Ausruf kam von Eva, wie immer perfekt zurechtgemacht. War die Frau auch mal anders anzutreffen? Neben ihr sah Tess ihren Onkel Richard, der nicht im Mindesten überrascht auf die Nachricht reagierte. Hatte er es schon gewusst? Tess versuchte der sich in ihrem Kopf überschlagenden Gedanken Herr zu werden. Jemand hatte ihren Onkel vergiftet. Warum? Konnte es jemand aus der Familie gewesen sein? Ihr Blick zuckte suchend durch den Raum. Wo war ihre Mutter?

„…jedes noch so kleine Detail kann bei der Auflösung helfen", hörte sie die Kommissarin noch sagen, als sie die Bibliothek verließ.

Tess trat in den Raum und schloss die Tür hinter sich. Vera saß reglos in einem Stuhl und sah aus dem Fenster. „Mama? Ist alles ok?"

Ihre Mutter antwortete nicht, sah nicht einmal in ihre Richtung. Tess näherte sich langsam, blieb neben ihr stehen und ließ ihren Blick ebenfalls über den großzügigen Park schweifen. Es hatte zu schneien begonnen. Bäume und Sträucher sahen aus wie mit Puderzucker bestäubt. Das Bild hatte etwas Beruhigendes. Da sie ihre Mutter nicht bedrängen wollte, schwieg sie.

„Schickt Clemens dich? Dass der Mann einen nicht einmal ein paar Minuten in Ruhe lassen kann!", brach ihre Mutter schließlich das Schweigen. Dabei sah sie ihre Tochter immer noch nicht an.

„Clemens? Nein, ich habe mir Sorgen gemacht, weil ich dich unten nirgends finden konnte, deswegen …". Tess ließ den Satz offen. „Die Polizei hat gerade darüber informiert, dass Hannes vergiftet worden ist." Vera sah immer noch aus dem Fenster. „Mama, hast du gehört, was ich gesagt habe?" Ein Nicken. „Möchtest du reden?"

Ihre Mutter ignorierte die Frage. „Hast du eine Zigarette?"

Tess kramte in ihrer Jeans und streckte ihrer Mutter die verknautschte Zigarettenpackung hin. Vera übersah die darin befindlichen Joints - oder äußerte sich zumindest nicht dazu, so wie sie den Marihuanakonsum ihrer Tochter noch nie kommentiert hatte - und nahm sich eine der beiden Zigaretten. Wie so oft fragte sich Tess, wie ihre Mutter so gleichgültig sein konnte. In ihrer Jugend hatte Tess alles Erdenkliche versucht, um die Aufmerksamkeit ihrer Mutter zu erlangen. Vergeblich. Egal ob sie sich in der Schule geprügelt, sich mit Jungen rumgetrieben oder im Übermaß Drogen konsumiert hatte, ihre Mutter hatte, wenn überhaupt nur mit unbändiger Wut reagiert oder schlimmer, sie einfach mit Missachtung gestraft. *Unglückskind* hatte sie sie genannt. Tess gab ihr Feuer und zündete sich dann selber die letzte Zigarette aus dem Päckchen an. Wie kam sie denn hier an Zigaretten? Da sie die Spiegelburg nicht verlassen durften …. Ihr Blick fiel auf das blasse Gesicht ihrer Mutter und die Sorge um Nachschub war nicht mehr wichtig.

Ihre Mutter inhalierte tief, dann sagte sie mit leiser Stimme: „Nein, ich wollte nie darüber reden, weil ich es nicht ertragen hätte." Für einen Moment war Tess irritiert, dann begriff sie, dass Vera ihre zuvor gestellte Frage beantwortete. Sie zog sich einen Stuhl heran und setzte sich zaghaft neben ihre Mutter. Diese fuhr fort, als führte sie einen Monolog.

„Es ist mir auch gut gelungen, es tief in meinem Inneren zu verschließen, aber die Polizei musste ja graben, bis sie etwas gefunden hatte! Jetzt kann ich es nicht länger verdrängen. Die Bilder kommen mit einer solchen Gewalt, dass ich es kaum aushalten kann."

Tess sah ihrer Mutter in das angespannte und blasse Gesicht, unschlüssig, wie sie reagieren sollte. So kannte sie sie nicht. Vera war immer eine Frau gewesen, die kaum Gefühle gezeigt hatte, der alles gleichgültig zu sein schien, die keine Bindung zu anderen aufbauen geschweige denn aufrechterhalten konnte oder wollte und sich selbst genug war. Jetzt jedoch sah sie eine Frau, Tränen in den Augen, die unvorstellbare Qualen zu leiden schien und nicht wusste, wie sie diese beenden konnte. Sie ging neben dem Stuhl ihrer Mutter in die Hocke: „Vielleicht wird es besser, wenn du darüber sprichst", bot sie an. Was hätte sie auch anderes sagen sollen? Vera nickte mechanisch. „Ja", sagte sie langsam. „Nun ist es ohnehin zu spät." Sie schwieg einen Moment, dann richtete sie ihren Blick zum ersten Mal auf ihre Tochter. „Du weißt ja jetzt, dass ich einige Monate in einem Heim gelebt habe, weil deine Oma krank war. Ich …, es …, also …." Ihre Stimme erstarb, dann setzte sie von Neuem an: „Ich habe dort die schlimmste Zeit meines Lebens erlebt. Das klingt jetzt vielleicht melodramatisch, aber es war so. Die Nonnen waren sehr streng …"

Dann berichtete Vera langsam und stockend von Prügelstrafen mit unterschiedlichen Gegenständen bei Vergehen jeglicher Art. Ein Vergehen sei es in den Augen der Ordensschwestern schon dann gewesen, wenn die Mädchen morgens ihr Müsli nicht hätten essen wollen. Die Nonnen hätten nicht zugelassen, dass jemand etwas übrig gelassen habe, hätten sie mit Gewalt gefüttert. Vera habe sich einmal in ihre Müslischale erbrochen und das Erbrochene dann essen müssen. Daher also ihre Aversion gegen Milchprodukte, dachte Tess entsetzt. Wie schrecklich. Sie hatte es immer als Marotte abgetan ohne zu ahnen, was dahintersteckte.

Die Nonnen hätten nicht nur wegen Nichtigkeiten geschlagen, sie hätten manche Mädchen auch nachts in ihren Zimmern aufgesucht und sexuell missbraucht. Natürlich hätten die anderen Mädchen, mit denen Vera sich das Zimmer geteilt habe, das mitbekommen, aber aus Angst habe niemals jemand eingegriffen.

Ihre Mutter erzählte erstaunlich gefasst, wie sie in ihrem Bett festgehalten und unterschiedlichste Gegenstände in sie eingeführt worden seien. Schließlich habe sie sich ihrer Mutter anvertraut, die ihr aber nicht geglaubt habe. Vera habe sie angefleht, sie aus dem Heim nach Hause zu holen, aber Luise habe nichts dergleichen getan. Sie habe so lange bleiben müssen, bis ihre Mutter sich imstande gefühlt habe, ihre Kinder wieder zu sich zu nehmen. Tess schüttelte fassungslos den Kopf. Sie konnte nicht begreifen, wie eine Mutter so handeln konnte. Sie fand keine tröstenden Worte für Vera. Alles, was sie hätte sagen können, hätte angesichts dieser grauenhaften Schilderungen hohl geklungen. Also schwieg sie und wollte Vera in die Arme nehmen, was diese aber mit einem Kopfschütteln abwehrte. Tess setzte sich also einfach nur neben sie und schwieg, bis Vera darum bat, alleine gelassen zu werden.

„Ja, natürlich, Mama. Wenn du irgendetwas brauchst, sag einfach Bescheid. Ich sehe später noch einmal nach dir."

„Ach, Tess, sei so lieb und bring mir bitte eine Schlaftablette. Ich … sonst komme ich bestimmt nicht zur Ruhe."

Nachdem Tess Vera eine Schlaftablette aus dem schier unerschöpflichen Tablettenreservoir ihres Stiefvaters verabreicht hatte, ging sie nach unten. Denken konnte sie nicht mehr, war viel zu entsetzt von den Offenbarungen ihrer Mutter. Nie hätte sie erwartet, dass sich hinter deren Fassade derartige Erlebnisse verbargen. Was war ihre Großmutter nur für eine gefühlskalte und egoistische Frau? Ließ ihre Kinder im Stich, obwohl sie ihr anvertraut hatten, dass sie im Heim missbraucht wurden. So schreckliche Geschichten dachte sich doch kein Kind aus! Tess warf auf der Suche nach ihrem Onkel einen Blick in die Bibliothek. Sie wollte sich gerne mit ihm über das eben Erfahrene unterhalten. Bis auf Alex und Leyla, die auf der Terrasse offenbar in ein Streitgespräch vertieft waren - Leyla gestikulierte wild - saß nur Clemens auf einem der cognacfarbenen Ledersessel und döste. In der Küche traf sie auf ihre Cousine, die mit ihrer Lebensgefährtin zu telefonieren schien, zumindest hörte Tess den Kosenamen „Schatz" und schloss daraus, dass es sich daher nur um die Zukünftige handeln konnte. Tina bedeutete ihr, dass das Telefonat gleich beendet sein würde, aber darauf ging sie nicht ein. Sie war jetzt nicht in der Stimmung für einen Plausch mit ihr. Die Tür zu Richards Büro war geschlossen, vermutlich waren die Polizisten mit der Vernehmung eines weiteren Familienmitgliedes beschäftigt. Wer fehlte denn noch? Sie wusste es nicht. Tess folgte dem Flur, der rote dicke Teppichboden schluckte ihre Schritte. In diesem Teil des Hauses war sie noch nicht gewesen. Richard hatte sie zwar durch sein nobles Heim geführt, ihre *Privaträume*, wie er es nannte, dabei aber ausgespart.

Sie vernahm Stimmen, die sie aus der Entfernung nicht zuzuordnen vermochte. Neugierig lief sie weiter zu einer Tür am Ende des Ganges, die nur angelehnt war.

„… ich kann das nicht fassen! Dass meine eigene Mutter dazu imstande gewesen sein soll …. Und warum denn bloß?! Lass das Fläschchen am besten sofort verschwinden, bevor es in falsche Hände gerät."

Die Worte ihres Onkels wurden lauter, als er sich der Tür näherte und sie aufzog. Hastig wich Tess zurück und verbarg sich gerade noch rechtzeitig hinter einem im Flur stehenden massiven Kleiderschrank. Sie stand wie erstarrt und versuchte zu begreifen, was sie da eben gehört hatte. Sie beobachtete, wie ihr Onkel die Tür hinter sich zuwarf und mit energischen Schritten den Flur entlang ging. Mit wem hatte Richard gesprochen? Sie wartete noch ein paar Minuten darauf, dass Richards Gesprächspartner sich zeigte, aber vergeblich. Nachdenklich ging sie den Gang zurück und die Treppe hinauf.

Die Gestalt, die im Türrahmen aufgetaucht war und ihr nachsah, bemerkte Tess nicht mehr.

22. Kapitel

1992

Sie saßen in dem gemütlichen Restaurant, in dem sie auch ihren ersten Abend verbracht hatten. Hannes drehte unablässig sein Weinglas in den Händen und blickte dabei mehr in die blutrote Flüssigkeit als in ihre Augen. So nervös kannte sie ihn gar nicht.

Die Einladung zum Frühstück, die sie ausgesprochen hatte, hatte er mit der inzwischen bekannten Begründung, er müsse arbeiten, ausgeschlagen. Das hatte das Fass zum Überlaufen gebracht. Sie hatte sich nur mit Mühe beherrschen können, als sie ihm daraufhin klar machte, dass ihre wie auch immer geartete Beziehung unter den Umständen wohl keinen Sinn mache. Eine längere Pause war ihren Worten gefolgt, sie hätte zu gerne sein Gesicht gesehen, was durch das Telefon aber leider nicht möglich war. Schließlich hatte er ein gemeinsames Abendessen vorgeschlagen, währenddessen er ihr „alles" erklären wolle. Neue Hoffnung war in ihr aufgekeimt. Vielleicht gab es für sein merkwürdiges Verhalten also doch eine nachvollziehbare Erklärung. Zum Schein hatte sie sich etwas geziert, bevor sie eingewilligt hatte und war in Gedanken bereits ihren Kleiderschrank durchgegangen. Jetzt saß sie ihm in einem schwarzen eleganten Kleid gegenüber. Drei Monate war es nun her, seit sie sich kennengelernt hatten und hatten seitdem nicht einmal einen Kuss getauscht. Aber vielleicht würde sich das bald ändern. Gespannt sah sie Hannes an.

„Ich würde dir gerne etwas sagen", begann er stockend und lachte dann unsicher. „Es fällt mir nicht gerade leicht, also …". Eine rothaarige Kellnerin servierte genau in diesem Moment ihr Essen und verschwand dann wieder. Conni verdrehte genervt die Augen und schob ihren dampfenden Teller demonstrativ zur Seite. Sie platzte fast vor Neugierde. Als Hannes nicht weiter sprach, sondern sich angelegentlich mit seinem Lachs beschäftigte, konnte sie nicht mehr an sich halten.

„Was wolltest du mir denn nun sagen?", fragte sie ungeduldig.

Er sah von seinem Teller auf. „Möchtest du Kinder haben?", fragte er unvermittelt.

Conni runzelte irritiert die Stirn. Mit der Frage hatte sie nicht gerechnet. „Ja. Wie kommst du denn jetzt darauf?" Vielleicht war er zeugungsunfähig?

Hannes sah sie an, dann blickte er wieder auf sein Fischgericht. „Ich frage dich das, weil …, nun …, ich bin …. Ich hatte mal was mit einem Mann." Er ließ seinen Blick durch das Restaurant schweifen, bevor er unsicher auf ihr zu ruhen kam. Jetzt verstand sie überhaupt nichts mehr. „Wie …. Was? Wie meinst du das? Was hat das denn jetzt damit zu tun?"

Er lachte unsicher. „Was verstehst du denn daran nicht? „Ich hatte mal was mit einem Mann", wiederholte er leicht ärgerlich.

„Du bist also … bisexuell?"

Er wandte den Blick ab und druckste herum. „Also ich ... nein ....“

Langsam dämmerte es ihr. Deshalb war er ihr gegenüber auch so abweisend gewesen und auf ihre körperlichen Annäherungsversuche nicht eingegangen. Plötzlich ergab alles einen Sinn. Mein Gott war sie eine Idiotin. Die Suche nach ihrem Traummann war inzwischen zu ihrem Lebensinhalt geworden, alles drehte sich nur noch darum. Sie konnte sich über einen Mangel an Verehrern nicht beklagen und da fiel ihre Wahl ausgerechnet auf einen Schwulen? Das konnte auch nur ihr passieren. Wie konnte ein Mensch nur so viel Pech haben? Wäre die Situation nicht so traurig gewesen, hätte sie beinahe lachen können. Aber nur beinahe. In ihrem Inneren breitete sich eine ungeheure Wut aus. Wie konnte er ihr nur so etwas antun? Ihr über Monate falsche Hoffnungen machen! Nach außen hin versuchte sie aber, ihren Ärger zu zügeln.

Zwischen zusammengebissenen Zähnen presste sie hervor: „Ehrlich gesagt, weiß ich nicht, was du nun von mir hören willst. Was sollte das alles dann?“ Sie deutete auf ihn und dann auf sich.

Er sah sie verständnislos an. „Was meinst du mit „das alles“?“

Nun hatte sie doch Mühe, ihren Unmut zu verbergen. „Du verstehst es wirklich nicht, oder? Ich ....“ Sie suchte nach Worten, die ihre Hoffnungen treffend beschrieben, ohne zugleich zu viel von ihrem Gefühlsleben preiszugeben. Ich mag dich sehr gerne und ich hatte gehofft, ..., nun, ich hätte mir gewünscht, dass das auf Gegenseitigkeit beruht.“

„Aber das tut es doch. Ich mag dich auch sehr gerne.“ Er sah sie immer noch fragend und etwas irritiert an. Offensichtlich stand er immer noch auf dem Schlauch. Unglaublich der Mann.

„Ich hatte gehofft, unsere Beziehung würde sich über reines Mögen hinaus entwickeln, wenn du verstehst, was ich meine." Der Groschen fiel. Hannes Gesicht verschloss sich augenblicklich. „Oh, verstehe, also …, wenn ich dir da falsche Hoffnungen gemacht haben sollte, so war das nicht meine Absicht." Nicht seine Absicht?! Wo lebte der Mann denn? Dieser Satz nahm Conni den letzten Rest Hoffnung. Sie sank auf ihrem Stuhl in sich zusammen. Kälte breitete sich in ihrem Innern aus. Für einen kurzen Moment herrschte Schweigen.

„Ist das ein Problem für dich?", erkundigte sich Hannes, ihr früheres Thema wiederaufnehmend.

Was denn? Dass du mich all die Monate an der Nase rumgeführt hast, dachte sie verletzt. Laut sagte sie: „Was spielt das denn nun noch für eine Rolle?"

Er zog eine Augenbraue in die Höhe. War das nicht genetisch bedingt, überlegte Conni, ob man nur eine Augenbraue hochziehen konnte? Merkwürdig, was ihr angesichts dieser Situation in den Sinn kam.

„Na, das spielt eine gewaltige Rolle, denn …."

In diesem Moment erschien die rothaarige Kellnerin mit der Rechnung. Immer im falschen Moment, dachte Conni genervt. „Ich müsste bitte abkassieren, meine Schicht endet."

Hannes sah verärgert zu der Rothaarigen auf und zückte dann seinen Geldbeutel.

Als sie wieder alleine waren, setzte er von Neuem an: „Es ist wichtig, was du darüber denkst, weil ich mir vorstellen kann, mit dir eine Familie zu gründen."

Ja, war er denn jetzt vollkommen übergeschnappt oder war sie es? Hatte er ihr nicht eben noch von seiner Homosexualität erzählt? Oder war er doch bisexuell?

„Willst du mich eigentlich auf den Arm nehmen?", fragte sie scharf.

„Nein, überhaupt nicht, Conni. Ich fühle mich eher zu Männern hingezogen. Nichtsdestotrotz wünsche ich mir eine Familie, Kinder. Du hast mir erzählt, dass du lange kein Glück mit Männern hattest. Nimm es mir nicht übel, aber wenn du noch Kinder willst, hast du nicht mehr ewig Zeit. Wir könnten doch zusammen eine Familie gründen. Ist das so abwegig?"

Conni war wie vor den Kopf gestoßen. Sie wusste überhaupt nicht mehr, was sie sagen sollte. Sie war gekränkt, dass er ihr als Frau Ende dreißig keine andere Chance auf eine Familie mehr zugestand, als die, sich mit einem homosexuellen Mann einzulassen. Schließlich war es möglich, dass sie den Richtigen noch traf oder etwa nicht? Und selbst wenn nicht, wollte sie das? Eine Beziehung ohne Liebe? Eine Zweckgemeinschaft?

„Warum ausgerechnet ich?", fragte sie. „Warum hast du mich ausgewählt? Oder bin ich nur eine von vielen, die du als Brutkasten in Erwägung ziehst?"

Er sah sie verwundert an. „Also Brutkasten klingt doch sehr negativ. Ich finde dich sehr sympathisch und …."

Sie stand abrupt von ihrem Stuhl auf. Es war zu viel. Sie kam sich vor wie in einem schlechten Film. Möglichst unauffällig sah sie sich in dem Restaurant nach Hinweisen darauf um, dass ihr jemand einen üblen Streich spielte. Was hatte er eben gesagt? *Sehr sympathisch?* Sie wollte nicht nur *sehr sympathisch* sein. Sie wünschte sich einen Mann, der sie heiß und innig liebte und begehrte. Das hatte sie verdient. „Ich kann mir das nicht länger anhören. Such dir deinen Brutkasten doch bitte woanders!"

„Ich wollte nicht …, habe ich …. Entschuldige, wenn ich dich verärgert habe. Würde mich freuen, wenn du dich meldest", rief er ihr noch hinterher, als sie ohne ihren Mantel aus dem Restaurant stürzte.

Zu Hause angekommen, wollte sich Conni aus ihrem Mantel schälen, um dann überrascht festzustellen, dass sie ihn gar nicht trug. Hannes hatte sie so durcheinander gebracht, dass sie ihn im Restaurant vergessen hatte. Zum Glück hatte sie noch reflexhaft nach ihrer Handtasche gegriffen. Sie war förmlich aus dem Gasthaus geflohen und in das erstbeste Taxi vor dem Gebäude gestiegen. Hannes war ihr nicht nachgelaufen. Warum sollte er auch? Sie hatte ihn noch rufen hören, sie solle sich melden. Der Mann war wohl nicht bei Trost. Jetzt war ja klar, dass sie nicht die Frau seines Lebens werden konnte. Zumindest nicht so, wie sie es sich erhofft hatte. Langsam schlurfte Conni in die Küche und goss sich ein großes Glas Wein ein, das sie in einem Zug leerte. Sie nahm die Weinflasche mit ins Wohnzimmer, ließ sich in einen der Sessel vor dem Balkon fallen und sah sich selbst in der Glasfront gespiegelt. Als sie das Licht löschte, war der Blick in den dunklen Abend frei. In dem Wohnhaus gegenüber sah sie eine vierköpfige Familie bei einem verspäteten Abendessen sitzen. Ein harmonisches Bild. Eine Familie. Etwas, das sie wohl nie haben würde. Conni begann zu weinen.

Am nächsten Morgen erwachte Conni mit einem fürchterlichen Hämmern in ihrem Kopf. Ihr Mund war staubtrocken. Im ersten Moment dachte sie, dass sie aus Frust mal wieder zu tief ins Glas geschaut hatte. Dann kroch langsam die Erinnerung aus den Tiefen der Bewusstlosigkeit herauf und ihr kam der gestrige Abend in den Sinn. Mit einem Ruck setzte sie sich auf und stieß gegen die leere Weinflasche, die sie gestern offenbar geleert haben musste. Ja, sie hatte aus Frust getrunken, mit dem Unterschied aber, dass sie diesmal nicht versucht hatte, ihre Einsamkeit zu ertränken, sondern Hannes unmoralisches Angebot. Ihr Kopf schmerzte entsetzlich. Langsam wankte sie in die Küche und griff nach einer Flasche Wasser.

Als sie drei Aspirin eingenommen hatte, legte sie sich wieder auf das Sofa. Traurigkeit und zugleich Fassungslosigkeit über Hannes Geständnis waren inzwischen einer unglaublichen Wut gewichen. Wie konnte er nur annehmen, dass sie den Brutkasten für einen Schwulen spielen würde? War ihre Verzweiflung über ihr Singledasein für andere so offensichtlich? So sehr, dass einer vom anderen Ufer ihr aus Mitleid seinen Samen anbot? Unglaublich so etwas! Sie würde ihn später, wenn es ihr besser ging, anrufen und ihn zur Hölle schicken. Ach was, er hatte überhaupt keinen Anruf verdient. Sie würde einfach überhaupt nichts mehr von sich hören lassen und seine Nummer unwiderruflich löschen.

Und wenn das doch deine einzige Chance ist, noch Kinder zu haben?, flüsterte eine leise Stimme in ihrem Kopf. Wäre es dann nicht besser, das Angebot anzunehmen, als alleine zu bleiben? Sie schloss die Augen und versuchte, die beharrliche Stimme zu ignorieren.

23. Kapitel

2016

Als es leise klopfte, schreckte Tess hoch. Sie lag voll bekleidet auf ihrem Bett. Ein Blick auf ihre Uhr verriet ihr, dass es kurz nach 20.00 Uhr war. Sie musste eingenickt sein. Es klopfte erneut. „Ja?"

„Ich wollte nur mal nach dir sehen, weil du nicht zum Essen erschienen bist." Justus streckte schüchtern den Kopf durch die geöffnete Tür. Tess setzte sich im Bett auf. Ein warmes Gefühl der Zuneigung erfüllte sie. Er sorgte sich um sie.

„Komm ruhig rein."

„Ich will nicht stören", behauptete er, trat dann aber dennoch ein, bevor Tess antworten konnte.

„Ich hatte keinen großen Hunger."

„Verstehe ich." Kurzes Zögern. „Möchtest du reden?"

Tess schüttelte den Kopf.

„Jetzt ist mir auch klar, warum die Polizei wissen wollte, wer die Getränke auf Hannes Zimmer gebracht hat", knüpfte Justus an ihr früheres Gespräch an. Bevor Tess antworten konnte, wechselte er erneut das Thema.

„Lust auf einen Snack?"

„Ich hätte Lust auf einen Kakao." Mal ein unkompliziertes Thema, dachte Tess.

Er lächelte. „Den mache ich dir gerne."

Kurzerhand schlüpfte Tess in ihre Schuhe und folgte Justus ins Erdgeschoss.

„Wie geht es dir?", erkundigte er sich betont beiläufig.

„Ich weiß es ehrlich gesagt nicht. Ich habe, seit wir hier sind, Dinge erfahren, die ich noch nicht fassen kann." Seinen fragenden Blick beantwortete sie mit einem Kopfschütteln. Justus verstand. „Solltest du jemandem zum Reden brauchen, bin ich immer für dich da", bot er an.

„Das ist lieb, danke." Sie wollte ihm im Moment weder von den Erlebnissen ihrer Mutter noch von dem Gespräch ihres Onkels berichten, dessen Zeuge sie geworden war. Mit wem hatte er sich unterhalten? Was sollte Oma getan haben? *Lass das Fläschchen am besten sofort verschwinden, bevor es in falsche Hände gerät.* Ein schrecklicher Verdacht keimte in ihrer Vorstellung. Aber konnte es wirklich sein, dass ihre Oma etwas mit dem Tod ihres eigenen Sohnes zu tun hatte? Sie konnte es sich nicht vorstellen. Luise war zwar keine Sympathieträgerin, aber eine Mörderin? Da lagen doch Welten dazwischen. Nein, wahrscheinlich war es bei dem Gespräch um etwas anderes gegangen, andererseits wusste sie doch, was sie gehört hatte.

Tess Gedankenkarussell stoppte, als sie in der Küche auf Alex und Leyla trafen, die ein Glas Rotwein miteinander tranken.

„Hallo ihr zwei … stören wir?"

Alex schüttelte den Kopf. „Überhaupt nicht. Wollt ihr auch ein Gläschen? Ein wirklich guter Wein."

„Mir ist eher nach einer heißen Schokolade."

Alex grinste seine Schwester wissend an. „Warum überrascht mich das nicht?" An Justus gewandt erklärte er: „Tess hat sich als Kind praktisch nur von Kakao ernährt."

Tess lächelte etwas gequält. Sie mochte es nicht, im Mittelpunkt zu stehen. Gleichzeitig weckte bereits das Wort Kakao mal positive Erinnerungen an ihre Kindheit. Clemens hatte sich mit der Zubereitung immer viel Mühe gegeben, dunkle Schokolade geschmolzen und Sahne dazu gab es auch.

Alex entging nicht, dass seine Schwester irgendetwas beschäftigte. Jetzt war aber nicht der Moment, sie danach zu fragen.

„Dann gebe ich mir besondere Mühe." Justus kochte Milch in einem kleinen Topf auf und fügte Zartbitterschokolade hinzu, die in der heißen Milch langsam schmolz. „Möchtest du Sahne dazu?", erkundigte er sich, als er die braune Flüssigkeit in eine große Porzellantasse gab.

„Nein, danke." Tess probierte von dem heißen Getränk und schloss genießerisch die Augen. „Wunderbar. Vielen Dank."

„Immer gerne."

Leyla sah misstrauisch zwischen Justus und Tess hin und her. „Hab ich was nicht mitgekriegt?"

„Was meinst du?" Tess stellte sich dumm. Natürlich wusste sie genau, worauf Leyla anspielte. Auch Alex fragte sich, welche Absichten Justus verfolgte. Irgendwie war ihm der Typ nicht geheuer. Aber Tess schien ihn zu mögen. Nicht zum ersten Mal bedauerte er, dass Tess und er nicht mehr Kontakt zueinander hatten. Wenn sie sich dann aber sahen, verstanden sie sich auch ohne Worte. In letzter Zeit gab es allerdings häufiger Differenzen zwischen ihnen wegen Leyla. Er warf seiner Freundin einen Seitenblick zu, die auf Tess Frage nur den Kopf schüttelte. Ihre verletzliche Seite versuchte sie immer zu verbergen und gab sich nach außen hin besonders unnahbar, fast schon kratzbürstig, was auf ihr Umfeld verständlicherweise abschreckend und schlicht unsympathisch wirkte. Kaum jemand kannte ihre zarte Seite, die er so an ihr liebte.

„Was meint ihr, sollen wir mal in den Salon gehen?"

„Ich würde gerne nach Hause fahren", bat Leyla, legte ihre Hand auf Alex Arm und sah ihn erwartungsvoll an. „Meinst du, du könntest das klären?"

Alex war für einen Moment überrumpelt. „Ich bin nicht sicher, ob die Polizei jemanden hier weglässt, Leyla. Soweit ich verstanden habe, müssen wir alle bis zum Abschluss der Ermittlungen hierbleiben."

„Aber ich möchte nach Hause. Ich habe mit der ganzen Sache doch rein gar nichts zu tun."

„Wir waren zusammen hier, als jemand meinen Onkel umgebracht hat, Leyla. Insofern haben wir alle indirekt damit zu tun."

Leyla verschränkte die Arme vor der Brust. „Nein, ich habe mit dem Mord nichts zu tun und deshalb sehe ich es auch nicht ein, weiter hierzubleiben", sagte sie trotzig. Fehlt nur noch, dass sie mit dem Fuß aufstampft, dachte Tess.

„Das ist schon klar, dass du nichts mit dem Mord zu tun hast, für uns zumindest, aber für die Polizei nicht. Rede doch mal mit Herrn Amelung und Frau Dreier, dann wirst du sehen, was sie sagen", erwiderte Alex genervt.

„Ich dachte, du könntest das übernehmen." Sie lächelte ihn mit einem Augenaufschlag an.

„Ich soll fragen, ob meine Freundin nach Hause fahren darf? Also Schatz …".

„Du sollst fragen, ob wir nach Hause fahren dürfen", korrigierte sie ihn bestimmt, wobei ihre Betonung auf dem Wort *wir* lag.

„Nimm es mir nicht übel, aber ich werde bei meiner Familie bleiben, bis alles geklärt ist, meiner Mutter geht es nicht gut und …".

Weiter kam Alex nicht. Leyla sprang wütend auf. „Deine Familie ist also wichtiger? Was ich möchte, interessiert dich gar nicht! Das wird immer zwischen uns stehen!"

„Leyla, das ist doch gar nicht wahr, aber du musst doch verstehen, dass …".

„Nein, ich verstehe nicht!", schrie sie. „Immer soll ich Verständnis haben. Für deine Schwester, deine Eltern, für dich! Aber was ist denn mit mir?" Eine Antwort wartete sie nicht ab, sondern rannte aus der Küche und schlug laut die Tür hinter sich zu.

Justus blickte irritiert zu Tess, die ihrerseits bedeutungsschwer ihren Bruder ansah. Leyla wie sie leibt und lebt, dachte sie. Von 0 auf 100 in wenigen Sekunden. Als Auto wäre sie eine Wucht. Sie verkniff sich ein Schmunzeln, als sie sah, wie Alex einen Fluch murmelnd sein Gesicht in seine Hände stützte und seufzte. Er erhob sich und stand unschlüssig im Raum.

„Willst du ihr nicht nachgehen?", fragte sie vorsichtig.

„Ja … nein … ach, ich weiß nicht." Er zögerte, hätte gerne mehr gesagt, wollte aber in Justus Gegenwart nicht seine Beziehungsprobleme thematisieren. „Ich muss mir mal die Beine vertreten. Wir sehen uns später."

Er nickte Justus zu und verließ die Küche.

„Das war jetzt aber ein Auftritt. Wie lange sind die beiden schon ein Paar?", erkundigte sich Justus neugierig, als sie alleine waren.

„Noch nicht lange. Wenn die Beziehung zu Ende geht, weine ich der keine Träne nach." Tess zog verächtlich die Augenbrauen hoch.

„Sie scheint …", Justus suchte nach den richtigen Worten, wollte die Partnerin ihres Bruders nicht beleidigen. „…schwierig zu sein", sagte er dann.

„Das ist stark untertrieben, würde ich sagen!"

Justus grinste sie schelmisch an. „Das hast du jetzt gesagt!"

Ein warmes Gefühl floss langsam durch ihr Inneres und füllte sie aus. Sie erwiderte das Lachen. „Ich kann Leyla nicht ausstehen, aber für Alex würde ich versuchen, mit ihr auszukommen, wenn die beiden zusammenbleiben."

„Geschwisterliebe", äußerte Justus schlicht und legte seine Hand auf ihre.

24. Kapitel

„Wir müssen uns mal mit Conni Wagner unterhalten, konnten Sie sie in der Zwischenzeit finden?, erkundigte sich Herr Amelung bei seiner Kollegin, die soeben ihr provisorisches Büro in der Spiegelburg betrat. Frau Dreier nickte. „Ich habe sie bei einem Spaziergang im Park hinter der Villa gesehen. Wirkte sehr in sich gekehrt, verständlich angesichts der Umstände, hat mich erst mal gar nicht wahrgenommen. Ich habe sie gebeten, sich zu unserer Verfügung zu halten."

Herr Amelungs Handy klingelte. Er meldete sich knapp, lauschte dann kurz und legte mit einem „wir sind gleich da" auf. „Frau Wagner muss warten. Wir müssen aufs Revier, Christian hat Neuigkeiten."

Eine halbe Stunde später saßen die beiden Kommissare in ihrer Dienststelle und warteten gespannt, was ihre Kollegen herausgefunden haben mochten.

„Was habt ihr denn jetzt gefunden? Spannt uns doch nicht so auf die Folter!"

„Immer mit der Ruhe, Edgar", Christian grinste Kommissar Amelung an. „Dafür geht das Feierabendbier nächstes Mal auf dein Haus."

Herr Amelung nickte genervt. „Also?"

„Wir haben uns den Computer eures Toten mal genauer angesehen und sind dabei auf sein digitales Tagebuch gestoßen.

Frau Dreier beugte sich neugierig vor. „Ach? Dann bekommen wir darin vielleicht einen Hinweis auf den Mörder."

Herr Amelung warf ihr einen nachsichtigen Blick zu. „So einfach ist das im wahren Leben nicht, liebe Kollegin."

Frau Dreier schwieg. Innerlich aber kochte sie. Was bildete sich dieser arrogante Lackaffe eigentlich ein! Sie derart herablassend zu behandeln, noch dazu vor Kollegen, aber sie würgte ihren Ärger wie immer hinunter. Es brachte meist nur noch mehr Ärger, wenn man aufbegehrte. Sie erinnerte sich noch zu gut an die drakonischen Strafen ihres Stiefvaters, wenn sie es gewagt hatte, sich ihm zu widersetzen. Nachts im dunklen, kalten Badezimmer eingesperrt, hatte sie früh lernen müssen, dass es manchmal besser war, gute Miene zum bösen Spiel zu machen.

Christian ließ seinen Blick unauffällig zwischen Edgar und Regina hin und her schweifen. Es war nicht zu übersehen, dass die beiden nicht gerade ein harmonisches Verhältnis verband. Er konnte nur hoffen, dass sie sich für die Dauer der

Ermittlungen am Riemen rissen. Alle wussten, dass es mit Edgar nicht leicht war.

„Ich habe das Geschreibsel nur mal überflogen. Er hat längst nicht täglich geschrieben, sondern anscheinend immer nur das Wichtigste mehrerer Wochen zusammengefasst. Interessant, kann ich nur sagen. Ob sich da allerdings Anhaltspunkte dafür finden lassen, wer ihn um die Ecke gebracht hat, überlasse ich euch. Er deutete auf zwei Papierstapel. „Ich habe euch das Tagebuch ausgedruckt, jeweils zwei Mal, damit ihr euch nicht drum schlagen müsst." Er grinste. „Frohes Lesen."

25. Kapitel

Heute habe ich mir auf die Schnelle einen Burger bei Mc Donald´s gekauft – ab und zu muss das einfach sein – und hinter mir in der Schlange stand eine junge Frau mit ihrer kleinen Tochter. Dürfte so zwischen zwei und drei Jahre alt gewesen sein. Absolut süß. Grüne Augen und eine Stupsnase in einem pausbäckigen Gesicht. Wie sie so unschuldig zu mir aufgesehen hat, musste ich an mich halten, sie nicht zart in die Wange zu kneifen. Das hätte der Mutter sicher nicht gefallen, so giftig, wie die mich angesehen hat. Komm bloß meinem Prinzesschen nicht zu nahe, schien ihr Blick zu sagen. Dass ein Mann, wenn er allein unterwegs ist, immer Misstrauen erwecken muss …. Hätte ich selbst mit Kind in der Schlange gestanden, hätte sie mich sicher angelächelt. Könnte ich mir das denn vorstellen, habe ich mich gefragt, Vater zu sein? Und meine Antwort lautet ganz klar: Ja! Nur wird sich dieser Wunsch leider nicht realisieren lassen ….

Die letzten Prüfungen stehen an, dann hab ich den Abschluss hoffentlich in der Tasche! Seit Wochen versuche ich tapfer, jeden Tag zu lernen, klappt mal mehr, mal weniger gut … weniger, weil ich je-

manden kennen gelernt habe. Mehr wird aber noch nicht verraten,
solange ich nicht weiß, wo die Reise hingeht ....

26. Kapitel

Conni Wagner zündete sich ihre in einem Zigarettenhalter steckende Zigarette an und blickte die Polizeibeamten durch den Qualm erwartungsvoll an, wobei ihr linkes Augenlid nervös zuckte. Trotz der winterlichen Temperaturen trug sie ein für die 20er Jahre typisches grünes Fransenkleid und dazu passende grüne Stöckelschuhe. Als würde sie direkt im Anschluss Charleston tanzen gehen, dachte Herr Amelung kopfschüttelnd.

„Wie fühlen Sie sich, Frau Wagner?"

„Es geht schon, danke."

„Wir wissen, dass das sicher nicht leicht für Sie ist, können Ihnen eine Befragung aber nicht ersparen. Sollten Sie eine Pause brauchen, sagen Sie das bitte."

Sie nickte nur.

„Zunächst möchte ich Ihnen, auch im Namen meiner Kollegin, mein Beileid aussprechen." Er machte eine Anstandspause und fuhr dann fort: "Können Sie sich jemanden vorstellen, der Ihren Mann umgebracht haben könnte?"

Conni zögerte merklich und schüttelte dann den Kopf.

„Keine missgünstigen Arbeitskollegen, neidischen Freunde, genervten Nachbarn, die Ihnen einfallen?", hakte er nach.

„Nicht, dass ich wüsste."

„Wie würden Sie Ihre Ehe beschreiben?"

„Wie eine Ehe eben, die bereits seit vielen Jahren besteht. Wir haben viele Höhen und Tiefen erlebt."

„Waren Sie glücklich?"

„Weitestgehend ja."

„Sie lügen, Frau Wagner." Herr Amelung erhob sich. „Ist es nicht richtig, dass Sie seit knapp einem halben Jahr offiziell in einer Wohnung etwas außerhalb der Stadt gemeldet sind, zusammen mit einem Herrn Strassner, mit dem Sie bereits seit vier Jahren in eben jener Wohnung zusammenleben, während Ihr Mann in Ihrem gemeinsamen Haus lebte? Verstehen Sie das unter einer glücklichen Ehe?"

Schweigen. Da hatte er sie wohl kalt erwischt, freute sich Herr Amelung. Connis Blick huschte zwischen den beiden Beamten hin und her. Ihr Augenlied zuckte stärker. Der Ausdruck von Überraschung und Erschrecken, der über ihr Gesicht flog, war so schnell verschwunden, dass Frau Dreier nicht sicher war, ob er wirklich da gewesen war. Conni machte keine Anstalten zu antworten und Herr Amelung weidete sich an ihrem Unbehagen, was Frau Dreier an dem Glitzern in seinen Augen erkannte. Er war zweifelsohne kein schlechter Ermittler, wenn man sich im Revier umhörte, aber als Mensch war er nicht sehr beliebt. Zu Recht, wie sie aus eigener Erfahrung wusste. Er genoss es, andere Menschen vorzuführen.

„Wie fand denn ihr Langzeitliebhaber es, immer nur die zweite Geige zu spielen? Sicher nicht prickelnd, könnte ich mir vorstellen. Da wäre es doch möglich, dass er irgendwann beschlossen hat, den unliebsamen Nebenbuhler zu beseitigen."

„Sie sind auf dem Holzweg." Conni räusperte sich und nahm einen tiefen Zug von ihrer Zigarette. Wie elegant sie wirkte, dachte Frau Dreier neidisch. Wie gerne wäre sie auch mit einem solchen sportlichen Körper gesegnet worden. Keine der Diäten, die sie im Laufe der Jahre ausprobiert hatte, hatten auf Dauer etwas bewirkt. Ihre Einsamkeit versuchte sie durch Essen zu vergessen, was kurzfristig wirkte, allerdings mit der Konsequenz, dass sie immer dicker geworden war. Hinterher hatte sie immer ein furchtbar schlechtes Gewissen und hasste sich für ihre Schwäche.

Herr Amelung trat dicht an Frau Wagner heran und stützte sich auf den Armlehnen ihres Stuhls ab, sodass sein Gesicht nur noch wenige Zentimeter von ihrem entfernt war. „Ach, bin ich das, ja? Vielleicht haben sie beide den Mord ja gemeinschaftlich begangen oder aber der liebe Herr Strassner hat gar nichts damit zu tun und sie wollten ihren Ehemann endlich aus dem Weg haben? Warum Frau Wagner? Wollte er nicht in die Scheidung einwilligen?"

Conni Wagner wich vor dem strengen Atem zurück, der ihr entgegenschlug. „Keine der vorgegebenen Möglichkeiten ist zutreffend." Frau Dreier bewunderte die Gelassenheit dieser Frau. Sie wäre an ihrer Stelle wahrscheinlich längst in Tränen ausgebrochen.

„Ich habe mit dem Mord an meinem Mann nichts zu tun und Herr Strassner ebenso wenig."

Herr Amelung setzte sich wieder auf seinen Stuhl und verschränkte die Arme vor der Brust.

„Warum haben Sie dann niemandem erzählt, dass sie getrennt lebten und bereits neu liiert sind? Was soll diese Geheimniskrämerei?"

„Ich möchte meinen Anwalt anrufen."

Herr Amelungs Lippen kräuselten sich zu einem schadenfrohen Lächeln. „Wenn Sie nichts zu verbergen …", begann er, doch seine Kollegin fuhr rasch dazwischen. „Das ist natürlich Ihr gutes Recht, Frau Wagner."

Herr Amelung sah sie überrascht, dann verärgert an, da sie sich ohne seine Erlaubnis in das Gespräch eingemischt hatte. Sie versuchte, ihn zu ignorieren und bedeutete Frau Wagner, dass sie gehen konnte. Sie musste jetzt einmal über ihren Schatten springen und ihrem unliebsamen Kollegen die Stirn bieten.

Nachdem Frau Wagner das Büro verlassen hatte, erkundigte sich Frau Dreier nach den neuesten Ermittlungsergebnissen, in die sie bisher anscheinend nicht eingeweiht worden war. Sie hatte nicht gewusst, dass Frau Wagner einen langjährigen Partner hatte.

„Das war mir wohl entfallen", behauptete ihr Kollege verstimmt.

Sie ließ das so stehen und schlug einen lockeren Ton an, damit die Stimmung nicht gänzlich den Bach runterging. Immerhin musste sie mit diesem Mann noch auskommen. „Kein Problem", würgte sie daher hervor. Alles ist ein Problem, dachte sie bei sich. „Jetzt können Sie mich ja ins Bild setzen."

Herr Amelung blickte sie stumm an. Er nahm ihr übel, dass sie sich unerlaubt in seine Vernehmung eingemischt hatte. Er war doch gerade dabei gewesen, Frau Wagner auf den Zahn zu fühlen. Dass sie etwas verbarg, stand für ihn außer Frage. Wieso sonst täuschte sie eine intakte Ehe vor?

„Der Lebensgefährte von Frau Wagner war recht gesprächig. Als wir ihn darüber informiert haben, worum es geht und wo seine Partnerin sich über das Wochenende aufgehalten hat, ist er aus allen Wolken gefallen. Ihm hat sie erzählt, dass sie das Wochenende mit einer Freundin in Köln verbringt. Dass sie noch ab und zu Kontakt zu ihrem Mann hatte, wusste er zwar, dachte aber, dass es dabei einzig um den gemeinsamen Sohn ginge. Dass die beiden sich vor Frau Wagners Familie noch als Paar präsentieren, hat ihm den Rest gegeben." Herr Amelung zog missbilligend die Augenbrauen hoch. „Unglaublich, dass er sich das bieten lässt, aber bei den beiden scheint sie diejenige zu sein, die die Hosen anhat", fügte er geringschätzig hinzu.

Frau Dreier konnte sich nur mit Mühe ein Schmunzeln verkneifen. Klar, dass so eine Frau überhaupt nicht nach dem

Geschmack ihres lieben Kollegen war. Er gab den Ton an, ob bei der Arbeit oder zu Hause.

„Weiß er denn etwas über den Sohn der Wagners?, erkundigte sie sich.

Herr Amelung schüttelte den Kopf. „Herr Strassner wusste nur zu berichten, dass kein Kontakt besteht, die Wagners aber immer wieder versucht haben, das zu ändern. Wie oder wodurch der Kontaktabbruch zustande gekommen ist, wusste er nicht. Frau Wagner wollte ihm das nie erzählen. Genau so wenig wusste er etwas über den Grund, aus dem das Paar sich getrennt hatte. Sie hat ihm einfach nur gesagt, dass sie sich nicht mehr verstanden hätten. Das ist genauso konkret wie *unüberbrückbare Differenzen*.“

„Könnte ja sein, dass es dazu mehr nicht zu sagen gab. Merkwürdig ist aber, dass sie über ihren Sohn nicht mit ihm gesprochen hat. Und damit hat er sich zufrieden gegeben?“

Wieder dieses arrogante Lächeln. „Herr Strassner ist ein ruhiger, unscheinbarer, naiver Mann. Umgangssprachlich würde ich sagen, der hat keine Eier in der Hose, aber das haben Sie jetzt bitte nicht gehört. Der glaubt anscheinend erst einmal alles, was Frau Wagner ihm erzählt oder es kümmert ihn einfach nicht. Weitaus interessanter ist, dass auch Frau Wagners Freunde und Kollegen nicht wussten, dass sie seit Jahren nicht mehr mit ihrem Mann zusammenlebte. Ihnen hat sie erst vor etwa sechs Monaten von einem neuen Mann in ihrem Leben erzählt, in dessen Wohnung sie gezogen ist.“

„Warum macht sie so ein Geheimnis aus ihrer Lebenssituation?“

Herr Amelung warf seiner Kollegin einen ungeduldigen Blick zu. „Die Frage ist eher, was vor einem halben Jahr passiert ist. Warum war es da nicht mehr nötig, die Fassade aufrechtzuerhalten?

27. Kapitel

Ich denke nicht, dass Adrian – er ist derjenige, von dem ich dir letztes Mal erzählt habe – und ich zueinander passen. Er ist zu offensiv, geht mit unserer „Neigung" viel zu freizügig um, zumindest für meinen Geschmack. Ich möchte nicht händchenhaltend durch die Stadt laufen oder knutschend im Café gesehen werden. Im Geiste höre ich meine Mutter: „Um Gottes Willen, schämst du dich nicht?! Was sollen bloß die Leute denken?! Du gibst uns der Lächerlichkeit preis!" Ich würde gerne von mir behaupten, dass mir das egal ist, ist es aber nicht. Bin ich deshalb feige? Vielleicht. Aber es fühlt sich einfach nicht richtig an. Ich könnte nicht damit leben, dass alle es wissen. Auf die Idee, es publik zu machen, käme ich im Leben nicht. Das hat Adrian letztes Jahr getan, wie er mir erzählt hat und ist damit glücklich. Anscheinend akzeptieren Familie und Freunde das. Schön für ihn, aber für mich kommt das nicht infrage.

28. Kapitel

„Sie ist abgereist." Alex hatte ihr den Rücken zugewandt und sah aus dem Fenster in seinem Zimmer in den von Laternen schwach erhellten Park. Es schneite.

„Und, wie geht es dir damit?", fragte Tess vorsichtig.

Er ließ sich Zeit mit der Antwort. „Ich kann es kaum glauben, aber es geht mir besser. Als könnte ich jetzt endlich mal durchatmen." Er drehte sich zu Tess um. „Ich bin erleichtert, dass meine Freundin weg ist, das bedeutet dann wohl, dass ich die Sache bei Zeiten beenden muss, oder?"

Tess zögerte. Ein klares *Ja* lag ihr auf der Zunge, stattdessen sagte sie ausweichend: „Ich bin froh, dass es dir gut geht und du weißt ja, ich …", sie hatte äußern wollen, dass sie nie ein Fan von Leyla gewesen war, aber das wäre Alex gegenüber nicht fair gewesen. Man musste nicht noch nachtreten. „Ich stehe hinter dir, egal wie du dich entscheidest", beendete sie den Satz.

„Ja, ich weiß, danke."

„Da wir jetzt unter uns sind, kann ich dir endlich erzählen, was ich vorhin zufällig im Flur belauscht habe", wechselte sie das Thema. Sie berichtete ihrem Bruder von dem Gespräch zwischen Richard und einer unbekannten Person, dessen Zeugin sie geworden war.

Alex war froh über den Themenwechsel, weil ihn das von Leyla ablenkte. Nachdenklich schürzte er die Lippen. „Wenn ich es nicht besser wüsste, würde ich vermuten, dass das Fläschchen das Digitalis enthalten haben könnte, mit dem die Getränke in Hannes Zimmer vergiftet worden sind. Aber was soll Oma damit zu tun haben? Du glaubst doch nicht ernsthaft …?"

Tess hob ratlos die Schultern. „Das war auch mein erster Gedanke, dass es dabei um das Digitalis gegangen sein muss. Warum auch sonst sollte die Person, mit der Richard geredet hat, es verschwinden lassen. Oma ist alles andere als eine Sympathieträgerin, aber dass sie die Getränke vergiftet haben soll … und aus welchem Grund auch? … Hannes war ihr Sohn!" Sie reckte die Hände ratlos in die Luft.

„Mit wem Richard da wohl gesprochen hat?"

„Warum fragen wir Onkel Richard nicht einfach danach?"

„Hältst du das für eine so kluge Idee, Tess?" Nach allem, was du mir erzählt hast, schien Richard aufgebracht zu sein. Wenn es da tatsächlich um das gegangen ist, was wir vermuten, war er sehr daran interessiert, dass das Fläschchen verschwindet. Ich weiß nicht, ob er so begeistert wäre, wenn er wüsste, dass du das Gespräch belauscht hast."

Tess musste unwillkürlich lachen. Ihr Bruder mit dem scharfen Verstand. Alex missverstand ihr Lachen. „Du solltest das nicht so auf die leichte Schulter nehmen, Tess. Weiß jemand, dass du das Gespräch mitangehört hast?"

Tess wurde ernst. „Ich habe nicht deswegen gelacht." Sie schüttelte den Kopf. „Du bist der Erste, mit dem ich darüber rede. Ich hatte kurz überlegt, es Justus zu erzählen, aber so gut kenne ich ihn ja noch nicht und da dachte ich … besser nicht."

„Justus … ist da was zwischen euch?"

Tess zuckte die Achseln. „Ich weiß es nicht genau. Ich fühle mich zu ihm hingezogen. Andererseits ist da etwas an ihm, was ich nicht einordnen kann."

„Gut, dass du es ihm nicht gesagt hast, vielleicht ist es besser, das Ganze bleibt unter uns und der Polizei, zumindest vorerst." Er runzelte die Stirn. „Sicher, dass Richard dich nicht bemerkt hat?"

„Ganz sicher. Der hat weder nach rechts noch nach links gesehen, als er aus dem Zimmer gestürmt ist. Und um deiner zweiten Frage zuvor zu kommen: Ich habe extra noch ein bisschen gewartet, weil ich wissen wollte, mit wem er sich unterhalten hat. Aber wer auch immer das war, hat sich nicht gezeigt."

Alex nickte nachdenklich. „Vielleicht tun wir Richard ja auch Unrecht. Das können wir aber nur herausfinden, wenn wir oder vielmehr du der Polizei erzählst, was du mir eben anvertraut hast. Im besten Fall wissen die bereits Bescheid, weil Richard sie informiert hat. Wenn aber nicht …." Er ließ den Satz unbeendet und sah Tess bedeutungsvoll an. Tess fröstelte, als ihr klar wurde, was ihr Bruder da andeutete.

In der Nacht kam heftiger Wind auf, der um die Villa heulte. Tess konnte nicht einschlafen. Immer wieder blickte sie neidisch zu ihrem Bruder, der leise schnarchend neben ihr auf dem Boden lag. Alex hatte schon immer das Glück gehabt, entspannt schlafen zu können, unabhängig von irgendwelchen Umständen oder Sorgen. Nicht mal die aktuelle Situation, in der sie sich befanden, raubte ihm den Schlaf. Tess hingegen hatte schon immer an Einschlaf- und Durchschlafstörungen gelitten. Da halfen weder Cannabis noch autogenes Training. Sie seufzte tief und schlug die Decke zurück. Fröstelnd lief sie ans Fenster und sah zu, wie der Wind den Schnee aufwirbelte. Nach ihrem Gespräch hatten Alex und sie noch versucht, einen der beiden Kommissare zu erwischen, es war aber bereits zu spät gewesen, Richards Büro war leer. Also hatten sie sich das für den nächsten Morgen vorgenommen. Tess hoffte ja, dass Herr Amelung und Frau Dreier bereits im Bilde waren. Ein ungutes Gefühl in der Magengegend verriet ihr aber, dass es wohl bei der Hoffnung bleiben würde. Richard würde wohl kaum seine eigene Mutter verraten. Vorausgesetzt sie hatte das Gespräch richtig interpretiert. Ihre Oma eine Mörderin? Aber aus welchem Grund sollte sie Hannes vergiftet haben?, fragte sie sich ein ums andere Mal. Hör auf, wies sie sich selbst zurecht. Sollte doch die Polizei sehen, was sie mit der Information anfing. Sie sah auf die Uhr. Schon 4.35 Uhr. Sie hatte gefühlt kaum geschlafen und bald war die Nacht zu Ende. Sie war gerade im Begriff, wieder unter ihre warme Decke zu kriechen, als Stimmen im Flur laut wurden und sich dem Zimmer näherten. Den Joint, den sie aus ihrer Zigarettenpackung gefischt hatte, steckte sie rasch wieder zurück.

„Alex ist nicht in seinem Zimmer." Tess erkannte die Stimme ihrer Tante Conni.

„Dann seh ich mal hier nach." Die Tür wurde aufgerissen und Eva in einen roten Satinmorgenmantel gehüllt erschien im Türrahmen.

„Tess, Alex, kommt rasch, es geht um eure Mutter!"

„Wir können nichts mehr für sie tun." Seit die Sanitäter die Spiegelburg verlassen hatten, kreiste dieser Satz unentwegt durch Alex` Kopf. Tess und er standen im Zimmer ihrer Mutter und mussten hilflos dabei zusehen, wie Clemens seine tote Frau weinend hin und her wiegte. Alex fühlte sich wie erstarrt, nicht in der Lage, irgendetwas zu fühlen. Als hätte jemand seine Gefühle einfach ausgeschaltet. Ein Aufschluchzen seiner Schwester verdeutlichte ihm, dass die Szene, die sich da gerade abspielte, tatsächlich real war. Mechanisch zog er Tess in seine Arme und strich ihr über den Rücken. Die sinnfreie Phrase *alles wird gut* lag ihm auf der Zunge, doch er schwieg. Merkwürdig, was einem in solch einer Extremsituation in den Sinn kam.

Er begriff überhaupt nicht, dass seine Mutter nicht mehr lebte. Wann hatte er zuletzt mit ihr gesprochen? Er wusste es nicht, lange konnte es aber nicht her sein. Hatte Tess ihm vorher nicht erzählt, dass sie noch bei ihr gewesen war? Er wusste es nicht, konnte keinen klaren Gedanken fassen. Sein Blick schweifte zu seinem Vater, dessen Gesicht tiefrot und tränennass war. Er hatte ihn noch nie so verzweifelt erlebt. Clemens hatte seine Frau geliebt. Tragisch, dass diese Liebe nie erwidert worden war.

„Das kann alles nicht sein, Mama schläft bestimmt nur ganz tief. Ich habe ihr eine Schlaftablette gegeben."

Tess Äußerung riss ihn aus seinen Gedanken. Was redete sie da? „Eine Schlaftablette? Wieso das denn? Hast du nicht vorhin noch mit Mama gesprochen, Tess? Worüber eigentlich?"

„Es ist meine Schuld. Sie konnte sich nicht wehren, weil sie so tief geschlafen hat."

„Wie meinst du das?"

Tess reagierte nicht, sondern starrte tränenblind auf Vera und schüttelte ungläubig immer wieder den Kopf. In dieser

Situation glich sie Vera mehr denn je. Seine Mutter hatte auch immer den Kopf geschüttelt, wenn sie etwas nicht fassen konnte. Hatte Tess ihm geantwortet? Welche Frage hatte er ihr überhaupt gestellt? Das Schluchzen seines Vaters ging in ein Summen über. Er wiegte den leblosen Körper seiner Frau wie den eines Säuglings, murmelte leise in ihr Ohr, bedeckte ihr Gesicht mit Küssen, als könnte sie jeden Moment erwachen.

„Clemens, mein Gott, vielleicht hast du nun wichtige Spuren verwischt. Leg sie wieder hin!", ertönte da die etwas schrille Stimme seines Onkels. Eva trat daraufhin zu Clemens und sprach leise auf ihn ein. Zu Alex` Überraschung ließ er sich daraufhin widerstandslos von seiner geliebten Vera wegführen.

„Hier sterben die Leute ja wie die Fliegen!", ließ sich eines der Hausmädchen vernehmen, das in einen grünen Schlafanzug gehüllt im Flur stand und neugierig ins Zimmer spähte. Nach und nach erschienen auch alle anderen Familienmitglieder, die von dem Tumult aus dem Schlaf gerissen worden waren. Alex sah in fragende, neugierige Gesichter, die Fassungslosigkeit, Trauer und Angst widerspiegelten, sobald sie erfuhren, was geschehen war. Alex wurde plötzlich bewusst, in welcher Gefahr sie hier offenbar schwebten.

„Was passiert hier eigentlich? Ich werde sofort abreisen, hier bin ich nicht mehr sicher, niemand ist das!" Tinas Stimme war schrill geworden, als sie Alex Gedanken laut aussprach. Sie griff sich an den Hals, ihr Blick irrte unruhig umher.

„Beruhig dich. Wir können hier nicht weg, bevor nicht geklärt ist, wer …".

Renate wurde von einem heraneilenden Herrn Amelung unterbrochen, der einen übernächtigten Eindruck machte. Seine sonst so förmliche Erscheinung wies Risse auf. Seine Haare standen ab und sein Anzug wirkte, als habe er darin geschlafen. Dennoch war seine Stimme kraftvoll und bestimmend, als er die Umstehenden dazu aufforderte, den möglichen Tatort nicht zu betreten.

„Auch ist es Ihnen nach wie vor nicht gestattet, die Spiegelburg zu verlassen, keinem von Ihnen." Dabei sah er Tina eindringlich an, deren aufreizendes Satinnegligé nur notdürftig von einem grauen Morgenmantel bedeckt wurde und so den Blick auf ihren voluminösen Busen freigab. „Dann ist es Ihre Aufgabe, uns zu schützen! Hier läuft doch ein Mörder herum!" Bevor der Kommissar etwas darauf erwidern konnte, wurde Tina von Eva weggeführt.

Drei Mitarbeiter der Spurensicherung nahmen ihre Arbeit auf. Wie bei Hannes vorgestern. Die ganze Situation hatte etwas Surreales, dachte Alex.

„Mein Gott, was ist hier nur los?" Conni schüttelte verzweifelt den Kopf.

„Sie behindern uns bei der Arbeit, wenn sie hier im Weg stehen!" Ein großer Mann komplett in einen weißen Schutzanzug gekleidet, war vor ihnen aufgetaucht. Bis auf seine etwas zu weit auseinanderstehenden grauen Augen war von seinem Gesicht nichts zu sehen, da er einen Mundschutz trug. Er wies den Flur entlang. „Bitte verlassen Sie diesen Bereich!"

„Hören Sie mal, wir …", setzte Alex entrüstet an, doch das Erscheinen eines bisher unbekannten Mannes ließ ihn verstummen.

„Finden Sie sich bitte alle umgehend in der Bibliothek ein!", forderte der blonde Unbekannte bestimmt, bevor er ein paar Worte mit dem Mann im Schutzanzug wechselte.

Und wieder saßen sie in der Bibliothek. Wie auch unmittelbar nach Hannes Tod. Hätte er nicht gewusst, dass das Ganze sich real abspielte, könnte das glatt aus Mamas Romanen sein, dachte Alex. Mama … er wusste, dass sie tot war, aber fühlen konnte er es nicht. Er fühlte sich seltsam entrückt von allem, als wäre er einfach nur ein Zuschauer. Wurde seine Mutter von der gleichen Person ermordet, die auch Hannes auf dem Gewissen hatte? Wahrscheinlich. Zwei Mörder zu vermuten, war absolut an den Haaren herbeigezogen.

„Ich denke die ganze Zeit, dass zwischen Mama und mir so vieles ungesagt geblieben ist. Geht es dir auch so?" Tess, die neben ihm auf dem Sofa saß, wandte sich ihm zu. Ihre Augen waren vom Weinen rot und verquollen. Dass ausgerechnet seine Schwester weinte, schoss es ihm durch den Kopf. Sie hatte Vera nie nahe gestanden. Was hatte sie gefragt?

„Wie?"

„Ich hätte gerne mehr Zeit mit ihr gehabt."

„Mhm."

Tess sah ihren Bruder forschend an. Er schien unter Schock zu stehen. Sein Blick war starr, seine Augen glasig.

„Soll ich einen Arzt holen?"

Alex sah sie an, reagierte aber nicht, sein Blick blieb starr.

„Ich brauche schnell einen Arzt!"

Alle Köpfe flogen zu Tess herum. Inzwischen war man auf das Schlimmste gefasst. Der Unbekannte, der sie aufgefordert hatte, in die Bibliothek zu gehen, und soeben den Raum betrat, handelte umgehend und verständigte einen Arzt.

Nachdem Alex eine Spritze zur Beruhigung erhalten hatte, schlief er nun. Tess fühlte sich wie ausgehöhlt. Was sollte sie noch alles durchstehen? Zischendes Stimmengewirr erregte ihre Aufmerksamkeit. Luise und Eva standen heftig diskutierend nahe der Terrassentür. Richard beobachtete die beiden Frauen sehr aufmerksam von der anderen Seite des Raums aus. Dann schien er zu spüren, dass Tess in seine Richtung sah und augenblicklich wich sein nachdenklicher Gesichtsausdruck einem zaghaften Lächeln, das seine Augen aber nicht erreichte. Was wusste er, was verbarg er? Tess erinnerte sich, dass sie unbedingt noch die Polizei über ihre Beobachtung informieren musste. Der Unbekannte, von dem sie inzwischen wusste, dass er Polizeihauptkommissar war, betrat selbstsicher die Bibliothek. Was dieser hier zu suchen hatte, wusste keiner so recht.

„Ich grüße Sie. Sicher haben Sie sich bereits gefragt, wer der unverschämte Mann ist, der Sie so forsch dazu aufgefordert hat, sich in die Bibliothek zu begeben. Ich bin Markus Stahl, Polizeihauptkommissar, und leite ab sofort die Ermittlungen hier." Er machte eine kurze Pause, um seine Worte wirken zu lassen. „Sicher wurden sie bereits darüber informiert, aber ich sage es Ihnen noch einmal, um etwaigen Fragen zuvor zu kommen: Für die Dauer der Ermittlungen ist es keinem von Ihnen gestattet, die Spiegelburg zu verlassen. Ich hoffe auf ihr Verständnis." Er sah fragend in die Runde. „Irgendwelche Fragen?"

„Aus welchem Grund reichen denn zwei Kommissare nicht aus?" Tina beugte sich neugierig auf ihrem Stuhl nach vorne, sodass ihr Busen beinahe aus ihrem tief dekolletierten Oberteil sprang. Tess schwankte zwischen Belustigung und Ekel. Ihr früherer Cousin musste auf Teufel komm raus zeigen, dass er nun eine Frau war. Für ihren Geschmack zu übertrieben und billig.

Herr Stahl sah gekonnt über Tinas Dekolleté hinweg, als er ausweichend erwiderte: „Sechs Augenpaare sehen mehr als vier."

„Was unternehmen sie denn eigentlich? In drei Tagen sind hier zwei Menschen ermordet worden! Können Sie uns schützen?" Das war Conni. In ihrem gewohnten 20-er Jahre Outfit stand sie rauchend an die Terrassentür gelehnt und sah Herrn Stahl abwartend an. Einzig ihr zuckendes Augenlid verriet, dass sie nicht so gelassen war, wie sie sich gab.

„Wir tun, was wir können, Frau Wagner. Die Todesursache von Vera Matern wird derzeit noch untersucht. Eine definitive

Aussage darüber kann ich noch nicht treffen." Der Kommissar wandte sich an Tess: „Frau Matern, würden Sie mich bitte begleiten? Ich muss mit Ihnen sprechen."

29. Kapitel

Tess hatte sich auf ihr Zimmer zurückgezogen und sah aus dem Fenster. Im Verlauf der letzten Stunden war es immer windiger geworden. Der Wetterdienst warnte vor orkanartigen Böen und riet dazu, sich möglichst nicht im Freien aufzuhalten. Sie durften ohnehin nicht nach draußen, dachte Tess gleichgültig. Liebevoll strich sie Alex, der auf der Matratze neben ihrem Bett lag, eine Haarsträhne aus dem Gesicht. Er war kurz erwacht und hatte um Wasser gebeten. Sein Gesichtsausdruck war selbst im Schlaf verzerrt. Wie sehr musste der Tod ihrer Mutter ihn getroffen haben. Tess machte sich schwere Vorwürfe. Sie wusste jetzt nämlich, dass sie diejenige war, die Vera auf dem Gewissen hatte. Sie fragte sich, ob es das war, was ihr mehr zu schaffen machte, als die Tatsache, dass ihre Mutter nicht mehr da war. Ihre Beziehung war niemals eng gewesen, sie hatte sich der Frau, die sie zur Welt gebracht hatte, zu keiner Zeit so richtig verbunden gefühlt. Nie. Auch als Kind oder Jugendliche nicht. Ihre Mutter hatte Nähe nicht zulassen können. Nun wusste sie auch, wieso das so war.

Langsam zog sie den Brief aus der Tasche ihres Kapuzenpullovers, den Hauptkommissar Stahl ihr gegeben hatte, als sie in seinem Büro gewesen war.

„Das ist ein Abschiedsbrief Ihrer Mutter an Sie." Er sah sie abwartend an, ob sie die Bedeutung seiner Worte begriff.

„Abschiedsbrief?", murmelte Tess verständnislos. „Was …". Langsam brach die ungeheuerliche Erkenntnis in ihr Bewusstsein. „Nein, das kann nicht …, warum sollte sie denn ….." Doch schon in diesem Moment wurde ihr die Absurdität ihrer Frage bewusst. Es lag doch auf der Hand, warum ihre Mutter nicht mehr hatte leben wollen.

Sie wankte und bevor sie stürzen konnte, führte Herr Stahl sie zu einem Stuhl und hielt ihr ein Glas Wasser hin, das sie allerdings gar nicht wahrnahm. Er stellte es zur Seite.

„Nach dem Brief zu urteilen, hat sich Ihre Mutter das Leben genommen, Frau Matern. Es tut mir sehr leid." Als sie nicht reagierte, ging er neben ihr in die Hocke. „Geht es Ihnen nicht gut? Soll ich einen Arzt rufen?"

„Wie?"

„Entschuldigung?"

„Wie hat sie sich umgebracht?"

„Mit einer Überdosis Schlaftabletten vermutlich. Wir haben eine leere Verpackung Triazolam gefunden. Sicherheit haben wir aber erst, sobald uns das Ergebnis der Autopsie vorliegt", sagte er so sanft wie möglich.

Sie hatte es befürchtet. Das Mittel, das ihr Stiefvater gegen seine Schlafstörungen gelegentlich einnahm.

„Ich bin Schuld." Tess schlug schluchzend die Hände vors Gesicht. „Das ist nur meine Schuld. Ich hätte sie nicht bedrängen sollen, ich …".

„Jetzt mal ganz langsam. Wovon sprechen Sie?"

Tess berichtete dem Hauptkommissar knapp, was sie von ihrer Mutter kurz vor deren Tod erfahren hatte. Er nickte verständnisvoll und zeigte auf den Brief in ihrer Hand. „Lesen Sie ihn. Das Original ist noch bei uns, bis die Untersuchung auf Fingerabdrücke und andere mögliche Spuren abgeschlossen ist."

Tess sah auf. „Sie kennen ihn sicher schon. Wie ..., was ....?" Sie erhoffte sich, dass er ihr den Druck auf der Brust nehmen konnte, der aus ihrer Befürchtung resultierte, in dem Brief ihrer Mutter nur Vorwürfe zu lesen. Herr Stahl schien zu ahnen, was ihr auf dem Herzen lag. Er lächelte ihr beruhigend zu, drückte kurz ihre Hand und erhob sich dann. „Ich habe ihn natürlich lesen müssen. Aber .... Lesen Sie ihn einfach. Sie haben nichts zu befürchten."

Sie war langsam wie in Zeitlupe aus dem Büro gegangen und erst einmal im Flur stehen geblieben. Plötzlich war sie vollkommen orientierungslos. Wusste nicht, wo sie gewesen war und wohin sie wollte, war das nicht sinnbildlich für ihr Leben? Dann fühlte sie, wie ihre Hand das Papier umschloss. Sie sah sich um. Niemand in Sichtweite. Langsam faltete sie den Brief ihrer Mutter auseinander und begann zu lesen.

30. Kapitel

Sorry, dass ich mich so lange nicht gemeldet habe. Die Zeit verfliegt gerade. Adrian war hartnäckig, aber ich war hartnäckiger und letztlich hat er aufgegeben. Es ist wirklich besser, ich treffe mich nur ein einziges Mal mit einem Mann. Meine abweisende Art scheint nämlich deren Jagdtrieb zu wecken und ich werde unweigerlich interessanter als mir lieb ist. Ich will einfach nur meinen Spaß haben und das am besten so, dass es niemand mitbekommt, der mich kennt. Andererseits kommt hin und wieder der Wunsch nach einer dauerhaften Beziehung auf .... Der Nachteil an meinem jetzigen Leben ist nämlich, dass diese flüchtigen Abenteuer eine tiefe Leere in mir hinterlassen. Es ist eben nichts von Bestand und etwas Verlässliches wäre schön. Aber weiter will ich darüber gar nicht nachdenken, verbiete mir das jedes Mal, denn wohin führen solche Gedanken?

Schlicht und ergreifend nur dazu, dass ich mich traurig fühle und
das kann ich nicht gebrauchen.

Nächste Woche ist schon Silvester. Schon wieder ein Jahr vorbei!
Karl hat mich zu seiner legendären Party eingeladen. Die lasse ich
mir natürlich nicht entgehen.

31. Kapitel

Liebe Tess,

ich habe heute eine Tür zu meinem Inneren aufgestoßen, die sich
nicht mehr schließen lässt. Ich kann mit den Erinnerungen nicht
leben. Bitte mach dir keine Vorwürfe, dich trifft keine Schuld. Die
Polizei hätte diese Geschichte von damals einfach ruhen lassen sol-
len.

Ich möchte dir gerne noch die Frage beantworten, die du mir so
oft gestellt hast, die nach deinem leiblichen Vater. Sein Name war
Daniel Simmond. Er war Engländer. Wir betrieben damals zusam-
men einen Kiosk in Demmin, meiner Geburtsstadt. Ich weiß, euch
habe ich immer erzählt, ich wäre aus Schwerin ... Demmin hätte zu
viele alte Erinnerungen geweckt. Jedenfalls war es sehr viel Arbeit
diesen Kiosk zu betreiben, die im Verhältnis auch noch schlecht be-
zahlt wurde. Nicht einmal eine Toilette gab es in dem kleinen Häus-
chen. Aber wir liebten es, mitten in der Nacht aufzustehen, wenn
alles noch schlief, und um fünf Uhr früh unsere kleine Bude zu er-
öffnen. Wir waren glücklich. Zumindest dachte ich, dass Daniel
genauso zufrieden mit unserem Leben war wie ich. Aber er fing an,
sich zu verändern. Er beschwerte sich immer öfter, dass er nicht
mehr mitten in der Nacht aufstehen wolle und auch keine Lust mehr
habe, irgendwo zu arbeiten, wo es keine Toilette gebe. Er zog sich
immer mehr in sich zurück, alle Versuche, an ihn heranzukommen,
blockte er ab. Ich erkannte den Mann, in den ich mich verliebt hatte,

nicht wieder. Eines Abends gab er vor, er müsse den Kopf frei krie-
gen und eine Runde um den Block laufen. Nach ein paar Stunden
war ich vollkommen aufgelöst, dachte, es sei ihm etwas zugestoßen.
Ich war kurz davor, die Polizei zu verständigen, da fand ich eine
Notiz von ihm: „Ich kann so nicht weitermachen, Vera. Bitte akzep-
tiere das und versuche nicht, mich zu finden. Das war es. Keine
Erklärung, keine Entschuldigung, nichts. Das ganze Leben mit einer
mickrigen Notiz über Bord geworfen. Ich habe ihn nie wieder gese-
hen. Er war einfach aus unserem gemeinsamen Leben ausgebrochen.
Ich habe ihn nie zu finden versucht, wie er es gewünscht hat. Eine
Woche später erfuhr ich, dass ich mit dir schwanger war…. Viel-
leicht kannst du herausfinden, was aus ihm geworden ist. Ich wün-
sche es dir.

Mama

Tess ließ den Brief sinken. Sie kannte die Worte mittlerweile
auswendig. Wie sehr musste ihre Mutter gelitten haben. Einmal unter den unaussprechlichen Vorgängen in dem Kinderheim und dann, Jahre später, unter dem unerwarteten und
ungeklärten Verschwinden ihres Vaters. Endlich wusste sie
etwas über ihren leiblichen Vater! Wie oft hatte sie ihre Mutter
danach gefragt, fast schon angefleht und doch nie eine Antwort erhalten. Neben der Trauer über den Verlust ihrer Mutter fühlte sie auch eine tiefe Erleichterung darüber, dass ihr
Vater ihre Mutter nicht ihretwegen verlassen hatte. Offenbar
hatte ihr Vater überhaupt nichts von der Schwangerschaft
gewusst, wenn selbst Vera zum Zeitpunkt seines Verschwin-
dens ahnungslos gewesen war. Wieso war er dann gegangen,
so urplötzlich aus dem Leben ihrer Mutter verschwunden?
Was war so furchtbar für ihn gewesen, dass er es nicht mehr
ausgehalten hatte? Tess nahm sich vor, sich damit eingehend
zu beschäftigen, sobald Zeit war. Ein anderer Gedanke nahm

Gestalt an. Konnte sie ihrer Mutter überhaupt glauben, dass ihr Vater sie sang- und klanglos verlassen haben sollte? Aber warum sollte sie sie angelogen haben? Nun, ihre Mutter war ihr immer ein Rätsel geblieben, musste sie sich eingestehen. Sie hatte sie zu Lebzeiten genau so wenig gekannt wie sie es nun nach ihrem Tod tat. Wie schrecklich musste sie sich gefühlt haben, wenn sie nur noch diesen einen Ausweg, ihr Leben zu beenden, für sich gesehen hatte? Tess machte sich Vorwürfe. Sie hatte ihre Mutter dazu gebracht, über ihre Erlebnisse zu sprechen, hatte dabei geholfen, die Tür aufzustoßen, die ihre Mutter nicht mehr hatte zuwerfen können. Sie hatte doch nicht ahnen können, dass Vera …. Nie hätte sie geglaubt, dass sie diesen Weg wählen würde, ihrem Leben ein Ende zu setzen. Andererseits hatte sie doch nur etwas über sie erfahren wollen und dadurch indirekt über sich selbst. Das konnte man einer Tochter doch nicht zum Vorwurf machen.

Ihre Gedanken schweiften zu ihrem Stiefvater. Wie es ihm wohl ging? Während sie in Herr Stahls Büro gewesen war, hatte er mit einem Nervenzusammenbruch ins Krankenhaus gebracht werden müssen. Ob Vera ihm auch einen Brief hinterlassen hatte? Sie dachte an Justus. Als sie vorhin in ihr Zimmer gekommen war, hatte sie ein gefaltetes Stück Papier bemerkt, das unter ihrer Tür hindurchgeschoben worden war. Er hatte ihr seine Nummer aufgeschrieben und darunter seinen Namen gesetzt. Kein „ruf mich an" oder „call me", wie sie das von anderen Männern her kannte. Ihr gefiel, dass er sich nicht in den Mittelpunkt drängte, im Gegenteil, bewies er, wie gut er sich zurück zu nehmen verstand, angesichts der Tragödie, deren Zeuge er unfreiwillig geworden war. Plötzlich verspürte sie das heftige Bedürfnis, mit ihm über die Situation zu sprechen. Sie hatte ihn nicht mehr gesehen, seit sie von dem Tod ihrer Mutter erfahren hatte. Möglicherweise hatte er als Außenstehender einen anderen Blick auf das Geschehen.

Sie drehte sich einen Joint, den sie am Fenster stehend rauchte. Leider war es zu windig, um das Fenster länger offen zu lassen. Sie löschte die Glut nach ein paar hastigen Zügen und hob sich den geliebten Glimmstängel für später auf. Ähnlich wie die Sturmböen den Schnee durcheinander wirbelten, rasten die Gedanken durch ihren Kopf und ließen sie nicht zur Ruhe kommen. Erneut tat sich die Frage auf, wer ihren Onkel auf dem Gewissen hatte. Siedend heiß fiel ihr in dem Moment ein, dass sie überhaupt nicht mehr daran gedacht hatte, Herrn Stahl von ihrer Beobachtung zu berichten. Ob ihre Tante etwas wusste? Vielleicht hatte Richard seine Frau eingeweiht?

Sie seufzte tief und legte sich neben ihren Bruder. Vielleicht konnte sie etwas Ruhe finden, während sie seinen tiefen Atemzügen lauschte.

32. Kapitel

Als Alex und Tess am Abend den *Salon* betraten, fiel ihr Blick auf das Portrait, das über dem Kamin hing. Es zeigte ihren Onkel und ihre Tante an einem Frühlingstag vor der Spiegelburg stehend. Eva lächelte gelöst in die Kamera, während Richard seine Frau bewundernd ansah, als könne er nicht glauben, dass sie tatsächlich zu ihm gehörte.

„Sagenhaft, oder?" Richard näherte sich und deutete stolz auf das Bild. „Evas Geschenk zu meinem Geburtstag."

„Schön, ja", stimmte Tess zu.

„Wurde an unserem zehnten Hochzeitstag aufgenommen und …" Er verstummte erschrocken, als schien er sich in dem Moment daran zu erinnern, dass seine Schwester gestorben war und seine schönen Erinnerungen unpassend waren.

„Mein Gott, entschuldigt bitte. Wie taktlos von mir. Wie geht es euch?"

Tess warf ihrem Bruder einen Blick zu. Sie war so erleichtert gewesen, als er aufgewacht war und tatsächlich nach etwas zu essen gefragt hatte. Hunger war immer ein gutes Zeichen.

Auf Richards Frage zuckte er die Achseln und suchte nach Worten, brachte aber nichts über die Lippen. Tess sprang ihm bei. „Ich denke, wir brauchen Zeit, um das alles zu verarbeiten." Richard nickte verstehend. „Es tut mir unendlich leid für euch. Wenn ihr etwas braucht, dann zögert bitte nicht, auf mich zuzukommen." Er strich Tess leicht über den Oberarm, stand einen Moment unschlüssig da und ging schließlich mit einem kurzen Nicken davon. Ihr Onkel schien nicht sehr betroffen von dem Tod seiner Schwester, schoss es Tess durch den Kopf. Sie konnte ihm die mangelnde emotionale Anteilnahme allerdings kaum verübeln. Selbst sie als Tochter, die regelmäßig Kontakt zu Vera gehabt hatte, wusste nicht recht, was sie fühlte. Natürlich war sie schockiert, auch traurig, aber sie hatte nicht das Gefühl, wirklich etwas verloren zu haben, was sie ebenso schockierte. Sie warf Alex einen Blick zu. Sie litt nicht derart wie ihr Bruder. Lauter werdende Stimmen rissen sie aus ihren Gedanken. Sie hörte Lasith, der aufgeregt gestikulierend auf seine Frau einredete.

„… kann hier nicht mehr bleiben, ich verliere meinen Job, verstehst du das nicht?"

„Wie kannst du denn jetzt an deinen verdammten Job denken?! Hier sind Menschen gestorben, die zufälligerweise meine Geschwister sind … waren!" Renate schrie ihren Mann fassungslos an und stemmte dabei ihre Hände in die opulenten Hüften.

„Verdammter Job? So ist das also. Ob du auch noch so denkst, wenn wir dann auf der Straße sitzen, frage ich mich! Keine schönen Rundreisen mehr, mein Schatz!"

„Jetzt lenk nicht ab, du …" Ihre Tante sah abrupt auf und verstummte dann, als spüre sie, dass sie mit ihrem Streit ihre Familie unterhielten. Sie zog ihren protestierenden Mann wütend außer Hörweite.

„Er kann ja ohnehin nicht hier weg", murmelte Tess mehr zu sich selbst als zu Alex, von dem sie nicht glaubte, eine Antwort zu erhalten.

„Na, ich weiß nicht. Leyla haben sie schließlich auch gehen lassen. Nur der engste Familienkreis wird hier festgehalten, anscheinend vermutet die Polizei …" Er sprach leise, aber immerhin sprach er.

„Falsch, wir dürfen auch nicht weg hier."

Alex verstummte und sah hinter sich, wo Justus mit einem Servierwagen aufgetaucht war und Kaffee- und Teekannen sowie Wasserflaschen auf dem Esstisch verteilte.

„Ich habe mitbekommen, dass deine Freundin abgereist ist und dachte, dann muss das wohl für jene gelten, die nicht zur Familie gehören. Herr Amelung hat mich dann aber eines Besseren belehrt." Justus lächelte unfroh. „Was möchtet ihr trinken?"

Alex winkte ab. „Wir bedienen uns selbst, danke." Justus nickte nur. Dann fiel sein Blick auf Tess. „Das mit deiner …", er stutzte und warf Alex einen schnellen Blick zu, „eurer Mutter", korrigierte er, „tut mir sehr leid. Wenn ich etwas für euch tun kann …" Er ließ den Satz offen und versuchte ein Lächeln, das ihm aber nicht recht gelingen wollte. Tess nickte nur und fragte sich, welche Laus Justus wohl über die Leber gelaufen war. Er wirkte verändert. Gar nicht mehr so aufmerksam und zugewandt wie sonst. Dabei hatte er ihr doch seine Nummer gegeben. Sie beobachtete, wie er die Kannen auf dem Tisch abstellte und den Servierwagen anschließend ohne ein weiteres Wort aus dem Salon hinausrollte.

Tess sah ihm irritiert nach. „Was hat er nur?" Sie war enttäuscht. Alex schien das Gefühlschaos seiner Schwester nicht zu bemerken. Konzentriert beobachtete er Richard, der mit unbewegter Miene ihre Unterhaltung mit Justus beobachtet hatte.

„Sag mal, hast du schon mit der Polizei über Richard gesprochen?" Tess, mit ihren Gedanken immer noch bei Justus, runzelte verständnislos die Stirn.

„Über das, was du gehört hast", half Alex ihr auf die Sprünge.

„Da habe ich gar nicht mehr dran gedacht."

„Mach das bitte. Ich habe irgendwie kein gutes Gefühl." Er sah sie ernst an.

„Wie meinst du das?"

„Traust du ihm?", antwortete ihr Bruder mit einer Gegenfrage.

„Du meinst doch nicht etwa, dass Richard etwas mit Hannes Tod zu tun hat?"

„Ich denke, dass er weiß, wer es getan hat und wir sollten dieses Wissen schleunigst an die Polizei weitergeben. Gott weiß, was hier noch alles passiert."

33. Kapitel

„Sein Pseudonym war *Heiland12*. Er war in mehreren Partnerbörsen für Homosexuelle aktiv. Wir konnten einige Chatverläufe einsehen, die das Übliche beinhalten: „Wer bist du, was machst du, bist du interessiert, können wir uns treffen", gefolgt von einem regen Austausch diverser nicht jugendfreier

Fotos. Hannes Wagner war kein Freund von Traurigkeit. Er hat sich häufig mit Männern zu schnellem Sex getroffen, meist bei den Auserwählten zu Hause. Es kam aber auch vor, dass er seine Bedürfnisse auf Autobahnparkplätzen befriedigt hat. Anschließend brach er den Kontakt zu dem jeweiligen Mann ab und wandte sich dem nächsten zu. So lief das über viele Jahre, bis er vor zehn Monaten *Schmusebär* kennenlernte. Da war der Name Programm, wie es scheint, denn Schmusebär war auf der Suche nach einer festen Beziehung, wie wir dem Chatverlauf entnehmen konnten."

Christian hielt kurz inne und sah in seine Aufzeichnungen. Die Kommissare Dreier und Amelung lauschten gespannt. „Er ließ nicht locker und tada!", Christian grinste und formte mit Daumen und Zeigefingern ein Herz, „irgendwann hatte er das Herz unseres Hannes für sich gewonnen. Ab da hört die Kommunikation in dem Internetportal auf, das war", er warf wieder einen Blick in seine Notizen, „vor vier Monaten."

„Habt ihr sein Handy unter die Lupe genommen?", wollte Herr Amelung wissen.

Christian zog gespielt einen Flunsch. „Klar, was denkst du denn? Die beiden haben sich danach per whatsapp geschrieben. Die dollsten Liebesschwüre, kann ich euch sagen. Etwas übertrieben für meinen Geschmack, aber da hatten sich offenbar zwei gefunden. Und jetzt kommt's: Herr Wagner hatte vor, seine Beziehung zu Schmusebär alias Gregor Kaminski offiziell zu machen. Dazu ist es allerdings nicht mehr gekommen."

Frau Dreier zog nachdenklich die Stirn in Falten. „Die Frage ist also, wer von der sexuellen Orientierung Herrn Wagners wusste und ob das möglicherweise mit seinem Tod zusammenhängt."

„Möglicherweise?" Herr Amelung sah seine Kollegin geringschätzig an. „Also für mich liegt der Fall auf der Hand.

Hannes Wagner wechselt ans andere Ufer und da gibt es eine Person, der das gar nicht gefallen haben dürfte, die Gehörnte sozusagen." Er lachte über seinen eigenen Scherz. Wir müssen uns Conni Wagner sofort vornehmen. Ich dachte mir schon letztes Mal, dass diese Person etwas zu verbergen hat."

Frau Dreier ballte ihre Hand unter dem Tisch zur Faust und nickte nur.

„Wir müssten mit Ihnen sprechen."

Die Geschwister Matern standen in der Tür und blickten ihn erwartungsvoll an. Herr Stahl ließ die Aufzeichnungen von Hannes Wagner sinken, die Herr Amelung ihm überlassen hatte, und sah auf.

„Natürlich, worum geht es?" Er bemerkte, dass Tess Matern einen gefassten Eindruck machte, obwohl sie erst gestern den Tod ihrer Mutter verkraften musste. Eine starke Frau, dachte er.

„Meine Schwester hat ein Gespräch mitangehört, das wichtig sein könnte", informierte Alex. Tess berichtete genau von der Auseinandersetzung zwischen ihrem Onkel und einer weiteren Person, deren Zeuge sie unfreiwillig geworden war.

Herr Stahl hörte aufmerksam zu und sah sie dabei unverwandt aus hellgrünen Augen an.

„Danke für die Information, Frau Matern. Haben Sie eine Ahnung, was Gegenstand des Gesprächs gewesen sein könnte?"

Tess schüttelte den Kopf. „Alex und ich haben uns bereits den Kopf darüber zerbrochen, aber wir wissen es nicht sicher. Wir spekulieren aber, dass das Gift, an dem Hannes gestorben ist, bei Luise gefunden worden ist. Von wem auch immer."

Herr Stahl machte ein nachdenkliches Gesicht. „Da haben Sie absolut recht, dass Sie das nicht für sich behalten haben, vielen Dank. Sollte Ihnen darüber hinaus noch etwas einfallen, informieren Sie mich bitte umgehend. Jeder Hinweis könnte helfen."

„Haben Sie denn schon eine Vermutung, wer …" Alex ließ den Satz offen, in der Hoffnung, Herr Stahl würde ihn vollenden, was dieser aber nicht tat.

„ … wer Hannes umgebracht haben könnte?", ergänzte Tess.

„Leider kann ich Ihnen über die laufenden Ermittlungen keine Auskunft geben." Auch nicht darüber, dass im Rahmen der Obduktion eine Einstichstelle an der Fußsohle des Opfers gefunden worden war, die darauf hindeutete, dass der Mörder sich nicht nur auf das Digitalis hatte verlassen wollen.

„Das verstehen wir, es ist nur so …, wir … wir fühlen uns hier nicht mehr sicher. So wie es aussieht, ist jemand aus unserer Familie in den Mord verwickelt und das ist kein gutes Gefühl."

Was sollte er diesen jungen Leuten nun sagen?, fragte er sich. Er hatte die Ermittlungen gerade erst übernommen und war nun dabei, sich einen Überblick über die bisherigen Erkenntnisse seiner Kollegen zu verschaffen. Bis jetzt deutete alles auf Conni Wagner hin, die ihren Mann auf Grund seiner sexuellen Orientierung umgebracht hatte. Eifersucht und gekränkte Gefühle. Empfindungen, die nahezu jeden zum Mörder werden lassen konnten, wie er aus Erfahrung wusste.

„Auf meine Veranlassung hin sind genug Polizisten hier, die für die Sicherheit der Anwesenden sorgen sollen." Er sah den Geschwistern an, dass seine Worte sie nicht überzeugten. Wäre er an ihrer Stelle, würde es ihm vermutlich auch so gehen.

„Wie lange müssen wir noch hier bleiben? Wir haben schließlich unser Leben, das nicht stillsteht. Außerdem muss ich weg von hier, diesem beklemmenden Ort, die Beerdigung unserer Mutter organisieren, meinen Vater besuchen, sehen, wie es nun weitergehen soll." Alex fuhr sich durch seine blonden langen Haare, um die jede Frau ihn beneiden würde, und die er heute offen trug.

„Ich verstehe Sie vollkommen, aber leider müssen Sie sich hier zur Verfügung halten, bis die Ermittlungen abgeschlossen sind."

Alex nickte lächelnd. „Es gibt nichts, was ich lieber täte. Du siehst das doch auch so, oder Tess?" Das Lächeln erreichte seine Augen nicht. Tess schwieg.

34. Kapitel

Gestern war die Silvesterfeier von Karl. Ich habe eine Frau dort getroffen, Conni. Sehr sympathisch und gutaussehend dazu. Ich habe ihr mal meine Nummer gegeben, vielleicht meldet sie sich und wir treffen uns auf einen Kaffee. Ich könnte mir vorstellen, dass wir uns gut verstehen. Die Freundschaft mit Rita hat vor vielen Jahren auch so ähnlich begonnen. Als ich ihr von Conni erzählt habe, hat sie mir von einer Bekannten mit einem unkonventionellen Lebensentwurf erzählt...

35. Kapitel

Frau Wagner betrat in ihrer gewohnten 20er Jahre Aufmachung das Büro, gefolgt von einem kleinen kahlköpfigen Mann in einem schlecht sitzenden Anzug mit dicker Hornbrille auf der spitzen Nase.

„Das ist mein Anwalt, Herr Lug", stellte sie vor.

Die Kommissare Dreier und Amelung nickten dem Anwalt zu und richteten ihre Aufmerksamkeit dann auf Frau Wagner. Markus Stahl stellte sich als leitender Ermittler vor und hielt sich dann als stiller Beobachter im Hintergrund, um die Hauptverdächtige auf sich wirken zu lassen.

„Wenn ich mich recht erinnere", eröffnete Frau Dreier die Befragung, „stand bei unserem letzten Gespräch die Frage im Raum, warum sie aus ihrer Trennung von Hannes Wagner ein Geheimnis gemacht haben, Frau Wagner. Möchten Sie sich heute dazu äußern?"

Conni sah ihren Anwalt an, der ihr zunickte. „Ich habe meiner Mandantin dazu geraten, Ihre Fragen zu beantworten, um kein Misstrauen zu wecken. Sie ist unschuldig."

„Natürlich ist sie das." Herr Amelung lehnte sich angriffslustig vor.

„Hannes und ich waren zwar seit längerem kein Paar mehr, haben aber einige Zeit immer noch unter einem Dach gelebt. Das ist doch wohl nichts Ungewöhnliches."

„Da stimme ich Ihnen zu. Wann sind Sie zu Herrn Strassner gezogen?"

„Vor knapp zwei Jahren."

„Was war der Anlass?"

„Es gab keinen speziellen. Es war an der Zeit."

Herr Amelung runzelte nachdenklich die Stirn. „Wie kam es dazu, dass Sie Ihre jetzige Wohnung letzten Herbst als Hauptwohnsitz angemeldet haben?"

Sie zuckte die Achseln, tat betont gleichgültig, aber ihr linkes zuckendes Augenlied verriet ihre Nervosität. „Es gab keinen bestimmten Grund."

„Ach, gab es den tatsächlich nicht, Frau Wagner? Sind Sie sicher? Könnte es nicht sein, dass die Homosexualität Ihres Mannes etwas damit zu tun hatte?

Conni wurde blass. Herr Lug warf ihr einen nervösen Blick zu.

„Könnte es sein, dass sie dahintergekommen sind und er deshalb sterben musste? Der Zeitpunkt war gut gewählt, so kurz vor seinem Outing." Herr Amelung machte eine Pause und neigte den Kopf. Anscheinend hatte er voll ins Schwarze getroffen, freute er sich. „Wollten Sie verhindern, dass er sie vor aller Welt lächerlich machen würde, wenn er sich zu seiner Sexualität bekennt?" Er lächelte sie siegesgewiss an.

„Ich muss mit meiner Mandantin unter vier Augen sprechen", der kahlköpfige Anwalt war aufgesprungen.

Conni schüttelte den Kopf. „Nein, schon gut, Herr Lug."

Herr Lug setzte sich zögernd wieder und sah noch verwirrter aus. Er unternahm einen letzten Versuch: „Diese Anschuldigungen entbehren jeglicher Grundlage …."

„Nein, tun sie nicht." Herr Lug blickte seine Mandantin entsetzt an.

„Nein, nicht so, wie Sie denken. Ich habe mit dem Mord rein gar nichts zu tun, aber es stimmt, Hannes war schwul. Nur war es anders, als es jetzt den Anschein hat. Ich habe es schon immer gewusst."

Gespanntes Schweigen breitete sich aus. Herr Amelung sah die dunkelhaarige Frau abwartend an. Mal sehen, welche Lügen sie nun zu ihrer Verteidigung vorbringen würde. Hatte es schon immer gewusst, was für ein Schwachsinn. Welche Frau bei Verstand heiratete denn wissentlich einen Schwulen oder blieb bei ihm, nachdem sie es erfuhr? Sie hielt seinem Blick kurz stand, sah dann zu Boden und seufzte. Sie schien einen inneren Kampf auszufechten, was sie erzählen sollte und was nicht. Nachdem sie tief Luft geholt hatte, begann sie resigniert zu sprechen: „Ich weiß nicht, wo ich anfangen soll."

„Am besten am Anfang."

„Hannes und ich lernten uns an Silvester 1991 kennen. Ich war damals in einer schwierigen Phase, auf der Suche nach dem perfekten Partner, den ich aber nicht fand, bis ich Hannes traf – zumindest dachte ich, dass ich in ihm nun endlich den Mann meiner Träume gefunden hatte." Sie lachte freudlos bei der Erinnerung. „Um es abzukürzen: Hannes eröffnete mir, dass er kein Interesse an einer körperlichen Beziehung hat, aber sich mich als Mutter seiner Kinder vorstellen könnte." Sie machte eine Pause, ließ ihre Andeutung wirken.

Frau Dreier runzelte die Stirn. „Was meinen Sie damit?"

„Ich wusste Bescheid, als ich ihn heiratete. Damals war ich sogar so naiv zu glauben, ich könnte an seiner sexuellen Orientierung etwas verändern." Sie lachte erneut. Als ihr fragende Blicke begegneten, führte sie aus: „Sie wissen schon, ihm in aufreizenden Negligés vor der Nase rumtanzen und so weiter, dann würde er sich schon besinnen. So war das aber nicht. Ich konnte ihn nicht verführen und irgendwann hatte ich auch kein Interesse mehr daran. Wir führten eine gute Beziehung, von der nur wir beide wussten, dass sie rein platonischer Natur war."

Herr Amelung lachte dröhnend. „Also das ist keine üble Geschichte, Frau Wagner." Mit einem Ruck sprang er auf und baute sich vor Conni auf. Das Lachen war schlagartig verschwunden. „Wollen Sie uns eigentlich für dumm verkaufen? Er hat Ihnen Hörner aufgesetzt, ihr lieber Ehemann, so ist es gewesen. Und als Sie dahinter gekommen sind, waren Sie so gekränkt, dass Sie beschlossen, ihn sich vom Hals zu schaffen. Ich meine, ich kann das verstehen, das ist schon ein ziemlicher Schlag ins Gesicht."

„Nein, das ist nicht wahr", rief Conni aufgebracht, noch bevor ihr Anwalt es verhindern konnte.

Der Kommissar fuhr fort, als hätte sie nichts gesagt. „Die Kränkung muss enorm gewesen sein, nicht wahr, wenn Sie sich noch so lange nach der inoffiziellen Trennung zu diesem Schritt genötigt gesehen haben. Warum? Wäre es Ihnen vor Ihrem Partner peinlich gewesen, wenn dieser erfahren hätte, dass sie mit einem *warmen Bruder"* – er betonte diese beiden Worte übertrieben – „verheiratet gewesen sind?" Kommissar Amelung beugte sich zu Conni Wagner hinunter, sie konnte seinen schlechten Atem riechen und rutschte tiefer in ihren Sitz.

„Sie sind auf dem Holzweg, Herr Kommissar", presste sie zwischen zusammengebissenen Zähnen hervor.

Das glaube ich nicht, Frau Wagner. Er sah sie lauernd an. Er wusste, dass sie ihren Mann umgebracht hatte. Jetzt musste er sie nur noch dazu bringen, es zuzugeben. So rasch hatte nicht einmal Herr Stahl einen Fall aufgeklärt. Konnte sich der junge Kollege also noch eine Scheibe von ihm abschneiden.

Kommissarin Dreier blickte irritiert zu ihrem Kollegen. Überheblich war er immer gewesen, aber für gewöhnlich hatte er sich stets gut unter Kontrolle und ging Zeugen nicht auf diese Art an.

„Wie kamen Sie an das Digitalis, Frau Wagner?" Als sie nicht antwortete, winkte er arrogant lächelnd ab. „Da kommen wir auch selbst dahinter. „Was ich aber noch gerne gewusst hätte…"

„Ich denke, wir haben Ihre Zeit nun lange genug in Anspruch genommen, Frau Wagner. Wenn wir noch Fragen haben, kommen wir auf Sie zu."

Herr Stahl hatte seinen Beobachtungsposten verlassen und trat hinter seinen Kollegen Amelung. Dieser warf dem jungen Kollegen erst einen irritierten, dann einen bösen Blick zu. Wie konnte er es wagen …?! Markus Stahl war ihm schon immer ein Dorn im Auge gewesen. Jung, schnittig und mit einem analytischen Verstand gesegnet, war er die Karriereleiter beneidenswert rasch hinaufgestiegen und hatte ihn dabei mühelos hinter sich gelassen. Noch dazu sah er umwerfend gut aus. Volles dunkelblondes Haar umrahmte ein schmales Gesicht, in dem die grünen Augen den Mittelpunkt bildeten. Alle Beamtinnen auf der Dienststelle lagen ihm zu Füßen, woraus er sich aber nichts zu machen schien. Oder er tat nur so. Edgar Amelung würde es nie zugeben, aber er beneidete den jungen Mann zutiefst. Dass dieser ihm jetzt auch noch vor die Nase gesetzt worden war und die Ermittlungen leitete, brachte sein ohnehin angekratztes Selbstbild gehörig ins Wanken. Aber auch da konnte die Hölle zufrieren, bevor er das zugeben würde. Nicht einmal vor sich selbst würde er sich das eingestehen.

Nachdem Frau Wagner samt ihrem Anwalt das Zimmer verlassen hatte, bat Herr Stahl auch Frau Dreier, den Raum zu verlassen. Innerlich frohlockte sie. Endlich mal jemand, der diesem arroganten Scheusal Amelung die Stirn bot. Im Flur stehend bemühte sie sich, etwas von dem Gespräch mit zu bekommen, außer einem leisen Gemurmel war aber auf dem Flur nichts zu verstehen. Sie musste dem inneren Drang widerstehen, ihr Ohr an die Tür zu legen.

Nach ein paar Minuten öffnete sich die Tür und Herr Amelung erschien im Türrahmen. Er warf ihr einen hasserfüllten Blick zu und ging dann zornig und ohne eine Verabschiedung den Flur entlang davon. Hoppla, da hatte wohl jemand einen Anschiss bekommen, dachte sie mit Genugtuung.

„Kommen Sie bitte herein, Kommissarin Dreier und schließen Sie die Tür."

Sie tat wie geheißen. Herr Stahl saß hinter dem Schreibtisch und sah sie prüfend an.

„Was halten Sie von Conni Wagner?"

Frau Dreier runzelte verwirrt die Stirn. Ihr lagen unzählige Fragen auf der Zunge. Was war mit Edgar Amelung? Wo war er hingegangen? Sie blickte Ihren Vorgesetzten an, der ihren

Blick ruhig erwiderte. Er schien ihre Unruhe zu spüren und lächelte sie beruhigend an. Sie entspannte sich ein wenig und dachte, dass es ihm sicher nicht zustand, sie darüber zu informieren, was nun mit Amelung geschehen würde.

„Ich halte sie nicht für die Mörderin, obwohl sie ohne Zweifel ein starkes Motiv gehabt hätte", sagte sie schließlich. Hatte Herr Stahl diese Antwort erwartet?

Herr Stahl nickte. „Wieso nicht?"

„Wieso sollte sie ihren Mann so lange nach der Trennung noch umbringen, zumal sie auch eine neue Beziehung führt. Das ergibt keinen Sinn."

Der Polizeihauptkommissar nickte wieder und legte die Fingerspitzen beider Hände aneinander. „Grundsätzlich denke ich das auch. Hannes Wagner bestätigt in seinem Tagebuch, dass seine Frau von Beginn an über seine sexuelle Orientierung Bescheid wusste. Wer fällt Ihnen noch ein, der uns dazu vermutlich etwas sagen kann?"

„Der Sohn der beiden."

„Ganz genau. Wir sollten ihn schnellstens verhören." Er machte eine kurze Pause und deutete auf den vor ihm liegenden Bericht. „Das Ergebnis der Autopsie ist da. An der Fußsohle des Opfers wurde eine Einstichstelle entdeckt."

Frau Dreier zog überrascht die Brauen hoch. „Dann ist er nicht an dem Gift gestorben?"

„Unklar. Diese Einstichstelle gibt Anlass zu der Vermutung, dass sein Mörder auf Nummer sicher gehen wollte."

„Was wurde ihm denn injiziert?"

„Das ist nicht mehr nachweisbar. Möglich wäre Insulin. Da liegt die Halbwertszeit im Blut bei nur wenigen Minuten."

36. Kapitel

Sebastian Wagner konnte in Freiburg ausfindig gemacht werden, wo er gemeinsam mit seiner Partnerin lebte. Nach Darstellung der Situation - er zeigte sich vom Tod seines Vaters kaum betroffen - erklärte er sich bereit, nach Hamburg zu kommen und eine offizielle Aussage bei der Polizei zu machen.

„Ich habe seit Jahren keinen Kontakt mehr zu meinen Eltern." Er schlug lässig die Beine übereinander und lehnte sich entspannt zurück.

„Wie kam es dazu?", erkundigte sich Herr Stahl freundlich. Frau Dreier beobachtete ihn aus dem Augenwinkel. Herr Stahl war genau ihr Typ Mann. Leider war sie für die meisten Männer nicht gerade die fleischgewordene Traumfrau, das wusste sie. Der Polizeihauptkommissar war ihr gegenüber sehr höflich, aber distanziert. Natürlich musste er das als ihr Vorgesetzter auch sein, das verstand sie, aber ein etwas längerer Blick, ein Lächeln, eine zufällige Berührung hätten ihr verraten, dass er möglicherweise abseits der Arbeit an ihr interessiert war. Die Hoffnung starb schließlich zuletzt und sie konnte ja auch mal Glück haben, oder?

„Ich habe irgendwann herausgefunden, dass mein Vater", Sebastian Wagner zögerte kurz, „vom anderen Ufer" ist. Nicht, dass ich homophob bin, es kümmert mich nicht, was andere Menschen in ihrem Schlafzimmer machen und mit wem, verstehen Sie mich da nicht falsch, aber als ich erfuhr, dass mein eigener Vater …. Ich war zutiefst verstört, zumal er nun einmal mit einer Frau, meiner Mutter, verheiratet war. Ich habe lange mit mir gerungen, ob ich es meiner Mutter sagen sollte und wie. Letztlich war mir aber klar, dass ich es ihr erzählen musste. Ich konnte sie ja nicht in ihr Unglück laufen lassen." Er schwieg und Herr Stahl nickte ihm zu, um zu signalisieren, dass er ihm zuhörte. Dann fuhr Sebastian fort. „Als ich es ihr erzählte, war sie gänzlich unbeeindruckt, weil sie von der Homosexualität meines Vaters immer gewusst hatte. Zumindest hat sie das behauptet. Also auch vor der Heirat schon", setzte er bedeutungsschwer hinzu. Bei diesem Satz blickte der junge Mann ungläubig, als könnte er es selbst nach so vielen Jahren immer noch nicht fassen, dass seine Mutter mit einem homosexuellen Mann zusammengelebt und auch noch ein Kind bekommen hatte.

„Und Sie haben ihr nicht geglaubt?"

„Es geht einfach nicht in meinen Kopf rein, dass eine Frau, die bei Verstand ist, einen Schwulen heiratet. Vor allem ist meine Mutter immer schon eine schöne Frau gewesen, sie hätte sich die Männer sicher aussuchen können." Er schüttelte erneut verständnislos den Kopf. Frau Dreier fiel auf, dass Herr Amelung etwas Ähnliches gesagt hatte, nämlich dass eine Frau bei Verstand doch keinen Schwulen heiratete. Sie überlegte, was Conni Wagner dazu veranlasst haben könnte. War es wirklich nur der Umstand, dass sie sich Kinder gewünscht hatte, aber nicht den passenden Partner dazu gefunden hatte? Würde sie selbst auch so weit gehen, fragte sie sich? Nein, sie wollte eine richtige Beziehung, die auf Liebe und Begehren beruhte und kein Arrangement.

„Sie sagten, Ihre Mutter habe immer von der sexuellen Orientierung Ihres Vaters gewusst. Haben Sie da genauer nachgefragt?"

„Seit wann sie es wusste, meinen Sie? Das habe ich sie auch gefragt, weil ich die Hoffnung hatte, dass sie doch nicht von Anfang an sehenden Auges in ihr Unglück gelaufen ist, aber leider …." Er zuckte die Achseln. Anscheinend hatte er sie bereits kurz nach ihrer ersten Begegnung ins Bild gesetzt." Der Gesichtsausdruck des jungen Mannes wechselte von Ungläubigkeit zu Verachtung. „Ich war wie vor den Kopf gestoßen.

Wie konnte sie das tun, sich auf einen schwulen Mann einlassen, mit ihm ein Kind bekommen? Ihn heiraten und jahrelang mit ihm zusammenleben? Ich konnte das überhaupt nicht verstehen, wollte mit dieser kranken Sache auch nichts zu tun haben." Er verschränkte die Arme vor der Brust. Ablehnung von den Zehenspitzen bis zu den Haarwurzeln.

„Also brachen Sie den Kontakt ab?", erkundigte sich Frau Dreier. Seine großen braunen Augen richteten sich auf sie. Die Form der Augen hatte er von seiner Mutter.

Er nickte. „Ja, sobald ich meinen Schulabschluss in der Tasche hatte, bin ich gegangen."

„Wann war das Gespräch mit ihrer Mutter?"

Er zögerte keine Sekunde. „Einen Tag nach meinem 15. Geburtstag, 2008."

„Danke, Herr Wagner, Sie haben uns sehr geholfen. Eine Frage müssen wir Ihnen noch stellen, reine Routine. Wo waren Sie in der Nacht von Freitag auf Samstag in der Zeit zwischen ein und vier Uhr morgens?"

Herr Wagner lachte verächtlich. „Zu Hause natürlich." Er beugte sich vor, seine Augen glitzerten verschmitzt. „Aber wenn ich nicht zu Hause gewesen wäre, wäre die Frage durchaus berechtigt."

Herr Stahl war unverändert freundlich, als er sich erkundige: „Wie meinen Sie das?"

„Ich habe meinen Vater aus tiefster Seele verachtet. Wie kann ein homosexueller", er spie das Wort förmlich aus, „Mann eine Frau dazu benutzen, aller Welt eine normale" er zeichnete Anführungszeichen in die Luft „Beziehung vorzugaukeln?"

Da hat deine Mutter aber auch ihren Teil dazu beigetragen dachte Frau Dreier. Laut erkundigte sie sich: „Wie hat Ihre Mutter ihre Entscheidung erklärt?"

Er winkte verächtlich ab. „Ach, sie hat behauptet, dass er ihre letzte Chance gewesen sei, noch ein Kind zu haben. Das wird er ihr eingeredet haben und sie hat ihm letztlich geglaubt." Er schüttelte den Kopf. Seine Wut war auch nach acht Jahren noch deutlich zu spüren.

Herr Stahl erhob sich. „Danke, dass sie gekommen sind, Herr Wagner. Wir würden Sie bitten, sich noch zu unserer Verfügung zu halten, falls wir noch Fragen haben sollten. Sicher wird Ihr Onkel Ihnen eines seiner Gästezimmer zur Verfügung stellen."

„Wo denken Sie denn hin?", rief der junge Mann empört. „Ich wohne doch nicht freiwillig in diesem Affenstall! Sie finden mich im Gasthaus Zum goldenen Lamm, da hab ich mir ein Zimmer genommen."

„Merkwürdig nicht? So jung und schon so verbittert und voller Wut." Frau Dreier schüttelte den Kopf. „Hätte er kein Alibi, wäre er für mich ein potentieller Täter."

„Das glaube ich nicht", widersprach Herr Stahl. „Hunde die bellen, beißen nicht. Immerhin wissen wir jetzt, dass Frau Wagner mindestens seit acht Jahren von der sexuellen Neigung ihres Mannes wusste. Als Mordmotiv scheidet das also aus. Möglich wäre aber, dass sie sein Outing verhindern wollte, wobei diese Theorie auch eher auf tönernen Füßen steht, da sie ihre Beziehung zu Herrn Strassner vor knapp einem halben Jahr offiziell gemacht hat, nämlich zu dem Zeitpunkt, als ihr Mann seinen Mann fürs Lebens getroffen zu haben scheint. Sind wir in dieser Hinsicht übrigens weiter?"

„Die Kollegen haben Gregor Kaminski ausfindig machen können, ja. Allerdings ist er derzeit beruflich verreist."

Herr Stahl sah Frau Dreier nachdenklich an. „Warum haben Sie sich eigentlich nicht über Herrn Amelung beschwert?"

Frau Dreier war von dem plötzlichen Themenwechsel irritiert. „Beschwert? Was meinen Sie?" Sie sah ihren Vorgesetzten verständnislos an und musste sich dabei beherrschen, nicht in seinen grünen Augen zu versinken.

„Es ist allgemein bekannt, dass die Arbeit mit Edgar Amelung …“, er zögerte kurz, „schwierig ist, um es mal vorsichtig auszudrücken. Mit seiner Selbstgefälligkeit eckt er ziemlich an. Er pflegt seine Kollegen nicht auf Augenhöhe zu behandeln.“

Sie blickte zu Boden, wusste nicht recht, was sie antworten sollte und gab schließlich etwas lahm an: „Er hat so viel mehr Erfahrung als ich und da ….“ Sie verstummte und sah ihn unsicher an.

„Das mag sein, aber deswegen hat doch niemand das Recht, Sie so von oben herab zu behandeln. Ich halte Sie für eine fähige Ermittlerin, die ihr Licht nicht unter den Scheffel stellen muss.“

Ihr Herz machte einen Satz. „Danke“, flüsterte sie verlegen und konnte nicht verhindern, dass sie feuerrot wurde. Sie senkte den Blick verschämt zu Boden. Vielleicht fiel ihm ihre Röte dann nicht so auf.

„Nun gut, dann wollen wir uns mal wieder unserem Fall zuwenden.“ Herr Stahl sah rücksichtsvoll in seine Unterlagen, um seine Kollegin nicht noch weiter in Verlegenheit zu bringen.

„Wie passt diese frühere Missbrauchsgeschichte in diesen Fall? Was für eine Rolle spielt die?“ Er rieb sich nachdenklich das Kinn.

Frau Dreier schwieg. War das jetzt eine rhetorische Frage gewesen? Erst als er sie fragend anblickte, antwortete sie: „Darauf hab ich mir auch noch keinen Reim machen können. Vielleicht sollten wir erst einmal mit den Vernehmungen fortfahren.“

„Wer fehlt denn noch?“

„Die Hausherrin.“

Eva Wagner betrat selbstsicher das Büro und setzte sich ohne Aufforderung. Ihre schlanke Gestalt steckte in einem schwarzen Seidenanzug, der einen schönen Kontrast zu ihrem honigblonden Haar bildete, das sie zu einem Pferdeschwanz zusammengefasst trug. Außer ihrem schlichten goldenen Ehering trug sie keinen Schmuck. Den brauchte sie auch nicht, um zu glänzen.

„Ich hatte mich schon gefragt, wann ich wohl an der Reihe sein würde." Sie lachte und schlug die Beine übereinander. Sie wirkte entspannt, als säße sie mit guten Freundinnen zusammen und nicht, als würde sie in Zusammenhang mit dem Mord an ihrem Schwager verhört.

„Haben wir etwas Komisches verpasst, Frau Wagner?" Herr Stahl blickte die amüsierte Frau freundlich an.

„Nein, nein, ganz und gar nicht", antwortete sie ungerührt und schüttelte lächelnd den Kopf, als würde sie über einen Witz schmunzeln, den nur sie kannte. „Wie kann ich Ihnen behilflich sein?"

„Sie sind nicht sehr betroffen von dem Tod Ihres Schwagers", behauptete Herr Stahl provokativ.

Die Provokation verfehlte aber offenbar ihre Wirkung, denn das Lächeln auf Eva Wagners Gesicht blieb. Sie zuckte die Achseln und erwiderte das, was sie von nahezu jedem Mitglied dieser Familie bereits gehört hatten: „Wir standen uns nicht sehr nahe, mein Schwager und ich. Es wäre heuchlerisch, wenn ich so täte, als wäre ich tief getroffen."

„Das ist ein sehr schönes Haus, Ihr Mann hat uns erzählt, Sie hätten es geerbt?"

Eva Wagners grüne Augen blickten einen kurzen Moment irritiert über den plötzlichen Themenwechsel, doch sie hatte sich rasch wieder gefasst. „Richtig, es hat der Schwester meines Vaters gehört."

„Es ist sicher nicht günstig, ein solches Anwesen zu unterhalten?", erkundigte sich Frau Dreier. Sie hatten in der Zwischenzeit erfahren, dass Eva Wagner hoch verschuldet war.

„Nein, das ist es nicht, deswegen lassen wir uns mit der Renovierung auch Zeit."

„Verstehe", murmelte Herr Stahl und blätterte in seinen Notizen.

„Beschreiben Sie uns doch mal bitte Ihr Verhältnis zu der Familie Ihres Mannes, Frau Wagner."

„Verhältnis ist zu viel gesagt, Herr Kommissar. Kommissar ist doch richtig oder ist Hauptkommissar die richtige Bezeichnung?" Sie lächelte wieder. „Ich habe meine Schwiegerfamilie nicht häufig zu Gesicht bekommen. Was soll ich Ihnen sagen? Meine Schwiegermutter ist ein Drachen, aber wenn man sich so verhält, wie sie es erwartet, kommt man mit ihr aus. Vera ist ... war sehr still und zurückhaltend. Gott hab sie selig. Wenn man sie nicht direkt angesprochen hat, blieb sie stumm, Renate ist da schon deutlich offener. Tess und Alex kenne ich kaum."

„Und wie war das Verhältnis zu Ihrem Schwager Hannes?"

„Wie ich vorhin bereits gesagt hatte, standen wir uns nicht besonders nahe."

„Wussten Sie, dass er homosexuell war?" Herr Stahl sah sein Gegenüber erwartungsvoll an.

Eva Wagners Blick flackerte einen Moment. „Homosexuell? Wie kommen Sie denn darauf?" Sie hat es gewusst, dachte er. Auf ihre Frage ging er nicht ein. „Bitte schildern Sie uns den Abend, an dem der Mord geschah."

„Mord", sagte sie verächtlich, antwortete dann aber auf seine Frage. „Wir haben zusammen zu Abend gegessen. Es war ein netter Abend. Mein Schwager hat etwas zu tief ins Glas geschaut und sich relativ früh verabschiedet, soweit ich mich erinnere. Wann, weiß ich nicht mehr. Nachdem wir aufgeräumt haben, haben mein Mann und ich uns auf unser Zimmer zurückgezogen. Mehr kann ich Ihnen nicht sagen." Sie sah ihn abwartend an.

„Ist Ihnen an Hannes etwas aufgefallen?"

Sie schüttelte den Kopf.

„Wer hatte Ihrer Meinung nach einen Grund, ihn zu töten?"

„Das herauszufinden ist wohl jetzt Ihre Aufgabe", sie zögerte und lächelte unangenehm. „Ihr Kollege war wohl nicht dazu in der Lage oder wie soll ich Ihr Auftauchen und sein Verschwinden hier sonst deuten?"

Er erwiderte das Lächeln ruhig. „Herr Amelung kann die Ermittlungen aus privaten Gründen nicht forführen. Sagen Sie, Frau Wagner, wo waren Sie in der Zeit zwischen ein und vier Uhr morgens, als die Tat stattgefunden hat?"

„Im Bett." Eva sah gelangweilt auf ihre perfekt manikürten Nägel.

„Wer hat die Getränke auf den Gästezimmern verteilt?"

„Das müsste Justus gewesen sein, unser Aushilfskellner."

„Herr Frei gab an, nicht derjenige gewesen zu sein, der die Getränke auf die Zimmer gebracht hat."

Ein kurzes Stirnrunzeln. „Dann vertue ich mich da wohl, er ist ja nicht die einzige Servicekraft hier.

„Wen haben Sie außer Herrn Justus Frei noch hier beschäftigt?"

„Zwei Hausmädchen, einen Koch und zwei Servicekräfte."

Herr Stahl nickte nachdenklich. „Ganz schön viele Angestellte für ein Wochenende. Oder sind diese immer hier beschäftigt?" Es war ein angenehmes Gefühl, dachte sie, nicht mehr mit Herrn Amelung arbeiten und sich die Erlaubnis zur Befragung einholen zu müssen. Herr Stahl hatte sie ermuntert, ruhig auch Fragen zu stellen, wenn sie etwas wissen wollte.

Frau Wagner schüttelte den Kopf. Sonst haben wir nur ein Hausmädchen und einen Koch, das reicht aus. Allerdings haben die anderen schon öfter bei größeren Veranstaltungen bei uns ausgeholfen."

„Wie gut kennen Sie diese Leute?"

„Für Anni und Gerhard, unser Hausmädchen und unseren Koch, lege ich meine Hand ins Feuer, die anderen kenne ich kaum, sie sind mir auch egal. Das sind einfach nur junge Leute, die sich hier etwas dazu verdienen wollen."

„Wissen Sie, was Ihr Schwager vor seinem Tod noch Wichtiges zu erledigen hatte?"

Eva machte ein verständnisloses Gesicht.

„Ihre Nichte hat uns erzählt, sie habe Hannes an dem Abend vor seinem Tod noch auf der Terrasse getroffen und er habe behauptet, noch etwas Wichtiges erledigen zu müssen."

Eva Wagners Gesicht verschloss sich. „Keine Ahnung, was das gewesen sein könnte. Vielleicht hatte Tess aber auch einfach einen Joint zu viel an dem Abend." Sie lächelte boshaft. Herr Stahl ließ diese Behauptung unkommentiert.

„Könnte der Mord aus Ihrer Sicht mit dem früheren Heimaufenthalt Ihres Mannes und seiner Geschwister in Zusammenhang stehen?"

„Da fragen Sie die Falsche." Die Antwort kam prompt. Sie wusste sofort, wovon die Rede war, also war zu vermuten, dass Ihr Mann sie eingeweiht hatte.

„Können Sie konkreter werden?"

„Was sollen denn die Kindheitserfahrungen meines Mannes mit dem Mord an meinem Schwager zu tun haben?"

„Vielleicht hat Ihr Schwager versucht, seine Peiniger bloßzustellen?"

Sie sah ihn verständnislos an. „Hat er das denn?"

Er wechselte das Thema, ohne auf ihre Frage einzugehen. „Haben Sie sich an dem Abend der Feier mit Ihrem Schwager unterhalten?"

„Nein." Die Antwort kam zu schnell, was Frau Wagner selbst auch auffiel, daher fuhr sie fort: „Natürlich habe ich ihn begrüßt und ihm einen schönen Abend gewünscht, mehr aber auch nicht."

„Ist Ihnen da etwas an ihm aufgefallen?"

„Nein, er war wie immer."

„Wie stehen Sie zu seiner Frau?"

„Conni? Was tut denn das zur Sache?"

„Bitte beantworten Sie einfach die Frage", forderte Herr Stahl geduldig.

„Kleines Naivchen, würde ich sagen."

„Inwiefern?"

„Ich komme einfach nicht besonders gut mit ihr zurecht, das ist alles. Und dann dieser 20er Jahre Aufzug ...." Sie beendete den Satz nicht und verrollte stattdessen die Augen.

„Sind wir jetzt fertig?"

Frau Dreier und Herr Stahl sahen sich an.

„Fürs Erste sind wir fertig, aber halten Sie sich bitte zu unserer Verfügung, Frau Wagner."

„Das mache ich doch gerne." Sie lächelte zuckersüß und verließ den Raum.

37. Kapitel

Tess stand in ihrem Zimmer und blickte in den verschneiten Park hinaus. Zum ersten Mal fiel ihr auf, dass überall Magnolienbäume standen. Im Frühling musste es hier wunderschön sein. Als es klopfte, drehte sie sich nicht herum, da sie davon ausging, es sei ihr Bruder.

„Komm herein", sagte sie daher nur. Dass er immer noch anklopfte. Inzwischen teilten sie sich das Zimmer doch, seine

Matratze lag neben ihrem Bett auf dem Boden. Die Klinke wurde langsam heruntergedrückt und die Tür leise aufgeschoben.

Tess drehte sich herum und sah Justus im Türrahmen stehen.

„Mit dir hatte ich nicht gerechnet."

Er trat von einem Bein auf das andere. „Ich wollte mich bei dir entschuldigen. Gestern vor dem Abendessen war ich einfach genervt. Die ganze Situation hier macht mich zunehmend fertig. Es ist so deprimierend, hier festzusitzen." Er zögerte kurz. „Aber das ist unwichtig, verglichen mit dem, was du hier durchmachen musst." Er sah sie abwartend an. Was sollte sie dazu sagen? Nach einem kurzen Zögern ging er auf sie zu und blieb dann unschlüssig vor ihr stehen. Wollte er sie in die Arme nehmen? Tess verspürte Unbehagen. Das Prickeln, das sie die letzten Tage in seiner Nähe empfunden hatte, stellte sich nicht wieder ein. Sie wich leicht zurück, woraufhin Justus ebenfalls einen Schritt zurücktrat.

„Entschuldige, ich wollte dir nicht zu nahe treten." Er wirkte verletzt, in seinen Augen glomm aber auch ein verärgerter Funke, der ebenso rasch wieder verschwand oder hatte sie sich das nur eingebildet?

„Wie fühlst du dich?"

Tess zuckte die Achseln. „Ehrlich gesagt, weiß ich es nicht genau. Ein Teil von mir kann nicht glauben, dass sie wirklich tot ist. Irgendwie war sie immer da, auch wenn sie nicht da war, also nicht für ihre Kinder, meine ich. Ein anderer Teil denkt, dass sie jetzt endlich Ruhe gefunden hat."

„Ruhe wovor?"

„Ich …" Sie verstummte. Sollte sie ihm davon erzählen? Nein, entschied sie. Das war etwas sehr privates, das sie nicht mit ihm teilen wollte. „Meine Mutter hat in ihrer Kindheit schlechte Erfahrungen in einem Kinderheim gemacht", sagte sie daher nur unbestimmt.

Justus war sichtlich gekränkt. „Ich habe oft davon gehört, was Kindern früher in solchen Heimen passiert ist. Schrecklich." Tess fragte sich, wo er davon gehört hatte. Auch wenn sie ihm keine Details erzählen mochte, tat es gut, mit jemandem zu sprechen.

„Ja, absolut. Irgendwie denke ich, dass es meine Schuld ist, dass sie sich das Leben genommen hat. Wenn ich sie nicht darauf angesprochen hätte, dann ...."

„Das darfst du nicht einmal denken", fuhr Justus dazwischen. Jeder ist für sein Leben selbst verantwortlich!" Er war laut geworden. „Entschuldige, aber bei diesem Thema bin ich empfindlich. Deine Mutter hat es in sich getragen."

„In sich getragen?"

„Ihre Erfahrungen, ihre Trauer. Es war nur eine Frage der Zeit, bis das an die Oberfläche kommt. Nichts lässt sich ewig verbergen", fügte er geheimnisvoll hinzu.

Tess fühlte sich plötzlich unwohl mit ihm alleine. Als sie nicht antwortete, saugten sich seine Augen erwartungsvoll an ihr fest. Anfangs hatte dieser intensive Blick wohlige Schauer über ihren Rücken gejagt, jetzt löste er eine Gänsehaut bei ihr aus. Sie wandte den Blick ab und überlegte, was sie sagen sollte. Sie sah auf ihre Uhr. „Ich würde mich vor dem Essen gerne noch etwas ausruhen."

Justus reagierte nicht sofort, starrte sie noch einen Moment an, bevor er nickte und sich Richtung Tür drehte. „Ist gut. Wir sehen uns dann beim Essen."

Als Justus das Zimmer verlassen hatte, fühlte sie sich erleichtert. Was war es nur, das sie plötzlich an ihm störte? Sie wandte ihren Blick nach draußen. In dieser Aussicht könnte sie sich verlieren. Es hatte zu schneien begonnen. Sie sah ihren Bruder, der, beide Hände tief in den Taschen seines dunkelgrünen Mantels vergraben, langsam durch den Schnee spazierte. Seine Körperhaltung verriet Tess, dass er nachdenklich war. Wahrscheinlich machte er sich über Leyla Gedanken. Und über Mutter. Auch wenn er vorgab, erleichtert über Leylas Abreise zu sein, was sie ihm auch glaubte, dachte er mit Sicherheit darüber nach, ob ihre Beziehung noch eine Zukunft hatte oder ob er sich bei ihr melden sollte oder nicht. So direkt hatte er ihr das zwar nicht gesagt, aber das brauchte er auch gar nicht, sie konnte in ihm lesen wie in einem Buch. Veras Tod hatte ein Gefühl der Einsamkeit in ihm ausgelöst sowie die Gewissheit, dass das Leben sich mit einem Wimpernschlag ändern konnte. Er sehnte sich nun nach Halt und dachte dabei an Leyla. Wenn er sich so verhielt, wie Leyla es wollte, würde sie immer zu ihm stehen, dachte Tess bitter. Dann würde ihr Bruder seine eigenen Bedürfnisse aber stets zurückstellen müssen. War es das wert? Es war nicht an ihr, das zu entscheiden.

Sie öffnete das Fenster, rief seinen Namen und machte ihm ein Zeichen, dass sie nun zum Essen nach unten gehen würde. Er nickte ihr zu und hob einen behandschuhten Daumen.

38. Kapitel

Ich habe mich endlich dazu überwinden können, Conni zu fragen, ob sie sich vorstellen könnte, dass wir eine Familie gründen – allerdings auf platonischer Basis. Ich hatte den Eindruck, dass sie über meinen Vorschlag mehr als entsetzt war, zumindest hat sie mich völlig entgeistert angesehen und den Abend dann auch beendet. Seitdem habe ich nichts mehr von ihr gehört. Rita hat mich gewarnt, dass das passieren kann. Schließlich kann sich nicht jede Frau ein solches Familienmodell vorstellen – Kinderwunsch hin oder her. Ich gehe mal davon aus, dass sie sich nicht mehr melden wird. Schade, ich kenne sie zwar erst kurz, aber hätte sie mir als Mutter meiner Kinder gut vorstellen können ....

39. Kapitel

Tess betrat den Speisesaal und stellte überrascht fest, dass sich alle Familienmitglieder dort eingefunden hatten. Richard warf ihr einen nachdenklichen Blick zu, Luise ignorierte sie gänzlich und tunkte ihr Croissant, das offenbar noch vom Frühstück übrig war, immer wieder gedankenverloren in ihren Kaffee. Dass das Hörnchen bereits vollständig durchweicht war, schien sie nicht zu bemerken oder es war ihr egal. Renate und Lasith saßen schweigend nebeneinander und stocherten in ihrem Essen herum. Tess warf einen Blick zum reichhaltigen Buffet. Hier konnten sich die schlimmsten Tragödien ereignen, für Speis und Trank war stets gesorgt. Lasith sah immer wieder auf sein Handy und seufzte genervt. Tina und Conni näherten sich Arm in Arm dem Tisch. Offenbar hatte Conni geweint, zumindest sprach das verwischte Augen Make-up dafür. Tina drücke sie behutsam auf einen der weichen mit rotem Samt bezogenen Stühle nieder und schenkte ihr eine braune Flüssigkeit aus einer Glasflasche in ein kleines Glas. Wahrscheinlich ein Schnaps. Eva stand gestikulierend mit Justus in einer Ecke. Als sie Tess erblickte, ließ sie Justus einfach stehen, durchquerte den Raum und kam lächelnd auf ihre Nichte zu. Sie sah mal wieder atemberaubend gut aus in ihrem smaragdgrünen Seidenanzug. Die Haare trug sie offen. Genauso wie das üppige Essen war das gute Aussehen ihrer Tante eine Konstante in diesen Tagen der Schicksalsschläge.

„Schön, dass du auch zum Essen kommst, Tess. Lass dich ansehen, geht es dir gut?" Sie nahm sie bei den Schultern, hielt sie auf Armeslänge von sich weg und sah sie prüfend an.

„Es tut mir sehr leid, was mit deiner Mutter passiert ist. Einfach furchtbar. Wenn ich dir irgendwie helfen kann, lass es mich wissen." Sie drückte sie etwas halbherzig, bevor sie sie zu einem freien Platz führte. „Justus wird dir bringen, was du möchtest." Wie aufs Stichwort erschien der junge Mann an ihrer Seite.

„Was darf ich dir bringen?"

Tess winkte ab. „Nichts, ans Buffet kann ich schon noch selber gehen." Als sie merkte, dass sie Justus damit offenbar gekränkt hatte, fügte sie hinzu. „Ich fühle mich nicht wohl, wenn ich von dir bedient werde." Die unangenehme Stille, die sich daraufhin zwischen ihnen ausbreitete, wurde zum Glück von Richard unterbrochen, der mit einem Löffel gegen sein Wasserglas schlug.

„Meine Lieben, schön, dass ich euch alle hier heute Mittag sehe." Er machte eine kurze Pause. „Ich habe gerade im Krankenhaus angerufen, Clemens wird morgen entlassen. Es geht ihm den Umständen entsprechend gut, also körperlich, meine ich. Er wird morgen wieder bei uns sein. Die psychischen Nachwirkungen werden wohl nicht so einfach verschwinden."

„Er kommt hierher zurück?", rief Luise überrascht.

„Da hat er leider nicht die Wahl, Mutter. Er muss hier bleiben, bis die Ermittlungen abgeschlossen sind, wie alle anderen auch."

Luise nickte nur und wandte ihre Aufmerksamkeit wieder ihrem Croissant zu, das inzwischen völlig zerbröselt in ihrem Kaffee schwamm.

„Wenigstens eine gute Nachricht. So wie Clemens ausgesehen hat, als ich ihn das letzte Mal gesehen habe, dachte ich …"

Conni beendete den Satz nicht. Sie sah auch nicht auf, ihr Blick ruhte unverwandt auf ihren ineinander verschlungenen Fingern in ihrem Schoß.

Tina strich ihr tröstend über den Rücken.

„Weißt du, ob die Polizei endlich Fortschritte macht, Mama?", erkundigte sich Tina. „Ich halte es hier einfach nicht mehr aus." Sie warf einen Blick in die Runde. „Ich denke, ich spreche allen hier aus der Seele, wenn ich sage, ich würde gerne endlich gehen."

„Ja", stimmte Lasith sofort zu, „ich bin da ganz bei dir. Dieser Albtraum muss doch ein Ende haben!"

„Für dich ist es mit der Abreise dann auch bestimmt vorbei, während ich immer damit werde leben müssen, dass zwei meiner Geschwister an einem Wochenende gestorben sind." Renate schluchzte laut auf und schlug ihre Hände vors Gesicht. Lasith sah hilflos zu seiner Frau. „Ich wollte doch nicht …, ich hab doch nur …, wir müssen doch irgendwie weitermachen!"

„Leider geben die Beamten keine Auskunft über ihre bisherigen Ermittlungen. Es bleibt uns nichts anderes übrig, als zu warten." Eva bedeutete Justus, ihr eine Kanne von dem Servierwagen zu bringen, was dieser auch sofort tat.

„Ich weiß nicht, was ich sagen soll", hob Richard an. „Es sollte ein schönes, entspanntes Geburtstagsfest werden, stattdessen …" Er hob die Schultern. „Es gibt keine Worte für das, was ich gerade fühle... Ich würde gerne so vieles sagen und weiß, dass ich nicht die richtigen Worte finden kann." Er sah zu seiner Mutter, Luise erwiderte seinen Blick plötzlich angriffslustig.

„Was siehst du mich denn so an? Bin ich etwa Schuld an dem verkorksten Wochenende?"

Verkorkst schien Tess nicht der richtige Begriff, um die Geschehnisse der letzten Tage zu beschreiben.

Richard antwortete nicht, Eva mischte sich ein. „Ich denke, jedem von uns steckt das Entsetzen noch in den Knochen."

„Sprichst du auch von dir? Du siehst doch aus wie das blühende Leben. Berührt dich eigentlich, was die letzten Tage hier passiert ist?" Renate sah ihre Schwägerin wütend an. „Läufst hier in deiner Villa rum mit deinen Seidenanzügen und lässt dich von vorne bis hinten bedienen!"

„Renate! Was soll das denn?", fuhr Richard seine Schwester aufgebracht an.

„Auf deine tolle Eva lässt du nichts kommen, nicht wahr, Richard? Kannst ja froh sein, dass sie dich letztlich überhaupt genommen hat", setzte sie geheimnisvoll hinzu.

Eva setzte klirrend ihre Teetasse ab und warf Renate einen warnenden Blick zu, dann lächelte sie böse. „Ich kann mir die Seidenanzüge im Gegensatz zu dir leisten, immerhin habe ich nicht mein ganzes Geld für einen Mann ausgeben müssen."

Renate schnappte nach Luft. „Wie kannst du nur …?!"

„Was meinst du denn damit, Mama?" Tina ließ ihren Blick neugierig zwischen ihrer Mutter und ihrer Tante hin und her schweifen.

Eine unangenehme Stille breitete sich aus, die von Luise unterbrochen wurde, die ihrerseits klirrend ihren Löffel auf ihre Untertasse fallen ließ. Sie fixierte ihr jüngstes Kind. „Hab ich es mir doch gedacht!", rief sie triumphierend. „Du hast ihn", sie bedachte ihren Schwiegersohn mit einem abwertenden Blick, „dafür bezahlt, dass er dich heiratet?! Ist es das? Damit er eine Aufenthaltserlaubnis bekommt? Renate, ich bin … mir fehlen die Worte angesichts eines so unwürdigen Verhaltens!" Luise fasste sich an die Brust. „Wie eine Nutte! Die nehmen auch Geld!"

Dann geschah alles gleichzeitig. Richard sprang von seinem Stuhl und wies seine Mutter zurecht. Renate stürzte weinend aus dem Raum, was Lasith nicht weiter zu kümmern schien. Nach einem Blick auf sein Handy verkündete er:

„Jetzt ist es raus, ist mir recht. Ich hätte zwar noch ein paar Kröten von Renate kassieren können, wenn ich länger durchgehalten hätte, unsere Vereinbarung war nämlich, dass sie mich für jedes Jahr bezahlt, aber mit euch als Familie wird man ja wahnsinnig. Ich hau ab." Er wandte sich an Alex, der sich leise neben Tess gesetzt hatte. „Deine Freundin durfte doch auch weg."

Alex, von den aktuellen Entwicklungen noch ganz perplex, zuckte mit den Achseln. Er hatte immer gewusst, dass seine Familie Leichen im Keller hatte. Gott wusste, was noch alles ans Licht käme.

„Keine Ahnung. Sie hat mir geschrieben, dass sie auf dem Weg nach Hause ist. Ich habe angenommen, dass sie die Beamten zuvor um Erlaubnis gebeten hatte."

Das hatte Leyla nicht getan, wie sich herausstellte. Sie hatte sich unerlaubt mit dem Zug aus dem Staub gemacht. Herr Stahl berichtete aber – vermutlich als Abschreckung – dass Leyla Trost bei ihrer Cousine in Karlsruhe gesucht hatte und von den dortigen Beamten aufgesucht und vernommen worden war. Man habe ihr auferlegt, sich in Karlsruhe zur Verfügung zu halten, bis die Ermittlungen abgeschlossen seien.

40. Kapitel

Die Ermittlungen in Sachen Heimunterbringung ergaben, dass Hannes Wagner nicht nur Kontakt zu Rudolph Stubbe aufgenommen hatte. In seinem Rechner wurden auch Briefe voller Vorwürfe und Drohungen an andere Priester und Nonnen in dem Heim gefunden, in dem er damals untergebracht war. Ob er diese abgeschickt hatte, war unklar.

„Sieht ganz so aus, als hätte Hannes Wagner auf diese Weise seine Kindheitserlebnisse zu verarbeiten versucht. Alle seine früheren Peiniger wurden von ihm dazu aufgefordert, ihre Schuld einzugestehen." Markus Stahl richtete seinen Blick auf seine Kollegin, die daraufhin rasch wegsah. Er hatte schon bemerkt, dass sie ihn häufig beobachtete, wenn sie glaubte, dass es ihm nicht auffiel. Er hatte es aber sehr wohl registriert und es war ihm unangenehm. Zumal er ihre Gefühle nicht im Mindesten erwiderte. Er mochte sie, mehr nicht, und sie tat ihm leid. Eine optisch unvorteilhafte Erscheinung verdeckte oftmals einen schönen Charakter, den Frau Dreier zweifelsohne hatte. Leider glaubte sie selbst nicht daran, wie ihm bereits aufgefallen war.

Frau Dreier blätterte in ihren Notizen.

„Hat nicht Tess Matern angegeben, ein Gespräch belauscht zu haben, in dem es möglicherweise um eine Flasche Digitalis gegangen ist, die bei Luise Wagner gefunden wurde?"

„Ja, das habe ich auch gelesen. Scheint fast zu einfach, um wahr zu sein."

41. Kapitel

Renate schreckte hoch und setzte sich hastig im Bett auf. Ihr Blick fiel auf die leere Bettseite zu ihrer Rechten. Nur mit Mühe konnte sie die Tränen unterdrücken. Lasith hatte die Villa am Abend verlassen wollen, war aber von den Polizeibeamten aufgehalten worden. Wütend hatte er sich gefügt, war aber nicht mehr bereit gewesen, diese „Farce", wie er ihre Ehe bezeichnet hatte, aufrechtzuerhalten. Er hatte die Scheidung gefordert und ihr an den Kopf geworfen, dass das Leben mit ihr die reine Hölle gewesen sei. Er sei froh, dass der Schwindel nun endlich aufgeflogen sei. Er hätte sie nicht schlimmer verletzen können, wenn er sie geschlagen hätte. Und sie hatte gehofft, er hätte in der Zeit des Zusammenlebens vielleicht doch noch echte Gefühle für sie entwickelt, so wie sie ….

Ein leises Knacken lenkte ihre Aufmerksamkeit auf die vom Mondschein erhellte Zimmertür. Sie lauschte angestrengt, aber es blieb alles still. Was hatte sie geweckt? Hatte sie geträumt? Vermutlich. Sie sah erneut auf die Seite des Bettes, wo Lasith normalerweise liegen sollte und sicher nie mehr liegen würde. Tränen rannen ihr über das Gesicht. Voller Hass dachte sie an Eva, die ihr Geheimnis ungeniert vor versammelter Mannschaft verraten hatte. Sie hatte sich so geschämt. Erneut erklang ein leises Knacken. War da jemand im angrenzenden Badezimmer? Das konnte nicht sein. Sie hätte doch bemerkt, wenn jemand ins Zimmer gekommen wäre. Vielleicht war es Lasith, dachte sie plötzlich voller Hoffnung und knipste das kleine Nachttischlicht an. Vielleicht vermisste er sie genauso wie sie ihn. „Lasith?", rief sie zaghaft und stieg euphorisch aus dem Bett. Aber warum machte er sich kein Licht im Bad? Sie spähte fröstelnd auf die halb geöffnete Tür. Vielleicht wollte er sie nicht wecken? Da löste sich plötzlich eine vermummte Gestalt aus der Dunkelheit, kam auf sie zu und Renates letzter Gedanke war, dass das nicht Lasith sein konnte, bevor ein stechender Schmerz ihren Kopf explodieren ließ.

42. Kapitel

Statt Conni hat sich diese nervige Person wieder gemeldet. Eine Frau wie eine Klette. Optisch absolut hübsch anzusehen, aber auch

der Charakter muss stimmen, deswegen kam sie für mein Projekt,
wie ich es immer nenne, nicht in Frage. Zuerst habe ich sie dafür
vorgesehen gehabt, nachdem ich sie eines Abends im „Schwarzen
Kater", unserem früheren Stammlokal, kennengelernt habe. Sie war
inmitten der vielen Leute an diesem Abend wie eine Erscheinung
gewesen, wie sie in ihrem engen Seidenanzug dastand und an ihrem
Bier nippte. Doch bereits nach dem ersten Treffen stand mein Tele-
fon kaum noch still. Wenn ich nicht abnahm, hinterließ sie ellenlan-
ge Nachrichten auf meinem Anrufbeantworter, die immer unver-
schämter wurden, je länger ich sie ignorierte. Ob ich denn der
Meinung sei, etwas Besseres als sie zu finden? Das ist noch das
Harmloseste, was ich mir anhören musste. Als ich schließlich mit der
Polizei gedroht habe, wenn sie nicht aufhört, mich zu belästigen, war
Ruhe. Bis gestern. Sie müsse mir etwas erzählen, hatte sie gesagt. Ich
habe erwidert, dass ich nicht interessiert bin und aufgelegt. Hoffent-
lich höre ich nichts mehr von ihr. Irgendwie schwant mir aber Böses
…

43. Kapitel

Tess verließ die Spiegelburg durch eine Seitentür. Als sie im
Park stand, atmete sie erleichtert auf und sog die kalte Mor-
genluft ein. Immer mehr empfand sie die Atmosphäre in der
Spiegelburg als sehr bedrückend, vor allem weil sich mittlerweile auch keiner mehr dazu verpflichtet sah, höflich und
respektvoll mit dem anderen umzugehen. Das zerrüttete Verhältnis untereinander trat nun uneingeschränkt zutage. Das
würde sicher auch das letzte Familientreffen sein, glaubte
Tess. Sie dachte an den Streit zwischen Renate und Lasith
zurück. Ihre Tante hatte ihr sehr leidgetan, als ihr Geheimnis
durch Eva gelüftet worden war. Lasith hingegen schien er-

leichtert, nicht mehr schauspielern zu müssen. Er hatte im Anschluss versucht, die Spiegelburg zu verlassen, was allerdings durch Herrn Stahl vereitelt worden war.

Tess konzentrierte sich einen Moment auf das Knirschen, das ihre Schritte im Schnee verursachte. Sie dachte zurück, wie Justus ihr vor drei Tagen genau hier entgegen gelaufen war. Bereits von Beginn an war ihr sein stechender Blick aufgefallen, der ihr irgendwie unheimlich gewesen war. Im Positiven wie im Negativen. Ist es nur das, fragte sie sich? Ansonsten hatte er ihr doch gut gefallen. Was hatte sich verändert?

„Tess? Ich hoffe, ich störe dich nicht?"

Sie erstarrte, als sie Justus Stimme hinter sich hörte. Wenn man vom Teufel spricht oder vielmehr an ihn denkt. Das störte sie, merkte sie plötzlich. Sie fühlte sich von ihm bedrängt. War er anfangs sehr zurückhaltend, so empfand sie ihn nun als aufdringlich. Dennoch versuchte sie ein Lächeln, als sie sich zu ihm umdrehte.

„Hallo Justus. Ich hänge gerade ein wenig meinen Gedanken nach." Vielleicht verstand er die Andeutung, dass sie alleine sein wollte.

„Darf ich ein Stück mit dir gehen?" Wieder dieser intensive Blick, stellte sie fest.

Was sollte sie ihm antworten? Ehrlich sein oder ein kurzes Gespräch mit ihm führen, in der Hoffnung, dass er sie dann in Ruhe ließ? Sie entschied sich für Letzteres.

„Natürlich."

Er nickte, als hatte er keine andere Antwort erwartet.

„Sag mal, hast du der Polizei eigentlich von dem Gespräch erzählt, das du mitangehört hast?"

Tess sah verständnislos zu ihm rüber. „Welches Gespräch?"

„Das du mitangehört hast über das Fläschchen Digitalis."

Tess runzelte verwundert die Stirn. Wie kam er denn nun auf dieses Thema? „Ja, habe ich. Wie kommst du denn jetzt darauf?"

Er zuckte die Achseln. „Hat mich interessiert. Finde ich richtig, deine Entscheidung." Er warf ihr einen forschenden Blick zu. „Kam dir mal der Gedanke, dass Richard etwas mit Hannes Tod zu tun haben könnte?"

Natürlich hatte sie darüber nachgedacht, auch mit Alex darüber spekuliert, aber vor Justus wollte sie das aus irgendeinem Grund nicht zugeben. Das Gefühl, dass sie ihm nicht trauen konnte, verstärkte sich. „Meinem Onkel traue ich das nicht zu", sagte sie daher.

Justus nickte nachdenklich. „Also ich bin mir da nicht so sicher. Ich habe mich schon auch gewundert, dass er auf den Tod seiner Schwester kaum reagiert hat."

„Macht ihn das denn gleich zu einem Mörder?"

„Ich meine ja nur." Was meinte er denn?, fragte sich Tess. Justus sah auf die Uhr. Plötzlich hatte er es eilig. „Ich muss wieder an die Arbeit. Wir sehen uns später." Er lächelte ihr zu und ging dann eilig davon.

Was war das denn gewesen? Sie hatte das unangenehme Gefühl, dass Justus sie ausgefragt hatte. Aber wieso? Oder für wen?

Langsam ging sie um die Spiegelburg herum zum vorderen Eingang und blieb abrupt stehen, als sie einen Krankenwagen vor dem Portal parken sah. Sie hatte das Martinshorn gar nicht gehört. Zuerst dachte sie, Clemens wäre zurück, aber dann sah sie, wie zwei Sanitäter gerade dabei waren, einen leblosen Körper auf einer Trage in das Innere des Wagens zu verfrachten. Tess rannte auf die Männer zu und konnte gerade noch einen Blick auf Renate erhaschen, bevor die Türen zugeschlagen wurden und sich der Wagen mit Blaulicht und Sirene in Bewegung setzte.

„Mein Gott", murmelte sie und hastete in das Innere der Villa.

„Was ist denn mit Renate?", rief sie in die leere Eingangshalle. Als sie keine Antwort erhielt, lief sie in Richtung Bibliothek und stieß im Flur mit Herrn Stahl zusammen, der von der Toilette kam.

„Entschuldigen Sie bitte. Ich bin nur gerade .... Wissen Sie, was mit meiner Tante ist?"

Er machte ein ernstes Gesicht, sah sich kurz um und führte sie in Richards Büro, das die Polizei nach wie vor für die Dauer der Ermittlungen für sich beanspruchte. Er schloss die Tür und bedeutete ihr, Platz zu nehmen. Er kam direkt zur Sache.

„Ihre Tante wurde niedergeschlagen." Er setzte sich ihr gegenüber und sah sie aufmerksam an.

„Niedergeschlagen? Wann?"

„Vermutlich letzte Nacht."

„Letzte Nacht, das bedeutet ...?"

„Genau, sie lag ziemlich lange unentdeckt in ihrem Zimmer. Dass sie überhaupt noch gelebt hat, ist ein Wunder. Wer auch immer es getan hat, hat sie schwer verletzt."

Tess Mund wurde trocken. „Wer hat sie gefunden?"

„Ihr Mann."

Er ist sehr sparsam mit seinen Informationen, dachte Tess ärgerlich. Aber das musste er wohl sein, um ihr nicht zu viel zu erzählen. Immerhin gehörte auch sie zum Kreis der Verdächtigen.

„Lasith hat nach ihr gesucht? Hätte ich nicht gedacht."

„Er wollte wohl nur seine Kleidung holen. Was ist gestern zwischen den beiden vorgefallen?"

Tess berichtete von den Streitigkeiten am Mittagstisch.

„Lasith sah erleichtert aus, dass er nicht mehr den glücklichen Ehemann spielen muss."

Herr Stahl hing gedanklich noch an dem, was Renate zu Eva gesagt hatte. „Wissen Sie, was sie damit meinte? Dass Ihr Onkel froh sein könne, dass seine Frau ihn überhaupt genommen hat?"

Tess schüttelte den Kopf. „Nein, aber Eva hat sich dann sofort eingemischt und verraten, dass Lasith Renate nur geheiratet hat, weil sie ihn dafür bezahlt hat. Sie wirkte erschrocken." Ihre Gedanken kehrten zu der verletzten Renate zurück. „Ich habe Angst", platzte es aus ihr heraus.

„Das verstehe ich sehr gut. Wir arbeiten mit Hochdruck, um den Täter zu finden, glauben Sie mir."

„Anscheinend aber nicht schnell genug, Sie können uns doch überhaupt nicht schützen, halten uns hier aber weiter fest. Haben Sie denn gar keine heiße Spur?"

Herr Stahl sagte nichts.

44. Kapitel

Alex lief auf der Suche nach seiner Schwester durch die Spiegelburg. Ihr Zimmer und den Park hatte er bereits abgesucht. Wo war sie nur? Er machte sich inzwischen richtige Sorgen. Hoffentlich war ihr nichts zugestoßen. Er wusste, dass sie vorgehabt hatte, einen Spaziergang zu machen. Auf das Frühstück im Kreise der lieben Familie, wie sie gesagt hatte, könne sie gerne verzichten. Alex lächelte freudlos. Liebe Familie, ha! Er hatte selten einen so verkorksten Haufen gesehen, aber wenn es nur das wäre, damit könnte er problemlos leben. Stattdessen gab es in ihrer Mitte einen Mörder, dem Renate letzte Nacht beinahe zum Opfer gefallen wäre. Er würde nie Lasiths Gesicht vergessen, der völlig aufgelöst in den Frühstücksraum gestürzt war und nur unverständlich gestammelt hatte, nachdem er seine leblose Frau in ihrem Zimmer auf dem Boden vorgefunden hatte. Richard hatte als Erster reagiert und im Flur aufgebracht nach Herrn Stahl geschrien. Den übrigen Personen stand das pure Entsetzen deutlich ins Gesicht geschrieben, das nach und nach von einem tiefen Misstrauen verdrängt wurde. Jedem war bewusst, dass nicht viele Personen infrage kamen, die diesen abscheulichen Übergriff verübt haben konnten. Abgesehen von dem Personal und der Polizei waren nur noch Eva, Richard, Conni, Tina, Luise, Tess und er, Alex, da. Clemens wurde erst im Laufe des Tages zurückerwartet. Wer hatte ein Motiv, Hannes umzubringen und Renate niederzuschlagen? Um diese Frage kreisten seine Gedanken unentwegt. Er musste seine Schwester und seinen Vater schützen. Zum Glück war Leyla in Sicherheit. Für einen Moment war er im Begriff, ihr eine Nachricht zu schicken, steckte das Handy dann aber wieder unverrichteter Dinge in seine Tasche. Was konnte er tun? Er musste mit Herrn Stahl reden. Vor dem Büro des Hauptkommissars war er gerade im Begriff anzuklopfen, als die Tür geöffnet wurde und er seiner Schwester gegenüberstand. Ihrem Gesichtsausdruck sah er an, dass sie bereits über Renate Bescheid wusste. Erleichtert schloss er sie in seine Arme.

„Wie gut, dass ich dich sehe. Ich habe mir schon Sorgen gemacht."

Tess nahm ihren Bruder am Arm und schloss die Tür hinter sich. „Machen wir einen Spaziergang. Da können wir uns wohl am besten unterhalten."

45. Kapitel

Markus Stahl sah nachdenklich auf die Tür, die Tess Matern gerade hinter sich geschlossen hatte. Die Situation steuerte auf eine Katastrophe zu und sie hatten immer noch keine konkrete Spur, wer Hannes umgebracht hatte und vor allem warum. Tess Matern hatte recht, sie konnten die Familienmitglieder nicht schützen. Er konnte lediglich die Polizeipräsenz verstärken und jeden auffordern, sehr vorsichtig zu sein. Am besten schloss man sich nachts ein, damit niemand unerwünscht das Zimmer betreten konnte. Er dachte an Renate Nekpu. Er hatte ihren Mann bereits vernommen und glaubte nicht, dass er mit dem Angriff auf seine Frau etwas zu tun hatte. Welchen Grund sollte der Mann auch gehabt haben? Er schien froh, dass die Katze aus dem Sack war und Renate und er getrennte Wege gehen konnten. Sie hätte mehr Grund, ihn anzugreifen, hatte sie doch nie die Gefühle in ihm auslösen können, die sie selbst empfand. Seine Gedanken schweiften zu der Bemerkung, die Renate ihrem Bruder gegenüber gemacht hatte. Was hatte sie damit gemeint, dass er froh sein könne, von seiner Frau genommen worden zu sein? Das klärte er am besten mit Herrn Wagner direkt.

Die Tür öffnete sich und Frau Dreier trat ein. Ihre Augen blitzten ungewöhnlich.

„Ich habe den Lebensgefährten von Hannes Wagner erreichen können. Er weilt beruflich gerade in den Staaten, deswegen steht er für ein Vieraugengespräch im Moment bedauerlicherweise nicht zur Verfügung."

„Die Zeit, auf ihn zu warten, hätten wir ohnehin nicht. Ich habe das Gefühl, dass hier Schlimmeres passiert, wenn wir nicht herausfinden, wer hinter all dem steckt und warum."

Sie nickte zustimmend. „Jedenfalls hat er mir einen Hinweis gegeben auf eine Frau aus Hannes Vergangenheit, die ihn wohl viele Monate gestalkt hat."

Herr Stahl runzelte die Stirn. „Eine Frau? Interessant. Wusste er Genaueres?"

„Einen Namen wusste er leider nicht, Hannes hat sich da wohl recht bedeckt gehalten. Ich habe erfahren, dass das Ganze über 20 Jahre her sein soll."

Herr Stahl machte ein skeptisches Gesicht. „Ob das einen Bezug zu seinem Tod hat? Gibt es einen Hinweis auf diese Person in den Tagebüchern?"

Frau Dreier nickte aufgeregt. „Ja, aber leider auch ohne Namen. Diese Stalking Sache muss sich aber in der Zeit zugetragen haben, als Hannes und Conni sich kennenlernten.

Eine Befragung Conni Wagners dazu erbrachte leider nichts. Conni wusste zwar, dass ihr verstorbener Mann früher einmal ein Stalkingopfer gewesen war, aber sie hatte immer angenommen, dass er von einem Mann und nicht von einer Frau belästigt worden war. Nachgefragt hatte sie wohl nie. Eine merkwürdige Beziehung, die die beiden da geführt haben, dachte Herr Stahl bei sich. Heutzutage gab es zwar viele Familienmodelle, aber so richtig konnte er sich nicht mit dem Gedanken anfreunden, dass eine attraktive Frau sich wissentlich auf eine Ehe mit einem homosexuellen Mann einließ. Auch Richard Wagner konnte kein Licht ins Dunkel bringen. Er wusste nicht, was seine Schwester mit ihrer Bemerkung gemeint haben könnte. Natürlich hatte er seine Frau danach gefragt, aber diese hatte wohl nur mit den Schultern gezuckt und das auf Renates Eifersucht geschoben. Tatsächlich war seine Schwester immer schon neidisch auf seine gutaussehende Frau gewesen. Herr Stahl bedachte Herrn Wagner mit einem eindringlichen Blick. Er glaubte, dass der Mann mehr wusste, als er zu wissen vorgab.

„Sagen Sie mal, Herr Wagner, mir ist zu Ohren gekommen, dass Sie ein Fläschchen Digitalis haben verschwinden lassen?", versuchte er sein Glück ganz direkt.

Bingo, dachte er, als Herr Wagner erschrocken die Augen aufriss.

„Wo haben Sie das Fläschchen gefunden?"

Richard traten Schweißperlen auf die Stirn, während er fieberhaft überlegte, was er nun tun sollte. Lügen brachte nichts, denn anscheinend wusste der Kommissar bereits Bescheid. Er konnte sie aber nicht verraten.

„Wenn es um Verwandtschaft geht, habe ich doch ein Zeugnisverweigerungsrecht?"

„Sicher haben Sie das."

„Dann möchte ich davon Gebrauch machen."

Wen schützte Richard Wagner? Wenn man dem glauben konnte, was Tess Matern gehört hatte, dann seine Mutter. Aber hatte Luise Wagner tatsächlich ihren Sohn vergiftet? Und wenn ja, wieso?

46. Kapitel

Tess erzählte ihrem Bruder von Justus merkwürdigem Verhalten und seinen Fragen. Alex hörte schweigend zu.

„Justus verdächtigt also Richard. Oder wollte er dir nur einen Floh ins Ohr setzen?"

„Wie meinst du das?"

„Für mich klingt das alles nicht ganz stimmig. Am Anfang spielt er den netten Kellner von nebenan, der dir schöne Augen macht. Als er merkt, dass seine Masche nicht von Erfolg gekrönt ist, verfolgt er eine andere Strategie. Er fragt dich aus und suggeriert dir, dass Richard hinter allem steckt."

„Glaubst du denn nicht, dass Richard etwas mit dem Mord an seinem Bruder zu tun hat?"

Alex fuhr sich mit einer Hand über das Kinn. Ein untrügliches Zeichen von Erschöpfung. „Ich weiß nicht mehr, was ich glauben soll. Aber wenn man bedenkt, dass nicht viele Leute infrage kommen …. Was ist?"

Tess war abrupt stehen geblieben und sah ihn wie vom Donner gerührt an.

„Was ist denn?", fragte er noch einmal.

„Mir ist gerade eingefallen, dass ich Justus nie von dem Gespräch über das Fläschchen Digitalis erzählt habe."

47. Kapitel

Conni hat sich gemeldet! Ich bin glücklich wie ein kleiner Junge an Weihnachten in Erwartung vieler Geschenke! Sie hat sich für ein gemeinsames Projekt entschieden! Ich kann es kaum glauben. Nächste Woche wollen wir bei einem Abendessen die Einzelheiten besprechen.

Von der nervigen anderen Frau – du weißt, wen ich meine - habe ich nichts mehr gehört. Im Moment könnte es also nicht besser laufen.

Ich bin gerade etwas in Eile, schreibe bald wieder ausführlicher.

48. Kapitel

Clemens Matern wurde mit einem Polizeiwagen zur Spiegelburg gefahren. Er empfand es als grausam, dass er an den Ort zurück musste, an dem er seine Frau verloren hatte, aber die Polizei hatte in diesem Punkt nicht mit sich verhandeln lassen. Er sei ein Verdächtiger in einem Mordfall. Keine extra Wurst für ihn.

Jetzt stand er vor dem imposanten Gebäude, von dem er bei ihrer Ankunft am Freitag noch so begeistert war und fühlte eine tiefe Einsamkeit. Wie sollte er ohne Vera leben? Er wusste, sie hatte seine Gefühle nie erwidert, aber für ihn war sie die große Liebe gewesen. Tränen traten in seine Augen, aber er riss sich zusammen und ging Richtung Eingangstür. Als er die Hand zur Klingel ausstreckte, wurde die Tür unvermittelt von Alex geöffnet.

„Clemens!" Alex klopfte seinem Vater auf die Schulter. Clemens schnitt es immer ins Herz, wenn sein Sohn ihn beim Vornamen nannte. Er hatte nie „Papa" zu ihm gesagt.

„Wie geht es dir?"

„Wie soll es mir schon gehen? Mit Veras Tod hat mein Leben keine Bedeutung mehr, schau mich an …"

Alex nahm ihn in die Arme. Clemens war überrascht, erwiderte die Umarmung nach kurzem Zögern aber. Bevor sein Vater in Selbstmitleid versank, musste er ihn ablenken und was eignete sich dazu besser, als ihn über die aktuellen Entwicklungen in der Spiegelburg zu informieren?

„Komm, Tess wartet in ihrem Zimmer auf dich."

„Und, was glaubt ihr? Dass Luise ihren eigenen Sohn ermordet hat?" Clemens sah seine beiden Kinder skeptisch an. Er hatte Tess adoptiert, als sie zwei Jahre alt war. Er liebte sie wie sein eigenes Kind. Aber wie auch bei Alex hatte er den

Eindruck, dass Tess ihre Schwierigkeiten mit ihm hatte. Nun, manchmal hatte er Probleme, seine Gefühle auszudrücken, das wusste er. Aber er gab sich immer Mühe.

Tess schüttelte den Kopf. „So richtig glauben kann ich das nicht, aber nach dem zu urteilen, was ich gehört habe, scheint das Fläschchen bei ihr gefunden worden zu sein."

„Vermutlich dort deponiert, um den Verdacht auf sie zu lenken?", spekulierte Clemens.

„Oder sie war es wirklich. Die Frau ist ein Drachen, ihr ist alles zuzutrauen." Alex warf Tess einen Blick zu und diese nickte. Dann erzählten sie Clemens, was Tess von Vera erfahren hatte, kurz bevor sie sich das Leben nahm.

Clemens war erschüttert. „Mein Gott, warum hat sie denn nie etwas gesagt? Wir hätten ihr doch helfen können."

„Sie hätte sich nicht helfen lassen, Clemens", sagte Alex sanft. „Sie wollte keine Hilfe, nur ihre Ruhe."

„Es gibt doch immer einen Ausweg", Clemens schüttelte traurig den Kopf.

„Vielleicht nicht immer." Tess nahm ihren Stiefvater in die Arme, was sie einige Überwindung kostete. Überrascht bemerkte sie, dass Clemens die Umarmung erwiderte. Diese Tragödie wird uns zusammenschweißen, dachte sie. Laut sagte sie: „Es wird eine Zeit zum Trauern geben, doch jetzt müssen wir stark sein, bis wir wissen, wer Hannes Tod zu verantworten hat." Sie dachte an ihre Begegnung mit Hannes am ersten Abend zurück.

„Was hatte er noch zu erledigen?"

Ihr Bruder und ihr Stiefvater sahen sie verständnislos an. Sie erzählte den beiden von dem Gespräch, das sie mit ihm auf der Terrasse geführt hatte und von seiner geheimnisvollen Bemerkung. „Ich denke, wenn wir das wüssten, wüssten wir auch, wer ihn vergiftet hat."

Clemens schüttelte den Kopf. „So kommen wir doch nicht weiter, da können wir uns zu Tode spekulieren. Wir müssen zuallererst an unseren Schutz denken. Ich würde vorschlagen, dass wir alle heute Nacht in einem Zimmer schlafen, das wir selbstverständlich abschließen."

Zustimmendes Nicken. „Und alles Weitere müssen wir wohl der Polizei überlassen."

„Wie passt Justus ins Bild?" Tess lief ein Schauer über den Rücken, als sie daran dachte, dass sie sich anfänglich zu dem Kellner hingezogen gefühlt hatte

„Die einzige Erklärung, die mir einfällt, ist die, dass er die Person war, mit der Richard gesprochen hat. Er sollte das Fläschchen verschwinden lassen."

Alex nickte. „Das würde erklären, warum er wusste, dass Tess das Gespräch belauscht hatte.

„Und nun wollte er wissen, ob Tess ihr Wissen der Polizei mitgeteilt hat und er somit in der Schusslinie ist."

„Und wenn er nicht Richards Gesprächspartner war …"

„ … hängt er irgendwie in der Sache mit drin."

Mulmiges Schweigen breitete sich aus.

49. Kapitel

Conni und ich haben uns getroffen. Wir haben vereinbart, dass wir uns zusammentun und eine Familie gründen. Zwei Kinder wären schön, da stimmt sie mir zu. Körperlichen Kontakt muss man dafür nicht zwingend haben, wir finden da schon eine Lösung …. Rita hat mich da auf eine Idee gebracht. Mal wieder. Was würde ich nur ohne sie tun?

Ich hatte den Eindruck, dass Conni ein wenig traurig war, aber vielleicht habe ich mich da auch getäuscht. Das Wichtigste ist, dass

ich nun endlich meinen Traum leben kann: Eine eigene Familie! Dann hören auch hoffentlich endlich diese dummen Fragen auf, warum ich in meinem Alter immer noch Junggeselle bin, und den Leuten, die hinter meinem Rücken Gerüchte über meine angebliche Homosexualität streuen, ist endlich das Maul gestopft. Ich habe einfach ein besseres Gefühl, wenn ich mich als heterosexuell verkaufen kann. Für viele Menschen ist das doch der Normalzustand, alles andere hingegen eher außergewöhnlich, im negativen Sinn. Besonders meiner Mutter könnte ich niemals sagen, dass ich Männer liebe. Ich dürfte ihr nicht mehr unter die Augen treten ...

50. Kapitel

„Hannes Wagner hatte ein ernsthaftes Problem mit seiner sexuellen Orientierung, nicht nur wegen seiner Mutter." Kommissarin Dreier legte die ausgedruckten Tagebuchseiten auf ihren Schoß.

„Was für ein Fassadentänzer", murmelte Herr Stahl.

„Wie bitte?"

„Fassadentänzer. Jemand, der nur daran interessiert ist, was er nach außen hin für einen Eindruck macht, statt nach seinen Bedürfnissen und Wünschen zu leben." Er schüttelte verständnislos den Kopf. „Konstruiert ein Leben, das, wie er meint, von der Gesellschaft akzeptiert wird, aus Angst ansonsten diskriminiert zu werden. Wenn man sich seine Mutter ansieht, kann ich das sogar verstehen. Schade, dass man sich in unserer heutigen Zeit noch verstecken muss, wenn man anders" - er malte Anführungszeichen in die Luft – „ist. Aber seine sexuelle Orientierung könnte das Motiv sein. Möglich, dass seine Mutter davon erfahren hat und nicht wollte, dass er sie der Lächerlichkeit preisgibt. Passen würde es ja bei den radikalen Ansichten der alten Dame. Dazu würde auch das Gespräch, das Tess Matern belauscht hat, passen. Luise Wagner erfährt, dass ihr Sohn schwul ist und vergiftet ihn, bevor das bekannt wird. Das Fläschchen Digitalis wird von Person X bei ihr gefunden, die wiederum Richard darüber informiert, der seine eigene Mutter natürlich nicht verraten will, zumal in der Familie allem Anschein nach nichts über Hannes Homosexualität bekannt ist."

Frau Dreier runzelte die Stirn. „Ob die alte Frau Wagner wirklich so weit gehen würde, ihren eigenen Sohn umzubringen, nur weil er Männer liebte?"

„Menschen haben schon für weit weniger getötet. Ich habe mir die Vernehmung durchgelesen. Die Frau ist ja geradezu besessen davon, nach außen hin einen makellosen Eindruck zu machen. Da passt ein Sohn vom anderen Ufer sicher nicht ins Bild."

„Sicher nicht. Wir sollten sie noch einmal befragen." Herr Stahl nickte seiner Kollegin wohlwollend zu. Endlich traute sie sich etwas mehr zu.

Luise Wagner ließ sich widerstandslos von Herrn Stahl in das Büro führen. Der Hauptkommissar runzelte irritiert die Stirn. Diese Frau wirkte gar nicht mehr wie die unangenehm provokante Frau mit den radikalen Ansichten. Sie hatte seiner Bitte, ihn zur Vernehmung zu begleiten, wortlos Folge geleistet. Zur Sicherheit, dass sie auch voll orientiert war und ihn richtig verstanden hatte, entschuldigte er sich dafür, dass ihr eine erneute Befragung nicht erspart werden konnte. Luise Wagner hatte seine Worte nur mit einem knappen Nicken quittiert.

„Frau Wagner, Ihr Verlust tut mir sehr leid." Die alte Dame nickte wieder nur.

„Fühlen Sie sich denn in der Lage, Fragen zu beantworten?"

„Habe ich denn eine Wahl?"

„Wenn es Ihnen nicht gut geht, könnten wir morgen …"

Sie winkte ab. „Fragen Sie. Ich möchte es hinter mich bringen."

„Wir haben Anhaltspunkte für die Annahme, dass Sie Ihren Sohn vergiftet haben." Er ließ die alte Dame nicht aus den Augen. Ihr Kopf ruckte zurück, sie riss die Augen auf und schien zu überlegen, was sie nun sagen sollte. Allein diese Reaktion verriet deutlich, dass sie entweder schuldig war oder etwas Entscheidendes wusste. Nach einem Moment sackte sie in sich zusammen und nickte nur.

Herr Stahl und Frau Dreier tauschten einen überraschten Blick.

„Könnten Sie etwas deutlicher werden, bitte?"

„Ich habe meinen Sohn vergiftet." Sie senkte den Kopf und sah auf ihre knotigen Hände in ihrem Schoß.

„Wieso?"

Frau Dreier sah das angriffslustige Funkeln in den blauen Augen, das sie noch von der ersten Vernehmung Frau Wagners kannte.

„Sie haben es nicht herausgefunden, nicht wahr? Mein Sohn war eine Schwuchtel!" Sie spuckte das Wort förmlich aus. Vor ein paar Monaten habe ich ihn in einem Einkaufszentrum mit einem Mann beobachtet. Sie haben sich in aller Öffentlichkeit geküsst! Ich bin beinahe in Ohnmacht gefallen. Was für eine Schande!" Ihr Gesicht war mit einem Mal wutverzerrt. „Ich war so entsetzt und habe mich so sehr geschämt, das können Sie sich nicht vorstellen. Zum Glück war niemand in der Nähe, den ich kannte und der hätte wissen können, dass das mein Sohn ist." Ihr plötzlicher Ausbruch hatte sie erschöpft und sie lehnte ihren Kopf für einen Moment müde an die Lehne und schloss die Augen.

In Herrn Stahls Kopf wirbelten die Gedanken durcheinander. Sein Instinkt sagte ihm, dass hier etwas nicht stimmte. Es war zu einfach.

„Ihr Sohn Richard hat das Digitalis bei Ihnen gefunden, nicht wahr?"

Das faltige Gesicht der alten Frau verschloss sich augenblicklich. „Richard? Wie kommen Sie denn darauf? Nein, ich habe das komplette Gift aufgebraucht. Es gab nichts zu finden."

„Wieso wollten Sie dann noch auf Nummer sicher gehen?" Sie sah ihn verständnislos an. Herr Stahl fuhr unbeirrt fort. „Sie waren sich nicht sicher, ob er wirklich allein an dem Gift in den Getränken sterben würde, nicht wahr? Immerhin konnten sie nicht wissen, ob er überhaupt etwas trinken würde und wieviel." Ihre Ratlosigkeit vertiefte sich und er wusste schon jetzt, dass er richtig lag. Sie hatte keine Ahnung davon, dass Richard noch etwas injiziert worden war.

„Wieso haben Sie die Fußsohle ausgewählt?"

„Wovon sprechen Sie überhaupt?" Luise beugte sich misstrauisch nach vorne. „Was soll das Theater? Ich habe gestanden, was wollen Sie mehr?"

Er beugte sich ebenfalls nach vorne. „Ich möchte wissen, wen sie decken."

Richard sah sich die Videoaufzeichnungen an und ballte seine Hände zu Fäusten. Sein Magen krümmte sich zusammen, sein Herz begann zu rasen, angesichts dessen, was er sich da ansehen musste. Er hatte es geahnt, aber gehofft, sich zu irren. Es bereitete ihm körperliche Schmerzen, sie mit diesem schmierigen Jüngling zu sehen. Er schlug mit der Faust auf den Tisch. Abgesehen von ihrer Untreue hatte sie ihn zudem belogen. Das Fläschchen Digitalis, das sie angeblich bei seiner Mutter gefunden hatte, hatte sie aus ihrer eigenen Handtasche genommen, kurz bevor sie sich vorgeblich betrübt an ihn gewandt hatte, um ihm zu sagen, dass Luise Hannes wohl vergiftet haben musste. Die logische Konsequenz war also, dass seine eigene Frau seinen Bruder vergiftet haben musste. Leider war in Hannes Zimmer keine Kamera installiert, sonst müsste er sich da jetzt nichts zusammenreimen. Aber warum sollte Eva Hannes umgebracht haben?

51. Kapitel

Und wieder ist ein Tag vorbei, dachte Tess. Der Abend dämmerte herauf und sie machte sich gerade für das Abendessen zurecht. Clemens, Alex und sie hatten beschlossen, Justus und Richard genau im Auge zu behalten. Irgendwie waren die beiden in den Mord an Hannes verstrickt. Jetzt galt es nur noch herauszufinden, wie.

Zu dritt betraten sie das Speisezimmer und Tess stieg der appetitanregende Geruch von gebratenem Fisch in die Nase. Das Erscheinen von Clemens sorgte für Aufmerksamkeit. Conni und Tina durchquerten den Raum und erkundigten sich nach seinem Befinden. Auch Richard und Eva näherten sich. Richard klopfte ihm leicht auf die Schulter. Clemens genoss es sichtlich, der Mittelpunkt des Interesses zu sein. Er blühte geradezu auf und Tess gönnte ihm das. Sie sah Justus, der den Tisch deckte und ihr dabei zulächelte. Ein Schauer überlief sie. Inzwischen war er ihr unheimlich. Rasch wandte sie den Blick ab.

„Setzt du dich zu mir? Dann können wir uns unterhalten, wenn du magst." Tess nickte und setzte sich neben ihre Cousine, die sich direkt verschwörerisch zu ihr beugte, sodass Tess Blick automatisch auf ihr üppiges Dekolleté fiel.

„Glaubst du, Lasith hat Renate niedergeschlagen?" Tess zuckte mit den Achseln. Sie glaubte das nicht, hatte aber mit Clemens und Alex die Vereinbarung getroffen, keine Mutmaßungen über den Mord an Hannes oder den Angriff auf Renate mit anderen Familienmitgliedern anzustellen. Es war inzwischen unklar, wem man hier wirklich trauen konnte.

„Schon möglich", sagte sie daher nur.

Tina wirkte enttäuscht. Sie hatte wohl gehofft, mit ihrer Cousine wild spekulieren zu können.

„Also ich glaube das ja nicht", flüsterte sie und nickte mit dem Kopf zum anderen Ende des Tisches, wo Lasith alleine saß und mit gutem Appetit sein Abendessen genoss. „Das passt doch nicht, warum hätte er seine Frau niederschlagen sollen?", fuhr Tina fort. Automatisch ließ Tess ihren Blick auf der Suche nach Renate durch den Salon schweifen, bevor sie sich erinnerte, dass ihre Tante im Krankenhaus lag.

„Ich weiß es nicht, Tina. Aber wir kennen weder Lasith noch Renate besonders gut, von daher halte ich mich mit Mutmaßungen da lieber zurück." Das war nicht die Antwort, die Tina hören wollte und sie wandte sich beleidigt ihrem Essen zu.

Tess atmete erleichtert auf und ging zum Buffet. Sie nahm sich einen Teller und war gerade im Begriff, sich an dem köstlich duftenden Fisch zu bedienen, als sie leise zischende Stimmen vernahm. Sie sah geradeaus und erblickte Richard und Eva, die in eine heftige Diskussion verstrickt waren. Da sie sehr leise sprachen, konnte sie kein Wort verstehen, aber ihre Körpersprache sprach Bände. Richard packte seine Frau an den Armen und schüttelte sie, sie entwand sich ihm, stieß ihn fort und ging dann rasch davon. Einen Moment sah er ihr wütend nach, dann lief er hinterher. Tess sah sich um. Offenbar war sie die Einzige, die diese Szene verfolgt hatte. Und in diesem Augenblick fiel es ihr wie Schuppen von den Augen.

Es musste Richard gewesen sein, der das Fläschchen Digitalis bei seiner Mutter versteckt hatte, um den Verdacht auf diese zu lenken. Aber warum? Wollte er sich an seiner Mutter rächen, weil diese sie damals nicht aus dem Heim geholt hatte, nachdem sie um die Geschehnisse wusste? Statt der Polizei hatte aber seine Frau das Gift entdeckt, was ihrem Onkel gar nicht gefallen haben dürfte. War er auch derjenige, der seine Schwester angegriffen hatte? Vielleicht aufgrund ihrer Bemerkung seiner Eva gegenüber? Und warum musste sein Bruder überhaupt sterben? Unwichtig jetzt. Ohnehin war die Motivsuche Sache der Polizei. Ihr Hunger war verflogen und sie legte den Teller zurück auf den Stapel. Sie musste ihre Tante vor ihrem Ehemann warnen. Hoffentlich kam sie nicht zu spät.

52. Kapitel

Heute habe ich einen Brief von Richard erhalten. Eine Einladung zu seiner Hochzeit. Ich war ganz überrascht. Ich wusste überhaupt nicht, dass er in einer Partnerschaft ist. Nun gut, das ist bei uns ja auch nicht ungewöhnlich, da wir kaum Kontakt zueinander haben, aber man weiß doch wenigstens, ob das Geschwister Single ist oder nicht.

Jedenfalls soll die Trauung schon in zwei Monaten stattfinden. Trifft sich gut, denn dann kann ich Conni offiziell als meine Verlobte vorstellen, die in einem halben Jahr unser erstes Kind erwartet. Ich bin glücklich und schon sehr aufgeregt, bald Vater zu sein.

Conni geht es soweit gut, die Schwangerschaft läuft planmäßig. Ich bin froh, dass unser Projekt so gut läuft. Ich habe Conni gefragt, ob sie glücklich ist und sie hat genickt. Besser könnte es also nicht laufen! Ich möchte eine „richtige" Familie, auch nach außen hin soll es perfekt sein, deshalb habe ich ihr eine Heirat vorgeschlagen. Sie hat eingewilligt, leider nicht sofort. Ich musste da etwas Arbeit investieren, um sie zu überzeugen. Außerdem habe ich beschlossen, dass wir auch ein Haus brauchen. Gerade sind wir auf der Suche nach einem passenden Eigenheim. Es läuft also alles wie am Schnürchen.

Darüber hinaus schreibe ich gerade mit einem ganz Netten, Michael ist sein Name. Ich habe aber den Eindruck, dass er etwas Ernsthaftes sucht und da bin ich natürlich der Falsche als bald verheirateter Mann und werdender Vater!

53. Kapitel

„Weder Luise noch Richard machen den Mund auf." Herr Stahl fuhr sich müde mit den Händen durchs Gesicht. Er hatte die ganze Nacht im Büro verbracht und sich das Hirn zermartert. Alle Aufzeichnungen und Vernehmungsprotokolle war er durchgegangen, aber etwas Entscheidendes fehlte oder er übersah es schlicht. Sicher war er sich wenigstens darüber, dass diese früheren Missbrauchsvorwürfe nichts mit dem aktuellen Fall zu tun hatten. Hannes Wagner hatte diese Erlebnisse zu verarbeiten versucht, indem er die aus seiner Sicht Verantwortlichen angeschrieben hatte. Als schließlich sein Antrag auf Opferentschädigung bewilligt und ihm eine monatliche Rente zugesprochen worden war, hatte er keine Briefe mehr geschrieben. Er hätte Hannes Wagner nicht zugetraut, seine Erlebnisse so gesehen öffentlich zu machen, war er doch eher von der Sorte, die sich stets um die Außenwirkung sorgte. Offenbar war es ihm aber wichtiger gewesen, Recht zu bekommen und zu wissen, dass ihm geglaubt wurde, als seine Fassade zu wahren. Zumindest in diesem Punkt. Vielleicht wäre das auch der Weg gewesen, den Vera Matern hätte gehen sollen, dachte er. Seine Gedanken schweiften zu Tess. Was hatte Hannes Wagner gemeint, als er ihr am ersten Abend erzählt hatte, dass er noch etwas Wichtiges zu erledigen habe? Hing das wirklich mit seiner Homosexualität zusammen? Hatte er sich outen wollen? Das hatte zumindest seine Mutter behauptet, als er sie danach gefragt hatte. Ihr Sohn habe sich ihr an dem Abend offenbaren wollen, sie habe allerdings bereits Bescheid gewusst, da sie ihn ja in aller Öffentlichkeit mit einem Mann beobachtet hatte. Sie hätten sich an dem ersten Abend in der Spiegelburg in seinem Zimmer verabredet gehabt. Vorher habe sie ihn dazu gebracht, von den vergifteten Getränken zu trinken, was angesichts seines alkoholisierten Zustandes nicht allzu schwierig gewesen sei. Als er bewusstlos in sein Bett gesunken war, habe sie sein Zimmer verlassen. Keine Rede davon, dass sie ihm zusätzlich eine Spritze gegeben hatte. Aber wer war es dann gewesen? Und wieso? Sein Instinkt sagte ihm, dass die Antwort in Hannes Tagebuch zu finden war, allerdings hatte dieser - vermutlich zum Schutz seiner persönlichen Daten – jeden einzelnen Eintrag in einem anderen Ordner unter unverfänglichen Daten wie *Hausratsversicherung* oder *Berufshaftpflicht* abgespeichert, was die Suche danach nun erheblich erschwerte. Was für ein Aufwand. Wovor hatte der Mann eigentlich solche Angst gehabt? Dass jemand seinen Computer stehlen und ihn als homosexuell entlarven könnte? Ein bisschen paranoid, wie er fand. Traurig, dass jemand sich gezwungen sah, solche Maßnahmen zu ergreifen statt zu seiner Sexualität zu stehen. Herr Stahl schüttelte den Kopf. Als Hannes sich letztlich zu einem Outing durchgerungen hatte, war er deswegen ermordet worden. Das wiederum schien sein jahrelanges Doppelleben zu rechtfertigen. Da glaubte man, in einer modernen und toleranten Gesellschaft zu leben und dann so etwas.

Seine Gedanken schweiften erneut zu Tess, allerdings dachte er an die junge Frau nicht als Teil einer laufenden Ermittlung, sondern …. Er verbot sich, diese Gedanken weiterzuführen und war froh, dass eine aufgeregte Frau Dreier in diesem Moment im Türrahmen erschien. „Ich glaube, ich habe den entscheidenden Hinweis gefunden."

54. Kapitel

„Lass mich los, du bist ja vollkommen von Sinnen! Was willst du denn hören?"

„Ich möchte wissen, warum! Erklär es mir! Justus ist gerade mal halb so alt wie du, du machst dich ja komplett lächerlich! Hast du das nötig?"

„Du bist ja nur eifersüchtig, dass du ihm nicht das Wasser reichen kannst!"

Tess vernahm ein gurgelndes Geräusch, stieß die Tür zu Evas Zimmer auf und sah erschrocken, wie ihr Onkel seine Frau zum Sofa zerrte, sie darauf niederrang und seine Hände um ihren Hals legte. Sein Gesicht war wutverzerrt. Ihre Tante versuchte vergeblich, seine Hände von ihrem Hals zu lösen. Tess Blick flog in dem Zimmer umher, auf der Suche nach irgendetwas, mit dem sie Eva helfen konnte. Der Schürhaken! Sie stürzte zum Kamin, riss den schweren Gegenstand aus der Halterung, hetzte damit zum Sofa und zielte auf Richards Rücken. Stattdessen traf sie ihn seitlich am Kopf. Ihr Onkel sah überrascht über die Schulter, fasste sich an die Stirn und fiel mit einem ächzenden Geräusch zu Boden. Entsetzt ließ Tess den Schürhaken fallen und schlug eine Hand vor den Mund.

„Mein Gott, was habe ich getan? Ist er tot?" Sie starrte zitternd auf das dünne Blutrinnsal, das von der Wunde an seiner

Stirn hinablief und langsam in den weißen Teppich sickerte. Schade um den Teppich, dachte Tess. Die Flecken würden wohl nicht mehr rausgehen. Dann fiel ihr Blick auf ihre Tante, die sich etwas schwerfällig aufsetzte und vorsichtig ihren roten Hals befühlte.

„Du hast genau das Richtige getan, Tess. Ohne dich hätte ich keine Chance gehabt. So schlimm war es noch nie." Die Worte echoten in Tess Kopf. Sie fühlte sich ganz benommen. Ihre Tante sah sie prüfend an, bevor sie ihren apricotfarbenen Seidenanzug glattstrich. Sie musste unzählige dieser Anzüge in allen möglichen Farben besitzen. „Komm, ich habe da ein Tröpfchen, das dich wieder auf den Damm bringt."

„Mich? Wir sollten einen Krankenwagen für Richard rufen."

Eva ignorierte ihren Einwand. Leichtfüßig ging sie zur Bar an der gegenüberliegenden Seite des Raumes und goss ihnen beiden eine zimtfarbene Flüssigkeit in zwei schlanke Kristallgläser. Sie hatte sich sehr rasch wieder im Griff, dachte Tess. Sieht nicht mal nach ihrem bewusstlosen Ehemann. Ein ungutes Gefühl beschlich sie. Irgendetwas lief hier falsch.

„Was meinst du damit, so schlimm war es noch nie?", erkundigte sie sich, als sie ihr Glas entgegennahm. Eva warf ihr einen undefinierbaren Blick zu. „Jetzt trink erst einmal. Ist gut gegen den Schock."

Tess nahm einen tiefen Schluck. Die Flüssigkeit schmeckte wie Whiskey nur viel süßer. Eva nickte zufrieden. „Entspannt von innen, nicht? Damit meinte ich, dass es nicht das erste Mal gewesen ist", antwortete sie auf Tess Frage. „Richard ist bereits öfter gewalttätig geworden." Sie wies mit dem Kinn auf ihren immer noch reglos am Boden liegenden Mann. „Aber so rabiat war er noch nie." Sie wirkte so gleichgültig, dachte Tess, sagte das so beiläufig. Aber vielleicht stumpfte man ja ab, wenn man regelmäßig Gewalt erfuhr. Sie konnte sich ihren

Onkel bloß überhaupt nicht als gewalttätigen Menschen vorstellen. Aber wie so oft, seit sie hier war, musste sie sich eingestehen, dass sie die Menschen, mit denen sie verwandt war, kaum kannte. Familie hin oder her.

„Warum hast du ihn nicht verlassen?"

Ihre Tante zuckte die Achseln und stellte ihr Glas ab. Sie hatte nicht einen Schluck genommen. „Er hat sich immer wieder entschuldigt und geschworen, dass es nicht mehr vorkommt." Sie schenkte Tess ungefragt nach, bis diese den Kopf schüttelte. Sie war harten Alkohol nicht gewohnt, auch wenn dieses Getränk sehr gut schmeckte und seine Wirkung nicht verfehlte. Sie fühlte sich mit einem Mal tiefenentspannt, fast schon seltsam entrückt. Da ihr leicht schwindelig war, setzte sie sich auf das kobaltblaue Sofa, das vor dem Kamin stand. Dabei achtete sie sorgfältig darauf, ihren davor liegenden Onkel nicht zu berühren.

„Wir sollten Hilfe holen, Eva. Richard muss in ein Krankenhaus", sagte sie wieder.

„Ich verständige einen Krankenwagen." Eva griff nach dem Telefon auf ihrem Schreibtisch.

Der Schwindel nahm zu. Tess stellte ihr Glas auf dem kleinen gläsernen Couchtisch ab und lehnte sich auf dem weichen Sofa zurück. Gleich würde es ihr bestimmt besser gehen. Sie schloss kurz die Augen. Als sie sie wieder öffnete, nahm sie den gemütlichen Raum in seiner ganzen Pracht wahr. Er war geschmackvoll und feminin eingerichtet. Ausdrucksstarke Farben trafen auf schlichtes und zeitloses Mobiliar aus Glas und Chrom. Sie hatte diesen Raum während ihres gesamten Aufenthaltes in der Spiegelburg nicht gesehen. Hätte sie nicht gewusst, dass es das Zimmer ihrer Tante war, so hätte sie das aber vermutet, da dieser Raum so schön und elegant wie Eva Wagner war. Die leuchtenden Farben der Möbel fanden ihre

Entsprechung in der Kleidung der blonden Frau, die sich nun neben sie auf das Sofa setzte.

„Sie sind auf dem Weg", sagte sie nur und warf einen kurzen Blick zu ihrem Mann. Tess Magen hob sich. Sie konnte sich nicht erinnern, ihre Tante telefonieren gehört zu haben. Zu dem Schwindelgefühl gesellte sich nun auch noch Übelkeit. Was war nur los? Langsam keimte ein schrecklicher Verdacht in ihr. Sie warf einen Blick auf das Glas auf dem Couchtisch. Hatte ihre Tante ihr etwas ins Getränk gemischt?

Tess bemerkte den Blick ihrer Tante, der aufmerksam, fast schon lauernd auf ihr ruhte. „Geht es dir nicht gut, Tess?" Hörte Tess da Schadenfreude heraus? Sie versuchte, das Gesicht ihrer Tante zu fixieren, ihren Gesichtsausdruck zu deuten, was ihr nicht gelang. Das perfekt geschminkte Gesicht verschwamm immer wieder vor ihren Augen.

„Du dachtest, Richard wäre derjenige, der Hannes vergiftet hat, nicht wahr? Und du hattest nun Angst um mich. Das finde ich unheimlich berührend." Sie lächelte Tess an. „Nur leider hast du dich geirrt." Der honigsüße Tonfall ihrer Tante war verschwunden.

Tess versuchte verzweifelt, ihre Sinne beisammen zu halten, ihre Gedanken zu fokussieren.

„Was hast du mir gegeben?" Mein Gott, sie lallte.

„Offensichtlich mehr als genug." Das Gesicht ihrer Tante erschien dicht vor ihrem. „Am besten du legst dich hin, du siehst nicht gut aus. Das Digitalis wirkt ziemlich rasch diesmal, ich habe die Dosis vorsichtshalber erhöht. So ein Desaster wie bei Hannes wollte ich nicht noch einmal erleben."

Tess nahm diese Information auf, aber konnte kaum mehr darauf reagieren. Sie konnte keinen klaren Gedanken mehr formen. Hitze durchfuhr sie in Wellen, ihr Magen hob sich und sie erbrach sich stöhnend neben das Sofa. Die Stimme ihrer Tante vernahm sie, als käme sie aus großer Entfernung. „Danke, dass du mir Richard vom Hals gehalten hast."

„Wa … war … um?", flüsterte Tess mit letzter Kraft. Das Zimmer fuhr Karussell. Sie sah Eva nur noch verschwommen.

„Hannes musste sterben, weil er es nicht verdient hatte, weiter zu leben. Ich wäre die richtige Frau für ihn gewesen, ich!" Evas schönes Gesicht verzerrte sich zu einer wütenden Fratze. Hatte sie ihre Tante jemals so emotional erlebt, fragte sich Tess. Dann schwebte der Gedanke davon und das Gesagte sickerte unendlich langsam in ihr Bewusstsein. Eva war an Onkel Hannes interessiert gewesen? Sie wollte etwas erwidern, aber ihr Mund und ihre Zunge versagten ihren Dienst. Einzig ein leises Zischen kam über ihre Lippen. Ihr Mund war so trocken.

„Was machst du denn hier?" Ihre Tante drehte sich abrupt von ihr weg.

Tess realisierte noch, dass eine Person den Raum betrat, dann versank alles in Dunkelheit.

55. Kapitel

„Hannes Wagner hatte Eva – damals hieß sie noch Caspers – beim Ausgehen kennengelernt. Sie haben sich verabredet, aber wohl nur einmal, weil unsere liebe Frau Wagner sich anscheinend als ausgesprochene Klette erwiesen hat. Es hat dann einige Zeit gedauert, bis Hannes Wagner sie losgeworden ist – zumindest hat er das gedacht." Frau Dreier machte eine bedeutungsschwere Pause und genoss sichtlich, dass Herr Stahl sich neugierig in seinem Stuhl nach vorne beugte. „Leider hat er sich da getäuscht, denn er hat sie schneller wiedergesehen, als ihm lieb gewesen sein dürfte und zwar auf der Hochzeit seines Bruders."

Herr Stahl runzelte nachdenklich die Stirn, dann fiel der Groschen. „Ach was, Eva Caspers hat Richard Wagner geheiratet?"

„Ganz genau. Sie hat Hannes zu verstehen gegeben, dass sie immer in seiner Nähe sein wird und sich für ihn bereithält." Sie zog ein Gesicht. „Das hat sie dann erfolgreich in die Tat umgesetzt."

„Wie reizend. Wie ist das dann all die Jahre gewesen? Sie hat doch sicher gewusst, dass Hannes Wagner sich für Männer interessierte? Steht darüber etwas in den Aufzeichnungen?"

„Wenig. Nur so viel, dass sie ihm wohl trotzdem immer wieder Avancen gemacht hat, wenn sie sich gesehen haben, aber auch per Telefon und mit Liebesbriefen. Sie wollte die Frau an seiner Seite sein."

„Das zeugt von Ausdauer. Vielleicht hat sie seine Homosexualität für eine Ausrede gehalten. Immerhin war er viele Jahre mit einer Frau verheiratet. Hat Richard das gewusst? Dass seine Frau an seinem Bruder interessiert war?" Herr Stahl strickte gedanklich an einem Mordmotiv.

Darüber steht in dem Tagebuch nichts, der Gedanke ist mir aber auch gekommen. Wäre ein mögliches Motiv, den eigenen Bruder umzubringen."

„Die Tötung deutet aber eher nicht auf ein männliches Vorgehen hin." Herr Stahl rieb sich nachdenklich das Kinn. Vor allem irritiert mich, dass er auch noch eine Injektion erhalten hat. Als wären zwei Personen beteiligt gewesen. Die alte Wagner und …?", überlegte er. „Wer könnte mit ihr gemeinsame Sache gemacht haben?"

„Da kommt aus meiner Sicht nur ihr Sohn infrage. Den würde sie vermutlich decken, jeden anderen sicherlich nicht."

Herr Stahl überdachte diese Möglichkeit, während seine Kollegin gedanklich bereits weiterzog.

„Was ist mit Renate Nekpu? Wie passt der Angriff auf sie dazu?"

„Was wusste Frau Nekpu?", antwortete er mit einer Gegenfrage.

„Dass Eva und Richard sich nicht zufällig begegnet waren."

Die beiden Kommissare sahen sich an. „Bingo, hoffentlich wacht sie bald aus dem Koma auf."

„Alles deutet auf die netten Gastgeber als Mörder hin."

Rasch verließen sie das Büro, um das Ehepaar Wagner in die Mangel zu nehmen.

Im Erdgeschoss liefen sie beinahe in Clemens und Alex.

„Sie suchen wir", begann Clemens unumwunden. „Wir können Tessa nirgends finden und nach allem, was hier passiert ist …", er ließ den Satz in der Luft hängen und wedelte aufgeregt mit seinem Stock.

„Wir haben die Vermutung, dass Richard hinter allem stecken könnte", schaltete sich Alex ein. „In diesem Flügel müssten die Privaträume der beiden liegen." Er nickte mit dem Kopf in die entsprechende Richtung.

„Sie sollten vielleicht besser …", begann Herr Stahl, wurde aber rüde von Clemens unterbrochen. „Nichts da! Wir kommen mit!" Herr Stahl schwieg lieber. Mit Clemens Matern mochte er sich jetzt nicht anlegen. Außerdem sah er dem Mann an, dass er sehr in Sorge um seine Stieftochter war. Genau wie er selbst, musste er sich eingestehen. Er würde später darüber nachdenken.

Gemeinsam setzten sie ihren Weg fort und öffneten alle Zimmertüren auf ihrem Weg, da niemand genau wusste, wo sich die Räume des Ehepaars Wagner befanden und ob sie überhaupt da anzutreffen waren. Zwischendurch lauschten sie auf einen Hinweis.

„Hoffentlich kommen wir noch rechtzeitig", murmelte Alex. Auch Herr Stahl hoffte das. Auch betete er, dass die Verstärkung, die er sicherheitshalber angefordert hatte, rechtzeitig eintreffen würde. Dann hob Clemens einen Finger zum Mund und bedeutete den anderen, ruhig zu sein. Sie vernahmen leise eine Frauenstimme. Herr Stahl näherte sich der Tür und klopfte laut.

„Frau Wagner? Hier Polizeihauptkommissar Stahl. Wir würden Ihnen gerne noch ein paar Fragen stellen." Stille. Alex drängte sich an dem Polizisten vorbei und wollte die Tür öffnen, wurde von Herrn Stahl aber daran gehindert. Er schüttelte warnend den Kopf, zückte seine Waffe und bedeutete Alex und Clemens, zur Seite zu treten. Mit einem Ruck riss er die Tür auf und erfasste mit einem Blick die Situation.

Eva zielte mit einer Pistole auf Justus. Richard lag blutend auf dem Boden, Tess regungslos auf dem Sofa.

„Lassen Sie die Waffe fallen, Frau Wagner!"

Seelenruhig blickte Eva zu dem ungleichen Quartett, das plötzlich in der Tür aufgetaucht war. Als Alex seine Schwester auf dem Sofa sah, stürzte er zu ihr. Eva lächelte Herrn Stahl und Frau Dreier mitleidig an, als hätte sie zwei Schulkinder vor sich, die eine Matheaufgabe erst nach mehreren Erklärungsversuchen zu lösen vermocht hatten.

„Endlich haben Sie begriffen, was hier vor sich geht. Hat lange genug gedauert. Meinen Glückwunsch." Sie klatschte Beifall.

„Sie hat noch Puls!", schrie Alex vom Sofa, „sie muss sofort in ein Krankenhaus." Er ging neben Richard in die Hocke und fühlte bei ihm ebenfalls nach einem Lebenszeichen.

„Das kann ich euch leider nicht erlauben."

„Runter mit der Waffe, Eva! Es sind schon genug Leute gestorben!" Clemens war einen Schritt auf seine Schwägerin zugegangen und schwang drohend seinen Stock.

„Und du bist der Nächste, wenn du nicht stehen bleibst!", warnte Eva.

Clemens sah die Entschlossenheit in ihren Augen und nahm seinen Stock runter. Als Justus vorsichtig auf Eva zuging, schwenkte sie die Waffe blitzschnell in seine Richtung. Diesen Moment nutzte Herr Stahl und sprang auf Eva zu. Plötzlich ging alles sehr schnell, Clemens eilte zu seiner Stieftochter, Frau Dreier riss Justus aus der Schusslinie und zielte auf Eva, die mit Herrn Stahl rang. Ihre Hand zitterte stark. Sie hatte noch nie eine Waffe abgefeuert. Dass sie ihr Holster heute überhaupt umgeschnallt hatte, war eher Zufall. Justus stieß sie zur Seite und riss ihr die Waffe aus der Hand.

„Treten Sie zurück, Herr Kommissar oder Ihre Kollegin muss dran glauben."

Alle blickten verwundert zu Justus, der Frau Dreier im Schwitzkasten hatte und ihr den Pistolenlauf an die Schläfe drückte.

Herr Stahl trat sofort von Eva zurück, Verwunderung im Blick. Er hatte Frau Wagner die Waffe abgenommen.

„Da müssen Sie jetzt überlegen, was? Legen Sie die Waffen vor sich auf den Boden und gehen Sie zur Tür!" Er winkte mit der Waffe zu Alex und Clemens hinüber. „Ihr auch, da zur Tür, macht schon!"

Sein Blick glitt zu Eva. Funken sprühten in seinen Augen. „Ich hätte alles für dich getan", schrie er unvermittelt, „alles! Wir haben doch nun das erreicht, was wir wollten, es hätte doch gut werden können!"

„Es gibt kein *wir*, hat es nie gegeben." Sie sah ihn nachsichtig an. „Du hast es immer noch nicht begriffen, oder?" Ich habe dich nur gebraucht, um die Drecksarbeit zu erledigen!" Ihr Gesicht verzog sich zu einem höhnischen Grinsen. „Und nicht mal dafür bist du zu gebrauchen, sonst hätte ich Hannes nicht noch Insulin injizieren müssen und Renate wäre jetzt tot! Ich sag ja immer, wenn man nicht alles selbst macht!"

Justus Gesicht wurde kalkweiß. Auf seiner Stirn glänzte Schweiß. Seine Hand, die die Pistole hielt, begann unkontrolliert zu zittern.

„Du hast mich nur benutzt", flüsterte er mehr zu sich selbst. Er sah sie ungläubig an.

„Ganz genau, hast du denn tatsächlich geglaubt, dass ich an dir Interesse habe?" Sie lachte gehässig auf. „Hast du anscheinend wirklich." Sie zog eine Schnute. „Du armer naiver Junge. Denn mehr bist du für mich nie gewesen. Ich wollte immer nur einen Mann und das war Hannes! Aber leider beruhte das nicht auf Gegenseitigkeit." Sie runzelte die Stirn, als könnte sie immer noch nicht verstehen, wie ein Mann sich tatsächlich gegen sie entscheiden konnte. „Ich wusste natürlich von seiner Homosexualität, aber das hat mich nicht gestört, ich hätte ihn schon bekehrt. Ich hätte die Frau an seiner Seite sein sollen und nicht diese 20-Jahre Schlampe Conni! Davon wollte er aber bis zum Schluss nichts wissen. All die Jahre hat er mich immer wieder zurückgewiesen. Dann, vor ein paar Wochen, traf ich Luise beim Shoppen. Sie stand vollkommen neben sich, keinen frechen Spruch auf den Lippen wie sonst. So kannte ich sie gar nicht. Erst wollte sie mir nicht sagen, was los war, aber dann erfuhr ich es schließlich doch. Sie hatte Hannes mit einem Mann gesehen." Eva lachte kurz auf. „Jeder, der Luise kennt, weiß, dass in dem Moment eine Welt für sie zusammenbrach. Ihr Lieblingssohn schwul. Eine schlimmere Katastrophe konnte es für sie gar nicht geben. Das stellte sogar Renates Vergehen", sie malte Anführungszeichen in die Luft, „einen Ausländer geheiratet zu haben, in den Schatten. Ich war wütend. Wenn Hannes sich in der Öffentlichkeit mit einem Mann zeigte, konnte das nur bedeuten, dass er sich outen wollte und ich behielt recht. Bereits ein paar Tage später meldete er sich bei seiner Mutter. Er müsse ihr etwas Wichtiges sagen. Luise schob vor, dass es ihr nicht gut gehe und das Gespräch erst einmal warten müsse. Sie wusste nicht, was sie tun sollte. Ich habe sie gefragt, ob sie denn wolle, dass in der Familie und auch darüber hinaus bekannt würde, dass ihr Sohn Männer liebe. Sie war entsetzt. Nein, das wolle sie natürlich nicht. Dann, so habe ich ihr nahegelegt, gebe es nur eine Möglichkeit." Sie machte eine bedeutungsschwere Pause. „Hannes musste von der Bildfläche verschwinden, bevor er sich outen konnte." Ihr Blick heftete sich auf Justus. „Und da habe ich an dich gedacht. Unser Techtelmechtel war zwar immer ganz nett, aber ..." Sie ließ den Satz in der Luft hängen.

„Du hast einen Dummen gebraucht, der die Getränke vergiftet." Justus Stimme war immer noch leise, aber sein Blick war nicht mehr ungläubig, sondern starr und ausdruckslos.

„Schlauer Bursche. Luise alleine konnte ich mit dem Vergiften nicht betrauen, so nervös war sie. Es hat sie doch mehr mitgenommen, ihren Sohn umzubringen, als ich gedacht hätte. Ich konnte nicht riskieren, dass unser Plan in letzter Minute schiefgeht. Außerdem brauchte ich jemanden, der meine Familie im Auge behält und sich dezent umhört, was so getuschelt wird. Leider habe ich Tess in dieser Hinsicht unterschätzt. Sie wurde misstrauisch und hat sich dir nicht mitgeteilt und du Idiot hast dich dann auch noch verraten, als du ihr von der Sache mit dem Digitalis erzählt hast, obwohl du das von ihr gar nicht erfahren hast. Naja, jetzt ist es vorbei."

„Du sagst es."

Frau Dreier, die nach wie vor von Justus mit der Waffe bedroht wurde, riss ängstlich die Augen auf. Sie suchte Herrn Stahls Blick, doch dieser verfolgte mit Entsetzen, wie Justus` Finger sich um den Abzug spannte und abdrückte.

56. Kapitel

Ich habe beschlossen, mein Leben radikal zu ändern und mich nicht mehr zu verstecken. Lange habe ich darüber mit Conni geredet, auch sie hat mich in diesem Entschluss bestärkt. Es macht doch keinen Sinn, etwas vorzutäuschen, das nicht existiert. Bereits meinen Sohn habe ich durch mein Versteckspiel verloren. Ich habe Angst, auch Gregor zu verlieren, wenn ich nicht endlich zu ihm stehe. Es ist an der Zeit. Als erstes werde ich Mutter einweihen. Ich hoffe sehr, dass sie es versteht. Allerdings habe ich die Befürchtung, dass sie damit nicht umgehen kann und den Kontakt abbrechen könnte. Aber das nehme ich in Kauf. Ich möchte die Fassade nicht länger aufrechterhalten ....

EPILOG

Tess steuerte den Leihwagen durch das schmiedeeiserne Tor und stellte ihn im Hof ab. Nachdem sie den Motor ausgeschaltet hatte, blieb sie noch einen Moment sitzen und ließ den Blick über die Anlage schweifen. Wie anders die Villa in der ersten Frühlingssonne wirkte. Im Blumenbeet gegenüber dem Eingang reckte ein Meer aus bunten Blumen ihre Köpfe gen Sonne. Langsam stieg sie aus. Sie dachte an den Tag vor Richards Geburtstag zurück, als sie hier mit Leyla und Alex angekommen war. Seitdem war so viel passiert, dass sie gar nicht glauben konnte, dass erst wenige Wochen vergangen waren.

Langsam stieg sie die Stufen zur Eingangstür hinauf und blieb überrascht stehen, als diese sich unvermittelt öffnete und ein Mann auf der Schwelle erschien. Sie erkannte ihren Cousin Sebastian, den sie seit Jahren nicht mehr gesehen hatte.

„Was machst du denn hier?"

Er zögerte einen Moment, offenbar war er sich ebenso unsicher, wer ihm da gegenüberstand.

„Tessa", half sie seinem Gedächtnis auf die Sprünge.

„Ja richtig, hallo." Er musterte sie mit einem undefinierbarem Blick. „Die Frage könnte ich dir auch stellen, nach allem, was du hier erlebt hast." Er sah sie fragend an.

„Ich bin nur hier, um meine Sachen zu holen und mich zu verabschieden."

Er nickte verstehend. „Ich habe meine Mutter besucht. Es war an der Zeit, den Streit beizulegen. Das Leben ist zu kurz." Er sah auf die Uhr. „Ich muss los, nach Freiburg habe ich noch eine lange Fahrt vor mir. Machs gut." Er strich ihr flüchtig über den Arm und ging davon.

Tess sah ihm nach. Sie freute sich, dass zwischen Sebastian und Conni eine Annäherung stattgefunden hatte. Wenigstens ein Lichtblick inmitten dieses ganzen Chaos. Langsam betrat sie die Spiegelburg - Sebastian hatte die Tür nicht hinter sich zugezogen - und sah sich in der Eingangshalle wieder mit ihrem Spiegelbild in vielen unterschiedlichen Formen und Größen konfrontiert. Wie an ihrem ersten Tag hier. Unwillkürlich erinnerte sie sich an ihre Begegnung mit Clemens und ihrer Mutter nach deren Ankunft. Bei dem Gedanken an Vera traten ihr Tränen in die Augen. Sie hätte nicht gedacht, dass ihre Mutter ihr derart fehlen würde. Manchmal wusste man wirklich erst, was man hatte, wenn es verloren war. Rasch stieg sie die Stufen zu dem Zimmer hinauf, das sie bewohnt hatte. Sie fand es genau in dem Zustand vor, in dem sie es verlassen hatte. Sie packte die wenigen Kleidungsstücke sowie ihre Toilettenartikel in ihre kleine Reisetasche und stand dann unschlüssig in dem Raum. Die Erinnerungen stürmten auf sie ein und sie ließ es zu, spürte sie doch, dass sie nur so damit fertig würde. Langsam ging sie zum Fenster und sah in den Park hinaus. Die Bäume waren nun belaubt. Bunte Blumen blühten auf der Wiese, Vögel zwitscherten. Der Anblick ließ sie ruhiger werden. Sie wusste doch, dass der Park im Frühling atemberaubend sein würde. Sie hatte sich vorgenommen, von nun an bewusster zu leben. Immerhin war ihr eine zweite Chance geschenkt worden. Um ein Haar wäre sie an dem Gift gestorben, das ihre Tante ihr in den Drink gemischt hatte. Sie erinnerte sich, wie sie im Krankenhaus aufgewacht war und zuerst überhaupt nicht gewusst hatte, wie sie dahin gekommen war. Clemens und Alex hatten ihr behutsam alles erklärt. Hatten ihr von Hannes Homosexualität und Evas Besessenheit von ihm erzählt. Davon, dass Oma nicht damit leben wollte, einen schwulen Sohn zu haben und mit Eva dann den Plan geschmiedet hatte, ihn zu vergiften sowie von Justus Rolle bei dem erschreckenden Plan. Tess war geschockt gewesen, als sie erfuhr, dass Justus geholfen hatte, die Getränke in Hannes

Zimmer zu vergiften, weil er verrückt nach Eva war, mit der er seit Monaten eine heimliche Affäre unterhielt. Nur war diese nicht so geheim, wie die beiden dachten. Richard hatte immer schon vermutet, dass Eva ihm fremdging – bevorzugt mit Hausangestellten – und hatte Teile des Hauses deshalb mit Kameras ausgestattet, bis ihm das Geld dafür ausgegangen war. So hatte er gesehen, dass seine Frau ihn mit dem neuen Kellner betrog und erfahren, dass sie ihn in Bezug auf das Fläschchen Digitalis belogen hatte. Sie hatte es nicht bei Luise gefunden, sondern es selbst da deponiert, um den Verdacht gezielt auf die alte Dame zu lenken. Außerdem hatten die Kameras aufgezeichnet, dass es Justus war, der sich nachts in Renates Zimmer geschlichen hatte. Von dem Angriff gab es allerdings keine Aufnahmen, da genau in dem Raum keine Kamera installiert war. Justus hatte aber voll umfänglich gestanden, nachdem er Eva niedergeschossen hatte. Ihre Tante lag seitdem im Koma. Niemand wusste, ob sie je wieder aufwachen würde. Luise war festgenommen worden. Clemens und Alex waren gestern abgereist. Auf dem Heimweg wollten sie Leyla einen Besuch abstatten. Ihr Bruder hatte sich nämlich dazu entschieden, es noch einmal mit ihr zu versuchen. Er vermisse sie sehr, hatte er ihr gestanden, auch wenn sie so ein schwieriger Mensch sei. Tess verstand ihn. Die Ereignisse der letzten Wochen hatten auch ihre Sicht verändert. Manchmal lohnte es sich, für etwas zu kämpfen. Sie wünschte den beiden auf jeden Fall, dass der zweite Versuch besser verlief als der erste. Auch sie wollte sich Mühe geben und Leyla künftig wohlwollender begegnen. Clemens hatte vor, einige Zeit bei seinen Brüdern im Schwarzwald zu verbringen. Er könne nicht mehr in das Haus zurückkehren, das er so viele Jahre gemeinsam mit Vera bewohnt hatte, hatte er gesagt. Zumindest im Moment nicht. Eventuell würde er es verkaufen.

Renate hatte die Scheidung eingereicht.

Ein leises Klopfen unterbrach Tess` Gedankenkarussell . Sie drehte sich vom Fenster weg und sah Richard eintreten. Um den Kopf trug er einen dicken Verband. Es tat ihr unendlich leid, dass sie ihn verdächtigt und niedergeschlagen hatte. Bereits im Krankenhaus hatte sie sich mehrfach bei ihm entschuldigt. Er sah sie teilnahmslos an, dann rang er sich die Frage nach ihrem Befinden ab, ohne an der Antwort aufrichtig interessiert zu sein.

Tess zuckte die Achseln. „Ich weiß nicht recht, wenn ich ehrlich bin. Ich muss alles, was geschehen ist, erst einmal verarbeiten und mein Leben neu sortieren. Was ist mit dir? Wirst du hier bleiben?"

Ihr Onkel schüttelte den Kopf. „Auf keinen Fall. Zu viele schlechte Erinnerungen. Ich werde die Villa verkaufen. Bis das über die Bühne ist, wohne ich in Tinas Wohnung." Von der Anzeige, die er am Hals hatte, weil er unerlaubt Videoaufnahmen gemacht hatte, sagte er nichts.

„Ist wahrscheinlich das Beste so." Eine unangenehme Stille breitete sich zwischen ihnen aus. Es hätte so viel zu sagen gegeben, aber keiner der beiden wusste, wie die Kluft der jahrelangen Kontaktlosigkeit zu überwinden gewesen wäre.

„Dann wünsche ich dir eine gute Heimreise." Mit diesen Worten ließ er sie alleine. Keine Umarmung, nichts. Dabei war Richard immer derjenige gewesen, den sie am ehesten als Onkel gesehen hatte. Tess seufzte tief. Wieder stiegen Tränen in ihr auf und sie würgte ein Schluchzen hinunter. Sie fühlte sich mit einem Mal unendlich einsam. Nicht hier, sagte sie sich. Zu Hause würde sie trauern. Um der Leere Einhalt zu gebieten, die sich in ihrem Inneren auszubreiten drohte, warf sie erneut einen Blick in den blühenden Park hinaus und stutze. Herr Stahl lief zügigen Schrittes auf die Villa zu. Ihr Herz begann zu klopfen und die Leere wich einem angenehmen

Ziehen in der Magengegend. Sie nahm ihre gepackte Tasche vom Bett und ging aus dem Zimmer.

Sie begegnete ihm in der Eingangshalle. Er war außer Atem, wie sie feststellte. Hatte er sich etwa so beeilt, um sie noch zu erwischen? Als er ihr ihre Uhr entgegen streckte, sank ihr das Herz. Sie war eine solche Idiotin. Natürlich war er nicht ihretwegen hier, sondern nur, weil er ihr die Uhr bringen wollte. Sie musste sie im Krankenhaus vergessen haben.

Sie streckte die Hand nach dem Schmuckstück aus und runzelte leicht die Stirn, als Herr Stahl die Uhr weiter festhielt. Ihre Blicke trafen sich. Seine Augen blitzten verschmitzt, seine Lippen verzogen sich zu einem schüchternen Lächeln.

„Schön, dass ich Sie noch erwische, Frau Matern." Er zögerte. „Ich … ich hätte da noch ein paar Fragen …."

Er war mehrfach drauf und dran gewesen ins Krankenhaus zu fahren, hatte aber bis zuletzt gezögert. Schließlich war Tessa Matern Teil eines Falles, den er bearbeitete. Da waren romantische Gefühle unprofessionell. Als Justus Frei dann aber ein Geständnis abgelegt hatte, konnte er den Fall offiziell abschließen, auch wenn Luise Wagner nach wie vor eisern schwieg. Die Frau war ein harter Brocken. Er glaubte nicht, dass sie sich noch äußern würde. Alles, was sie zu sagen bereit war, hatte sie im Rahmen ihrer Vernehmung gesagt. In Bezug auf Eva schwieg sie. Warum, fragte er sich, schützte sie ihre Schwiegertochter? Aus Liebe zu Richard? Vermutlich. Wie auch immer. Er wollte nun nicht mehr an diesen unerfreulichen Fall denken. Jetzt konnte er seinen Gefühlen freien Lauf lassen. Eilig war er ins Krankenhaus gefahren, hatte auf halbem Weg sogar noch einmal kehrt gemacht, um Blumen zu besorgen, nur um dann tief enttäuscht vor einem leeren Krankenhausbett zu stehen. Er hatte Tessa Matern nur um wenige Minuten verpasst, wie ihm von der Krankenschwester mitgeteilt worden war, die ihm dann ihre Uhr in die Hand gedrückt hatte. In Gedanken war er bereits damit beschäftigt, Tessas private Adresse herauszusuchen und sich zu überlegen, wie er sie kontaktieren könnte. Einfach anrufen oder doch lieber einen Brief schreiben? Und was sollte er sagen oder schreiben? Sie sollte sich nicht bedrängt fühlen. Da kam ihm der Gedanke, dass sie vor ihrer Abreise vermutlich noch ihre Sachen aus der Spiegelburg holen musste. Vielleicht erwischte er sie noch. Alle Verkehrsregeln außer Acht lassend, war er wie der Teufel zur Villa gerast. Und nun stand er vor ihr und bekam kaum ein Wort heraus.

Tess stutzte. Ein paar Fragen? Was wollte er denn noch? Er wirkte unsicher, gar nicht der selbstsichere Hauptkommissar. Konnte es sein, dass die angeblichen Fragen sich gar nicht auf den Fall bezogen?

„Danke für die Uhr." Sie legte sie um. „Ich bin gerade auf dem Weg nach Hause. Was für Fragen haben Sie denn noch?"

Er gab sich einen Ruck. „Im Grunde ist es nur eine Frage." Er stockte. „Haben Sie noch Zeit, einen Kaffee mit mir zu trinken?"

Tess sah von der Uhr auf und ihm direkt in die grünen Augen. Schöne Augen, dachte sie. „Nein, leider nicht."

Sein Herz sank. Dann fügte sie lächelnd hinzu: „Weil ich keinen Kaffee trinke, aber für einen Kakao habe ich alle Zeit der Welt."